U0469558

子弹穿越南方

BULLETS PASS THROUGH THE SOUTH

汤成难 著

上海文艺出版社
Shanghai Literature & Art Publishing House

子弹穿越南方

目录 Contents

东北虎

1

从家到动物园要穿过大半个城市，家在城东，动物园在城西，一路公交车连接着两头。

他不是去晨练的，所以在人群中格外醒目。

这一段路略有颠簸，对面的车灯一路摇晃着往清晨的路面泼出一勺勺光来。他将头靠在窗玻璃上，嘴里呼出的热气在玻璃上氤氲出圆圆的一块白色。他叫老虎，又叫东北虎，西伯利亚虎。这些都是他的艺名，而他的本名叫李毛豆，姓李，名毛豆。毛豆这名字是他奶奶取的，他曾问过奶奶为什么叫毛豆，如此廉价，如此不起眼，如此漫不经心，为什么不叫别的，叫海生，叫海蛎，叫山竹，叫杨桃……即使叫个花生也好啊。

他在动物园上班，九点开园，他八点得赶到，在参观者到来之前要把一切准备就绪。他负责的区域是老虎园，具体地说是东北虎园。东北虎园分室内室外两部分，室外有一池浅浅的浑浊水塘，一个样貌丑陋的矮土坡，土坡上横担着几根仿真树干。起初他不明白这些树干的作用，老虎又不会像猴子那样上蹿下跳，但园方的解释是树干让人有亲近自然的感觉。土坡后面是一棵他叫不出名字的树，枝叶蓬勃，白天会落下一大片荫凉，树的旁边是混凝土房，有琉璃瓦顶，还有一扇小天窗。天窗是固定的，打不开，仅有采光作用，从室内通过天窗可以看见外面一小块天空，当然，外面的人——如果爬上树或爬上屋顶——也能通过天窗看见室内的一小块地面。房子的一面墙由钢丝网代替，参观者可以从这里瞧见室内；另一面则留有门，可供那只东北虎进行内外走动。

这就是毛豆工作的地方。他不是饲养员，他是那只东北虎。

干他们这一行的有个专有名词，叫“内胆”，人披上动物的皮在动物园里扮演动物，模拟动物走动，跳跃，攀爬，或仰头发出一两声嘶叫。他们和上班族一样，在开园前做好

准备，傍晚关门了，便脱下动物外衣回家去。“内胆们”称套在身上的外衣叫皮子，不管是有毛的老虎、狮子、豹之类的，还是没有毛只有骨刺的鳄鱼外衣，他们都一律称皮子。

这个工作看似简单，实则也辛苦，皮子很重，东北虎的皮子有三十公斤重，负载这些重量的同时还要完成一些动作。“内胆们”要一整天不吃不喝，夏天常常会感到虚脱，有的“内胆”干几天就离开了。除此之外，干这行也是需要一定技术含量的，每种动物不同的习性，需要一段时间的模仿和学习。“内胆们”会在穿脱皮子的时候，或下班前那会儿，对着休息室里的电视屏幕认真观摩，那是一天中最舒服自在的时刻，他们做回了人。一天的缄默不语，这会儿还不习惯开口说话，或许生性就很内向吧。电视从早到晚播放着，都是一些和动物有关的内容，动物知识问答啦，动物奇闻啦，灭绝动物物种分析啦，等等。“内胆们”坐在椅子上，看得极其认真，这个“看”里多是学习的成分。他们一边观看电视一边慢吞吞地褪下皮子——的确，是慢吞吞，也快不了——脱皮子不比穿皮子轻松，皮子有复杂的里衬，比如猛兽的里衬还模仿出肌肉的条理，即使像毛豆这样瘦削的人穿上都显得十分壮硕，背部和前肢上的仿

真肌肉在走路时会产生有节奏的起伏。

车厢里只剩他一个乘客了，晨练的老人们早早下了车，背着刀剑消失在雾霭沉沉的广场或湖边。天还没完全亮透，太阳像潜到水下太深，一时半会儿还浮不上来。

他从公交车上下来，穿过马路到动物园，从小门刷卡进入。通往老虎园的林荫小道路灯还亮着，园子里安静得不像话，让人有种动物们都在沉睡的错觉。

再过一会儿，动物园大门将会打开，参观者络绎不绝。随着动物灭绝的加速，来动物园的人反而多起来。参观的大多是孩子，他们自出生以来还没见过真正的猛兽。当然，他们并不知道动物园里的猛兽也不是真的，就如同他们相信平安夜收到的礼物均来自圣诞老人。没有人会告诉他们真相。被大人抱在怀里或牵在手上的孩子，一进动物园便挣脱出来，两只胳膊如同翅膀一样扑腾着。他们在野兽园子前亢奋并尖叫，嗨，森林之王，嗨，野兽之王——实际上他们对森林之王这个概念是模糊的，因为他们既没见过森林，也没见过野兽，所有关于动物的知识都来自书本和影像资料。

孩子们观看时，大人们会指着“野兽”进行讲解：你看，老虎，这是东北虎——这时毛豆便从草地上站起来，

沿着土坡和水塘慢慢走动，他轻手轻脚不露一点声响，走得优哉游哉，甚至有点懒洋洋，脊背上的肌肉在轻轻耸动。虎行似病，他明白这个道理。

休息室的灯亮着，有人已经到了，是金钱豹。毛豆不知道金钱豹的名字，对方也不知道毛豆的名字，只称他为老虎，或东北虎。“内胆”之间都以动物名字相称。

金钱豹才套上一半皮子，另一半捧在手里，带着黑色小点的金色皮子堆在腰间，一副很富有的样子。他正坐在长椅上专心致志看电视，电视里在播放一个关于动物的纪录片，准确地说是跟踪拍摄直播。一个野外摄制组——说是摄制组，也不过两个人，一个摄影师和一个助理——正匍匐在北方森林厚厚的落叶上，等待野生动物的出现。

这档直播吸引了很多观众，观众心理无非两种，一种是真的渴望看到野生动物，另一种是当作笑话在看，因为他们不相信这世上还存在野生动物。

毛豆在离金钱豹不远的椅子坐下，也边看电视边穿皮子，他刚把一条腿伸进去，皮子便立即自行调整，收紧，仿真肌肉紧紧伏贴在腿上。据说，这是第四代皮子，含有现代高科技溶胶高分子，不管从质感、观感还是舒适度上，都比从前进步很多。他将两条不同的腿并拢在眼前，一条人腿，一条虎腿，谁会想到这是来自同一具身体呢。

镜头一动不动，所对准的是一丛荆棘，透过荆棘是错落有致的树干，除了落叶松、山杨，还有白桦。初冬的白桦树，树皮呈灰白色，树干上的“眼睛”炯炯有神地看向镜头。摄制组说之所以选择这片丛林，是因为不久前有人在这里发现了东北虎粪便、卧迹、足迹、尿迹等活动痕迹。

毛豆愣了一下，是东北虎，他没听错。他停下手上的动作，而这时，拍摄也将暂停了，因为蹲守的时间太久，相机电池耗尽。由此可见，他们缺乏经验。于是他们不得不返回营地，用太阳能板给电池充电。

金钱豹突然在这时开口说了句话，声音很小，很含混，毛豆没听清，不知道他说的是“拍了吧”还是“怕了吧”。他抬头看他，金钱豹已经穿好皮子站了起来。

2

从地下通道去往各个园子，老虎园在西北角。地下通道里灯光幽暗，地面有时会有积水，脚踩上去，吧嗒一声，像把什么击碎了。通道过于狭长，充斥着踢踏的脚步声和拖沓的踩踏积水声。出了通道，上得地面，天光很刺眼，太阳已经悬在树丫上，从天窗落下的阳光，在地上切出一块齐齐整整的方形。他又想起那些晨练的老人，想到他们仿佛身上有使不完的劲儿，突然感到很疲惫。

他在室内慢慢绕了一圈，像是要适应一下，再用脑袋撞开牛仔门，走到室外，门在身后自动合上。他爬上小坡，树荫重重地摔在地上，使得这一块地面颜色深重。天越来越冷，这个季节的园子变得空旷和萧条，但尽管如此，参观的人一点也没有减少。

他穿过树荫，一直走到阳光里，坐下，转过身，看这间老虎的房子——砖混结构，有一道结实的圈梁，屋顶采用四面坡形式，覆盖着红色琉璃瓦。

毛豆做梦都想拥有一间这样的房子。准确地说，是以人的身份，而不是以动物的身份。

他每天都会在傍晚时分坐在土坡上，此时游客较少，他便对着红屋顶的老虎屋发愣好一会儿。这让他想起自己在崇德巷 52 号的房子，那是祖上留下来的，前前后后也住过四代人，将近六十年，到他手上房子快成一片废墟了。不明白房子怎么衰退成这样，不是建筑百年吗。他记得奶奶临终前总爱坐在山墙下哀声叹息，在毛豆眼里，奶奶与老屋逐渐等同起来，一样的摇摇欲坠。不知道是不是老屋吸收了太多沮丧情绪，才变得不堪一击。房子最后一次还呈现出房子的形状是在三年前，那时候有墙有门，只是西边两间的顶棚坏了，那些年最烦的就是雨雪天气，逢到下雪还好，人坐在床头，看着雪花从瓦缝一片片飘进来。或者一家人正在吃饭，雪花悠悠扬扬，几双眼皮便同时抬起，注视缓缓降临的雪花。雪花也迟迟疑疑，仿佛还不习惯屋内的昏暗，不知该将自己落向哪里。毛豆记得女儿因此写过一篇作文，名字就叫《会下雪的房子》。

当然，这是下雪，下雨就没这么浪漫了，雨柱没有商量余地，呼啦啦直往下倒。毛豆带领老婆孩子一同作战，锅碗瓢盆齐上阵，他的女儿已经验老到到将空瓶口能准确无误地对准雨柱。

他想新建房子，这个愿望存续已久。五年前，他去城管局、古城办以及街道，跑了不下三四十趟。房子像是听到了风声，迫不及待地在某个风雨交加的晚上坍塌了，将站立的日子变成历史。那时候，毛豆还没获得建房审批手续，不得不在房基地上临时搭建了一间铁皮房。

关于铁皮房，女儿没有再写进作文，她已经读初中了，房子让她觉得“很没面子”，那是一次女儿生日时许愿说的，她的愿望是有一个写作业的地方和一只小小的金鱼缸。毛豆被女儿的愿望弄得百味杂陈，这是他们一家住进铁皮房子的第一个冬天，他还不知道他们将要在这里度过三个冬天。老屋拆除后，毛豆花了一年半时间跑完了各种证，因为没有房产证，且土地证“四邻不清”（四邻均为本主外墙根），先是向土地部门申请对土地证认定，再提出申请，持土地证、身份证、老房照片——最后这条让毛豆犯难了，他没想到老屋竟然没有留下一张照片——到规划局报建。

等到一年半后施工许可证申请下来，邻居们又不给建了。

不给建的理由五花八门，西边的邻居认定毛豆家的施工会对自己家房屋有严重影响，因为挨得紧；北边的邻居说既然已经拆除这么久，就不该再建，他们刚刚享受到阳光普照，不愿再失去久违的阳光；更有甚者，东边邻居说他家养的爬藤植物已经爬到了废墟上，如果建房，植物将会死亡。这些奇奇怪怪的理由阻止了施工，材料进不来，建筑垃圾出不去。巷子里还有一户，常年无人居住，可一旦动工，几个儿子如同天兵天将突然出现。毛豆求情，说理，争吵，申请法律援助，都无济于事。几年来他明白唯一可行的方法就是——等，等到邻居的房子也坍塌，等到他们也要新建，似乎就行得通了。

毛豆也不是没想过去外地买房，可是积攒下来的钱跟不上房价的上涨。这一片原本属于郊区，后来开发商进行拆迁，四周高楼拔地而起，唯独这儿没有拆除，说是这一片居民刁蛮得很，开发商们知难而退，日久岁长的，也无人问津了。毛豆家的房基面积也不大，七十来个平方，这条巷子里人口多的人家，会稍大一点，加上几平方的小院也不过一百平方米。

铁皮房子是毛豆亲手搭建的，只有十几个平方大小，堆满杂七杂八的物什外，几乎没落脚的地方了。毛豆和他的老父亲睡在由矮柜拼成的床上，妻子和女儿睡在矮柜上横担的木板床上，因为每天要上上下下，两个女人更灵活些，而毛豆的岳母（一直跟他们生活在一起）只能睡在两只纸箱上，幸好岳母又瘦又小，不占空间且轻，纸箱完全承受得了她的重量。铁皮房子从外面看像一只长方形的闷罐，屋顶由几块铁皮覆盖，为了不被风刮走，毛豆特意用几块石头压在四周。临时房子虽不再漏雨，但新的问题又出现了，每逢下雨，雨珠敲击铁皮，声音像被放大，不再是淅淅沥沥或叮叮咚咚，而是乒乒乓乓，如同榔头在耳边敲打，令人头痛欲裂。

由于空间有限，很多东西无处置放，不得不将它们吊在顶棚下——这是毛豆女人的主意，这个同样瘦小的女人很善于计算，这一点像是受了公公的影响。她将锅、铲子、板凳、茶缸、扫帚、水桶、竹篮、女儿的书包、吃剩的留到下一顿的食物等等，用小铁钩挂在顶棚上，有效利用了上部空间，她相信铁质的屋顶可以承受更多重量。只是在计算挂钩长度时，忽略了毛豆的身高，作为五口人中最高海拔的毛豆常常被不明物件猛地拍一脑勺儿。

啪——毛豆想到这里，后脑勺就挨了重重的一记，一个东西从肩膀上滚落下来。他低下头，这才发现不是在家中，而是在动物园。转过身，目光捉住向他砸苹果的小男孩。小男孩站在钢丝网栅栏外，正得意于自己的行为，当男孩看见老虎向他转过脑袋时，两只小手不停地给自己鼓掌哩。

这时，毛豆从人群中看到一双熟悉的眼睛，即使那双眼睛藏在墨镜后面他也能准确无误地认出来。

3

这是毛豆本月第三次被扣分了，分数和薪水挂钩。负责计分的是孙猴子，孙猴子不是“内胆”，只是长得像猴子，瘦，驼背，人又猴精猴精的，故得此绰号。他比“内胆们”高一级，就这一级，权力大了去了。他是这个部门的经理，也叫饲养员。

下班后，毛豆去找孙猴子，向他解释自己的失误——工作时间发呆，而且背对着参观者。他希望孙猴子能放他一马。孙猴子正在监控室里，七八十个小屏幕已呈静止状态，他的工作是通过监控查看每个“内胆”的工作情况。当然，很多时候，他会走到现场去，戴着墨镜，一言不发地混迹在人群中。

孙……孙……经理，毛豆差点说成“孙猴子”，下午，我，那个——

“我计分了，”孙猴子不等毛豆将话说完便告诉他，“回吧，回吧，我得下班了，还来干什么。”

他抬起那只不容置否的手臂，边走边将毛豆往外推，关上门，头也不回地离开了。毛豆很茫然，他越来越捉摸不透此人，早晨上班时，孙猴子还笑嘻嘻地在毛豆头上猛地拍一下，因为孙猴子个头不高，需要跳跃才能完成这个动作，当毛豆回过身来，孙猴子已经笑得前俯后仰。他对毛豆说，逗你玩儿的。好像他们之间很亲昵，毛豆也只好笑一笑，将孙猴子给他的这一脑瓜子视作友情。而这会儿，孙猴子却像换了个人，连一句解释都不听，六亲不认。

毛豆又回到休息室，“内胆们”还没离开，正坐在电视机前面认真观看。电视里播的仍然是那个野外摄制组的跟踪拍摄（有观众留言称这二人为野鸡摄制组）。一天过去，摄制组一无所获，但他们并不气馁，相信一定会遇见东北虎。这档节目收视率很高，弹幕一直在滚动。很快，有新的摄影爱好者和野生动物专家加入其中，他们都有丰富的拍摄野生动物的经验，当然，这些经验很久都无用武之地了。

摄制组重新制订方案，分配任务，并且设定新的机位。近景拍摄用动物仿真摄像机，采用沙罗曼蛇机器人，进行远程控制。机器人外形和野生动物极其相似，除了眼睛处装置的是摄像头，这使它能在与动物近距离接触时记录下一切。随着动物的灭绝，这套沙罗曼蛇机器人已经蒙尘很久，摄影师们再一次将其从摄影包里取出来，极为亢奋。

摄制组向树林深处前进了数公里，树越来越密，树干很高，仰头看，树冠将天空遮蔽。在经过水杉林时，起风了，风先在树尖游动，发出奇怪的声响。树尖左右摇摆，慢慢幅度越摇越大，立不住了，眼见着朝着地面砸来。摄影师们撒腿就跑，不敢回头望，约莫着超出树的长度了，才敢站定，刚立住脚，身后咔嚓一声，参天大树倒伏下来。

“内胆们”笑了，好像刚刚躲过一劫的是他们。毛豆也看得津津有味，索性找个椅子坐下。这个小插曲并没有影响拍摄进度，反而给节目增添了趣味。

一个头发蜷曲的摄影师说自己多年前在伊尔库茨克原始森林拍摄时也遇到过这种情况，大树像是长了腿在身后追赶。他估摸错了树的长度，结果被树给暗算了，脊背上被树枝划拉出一道长长的口子，至今疤痕还在。

卷发摄影师的手套刚刚在奔跑时丢掉了一只，他返身去找。地上落叶很厚，脚踩上去，咔咔作响。他弯下腰，放慢脚步。这时，他惊叫起来，一边召唤同伴，一边将镜头对准地面一处虚掩的坑。如果没有猜错的话，这应该就是老虎粪便的坑。

“内胆们”也欢呼起来，摄影师的发现让他们激动不已，他们将脑袋默默向前伸了伸，抿抿嘴，暗地里吐出一口气。

野生动物专家很快便赶到摄影师指定的地方，蹲下，手轻轻拨开树叶，捻开一土坷垃放在鼻下闻。他说野生东北虎对于自己的粪便很谨慎，一般会挠点土给埋上，以此掩盖气味和踪迹。他一边将混合着粪便的泥土靠近镜头，一边告诉正在收看的观众，没错，这正是东北虎的粪便，而且，从粪便时间上判断，应该是不久前留下来的。

天黑透了，摄制组采用远红外相机，估计老虎出没的可能性很小，他们决定一部分人回营地，一部分继续蹲守。

这时“内胆们”也起身离开了，毛豆走出休息室，他的脑海里全是北方的原始森林。当他出了林荫道，才回过神来，想到白天被孙猴子扣的分，心里顿时刮刮地难受。

金钱豹在他后面走着，离得不远。他俩是差不多同时来动物园上班的，虽没说过几句话，但在毛豆看来，这就多了一点亲近。他听说金钱豹有一个儿子，自闭症，又患有先天性心脏病，要进行心脏移植。这需要巨额医疗费，金钱豹除了在动物园的工作外，还兼职了另一份工作。毛豆记得金钱豹刚来时扮的不是金钱豹，而是扬子鳄，因为扬子鳄的工作环境需要长时间匍匐在沼泽和浅水里，因此薪水略高一些。但谁也不知道后来发生了什么，扬子鳄有了新的“内胆”。即使是这些最低下的工作，也存在竞争。

毛豆故意放慢脚步，金钱豹走上来，他俩都是内向的人，都不擅长与人搭讪。路灯昏黄，隐藏在树叶中，两双鞋与地面发出相似的声音。快到大门口了，毛豆才说一句，下班了。

嗯，下班了。金钱豹也回应一句。

毛豆还想问问他儿子的情况，现在怎么样了？需要多少钱？啥时候能等到配型成功？但毛豆一句都没说，他觉得不合时宜，也不妥。金钱豹出了大门沿着院墙向左拐，毛豆则穿过马路到站台等车。他远远看着金钱豹走路的样子，因为上半身前倾，脑袋低垂，仿佛正被一只无形的手摁向地面。

4

女儿在巷口等毛豆，毛豆一出现，小人儿就一个跳跃吊到毛豆脖子上。女儿已经十六岁了，个头还没往上蹿，身高一直停留在搬进铁皮屋的那一年，毛豆常常注视着女儿，心里感到愧疚和担忧，好像铁皮屋局限了女儿的成长似的。

他问女儿怎么在这里，对方答非所问，反问毛豆是不是忘了，忘了今天是什么日子了？

毛豆挠头想了老半天也没记起，女儿说，今天是周末，你上个周末答应这个周末去看电影的。

哎呀，毛豆这才用手猛拍了一下脑袋。

女儿爱看电影，准确地说是去电影院看电影，对于什么片子并不讲究，外国的、国内的、商业片、文艺片，她都会兴高采烈地从头坐到尾看。有一阵儿毛豆疑心这孩子并不是爱看电影，而是喜欢将自己置身于电影院宽大的放映厅里。

他和女儿在海报前踟蹰半天，最后停在一部叫《飘浮于万有引力之中的房屋》的海报前，导演叫癐忈，这名字似乎有意要测试观众的汉语水平。

女儿执意要看这部，不知道是生僻字激起的好奇心，还是悬浮的房子激起的好奇心。然而，整个放映厅就他们父女二人，银幕超大，带着一股夯劲，四周空空荡荡，这种空荡让他有点不适，惶恐，错愕，甚至有点受宠若惊。毛豆看看周围墙壁，偶尔闪过的蓝幽幽的光更增添了纵深感，仿佛放映厅没有边际。

电影终于开始了，讲述一名叫作无稽的男子和儿子之间的故事，无稽是建筑设计师，他烦透了这个充满规则和缺乏想象的世界，所以他的设计总是天马行空。他设计出像雨伞一样会自动收拢的房子，会行走的房子，有情绪的房子，可他的设计方案没人愿意接受，专家们认为那样太大胆，简直是异想天开，完全忽视自然规律。但无稽仍然一意孤行，除了他十岁的儿子，没人相信他。无稽答应给儿子生日礼物，一座会飞的房子。他每天忙于设计、绘图、建造，终于在儿子生日那天房子造好了，坐落在地面上的房子轻轻晃动了一下，便缓缓地脱离地球表面，升向天空——

整个观影过程女儿一言不发，这与她从前大相径庭，毛豆紧张得手心出汗，不知道女儿此时此刻想的是什么，他所有的心思都用在揣摩她的心思上。

他后悔挑选这部电影，害人的生僻字，害人的万有引力和悬浮。关于房子的话题，毛豆总是在和女儿相处时尽量避免提到。刚刚在幽暗的放映厅里，他偷偷用余光瞟向女儿，心里有些酸楚，他轻轻捉住女儿的手假装若无其事地放在自己膝盖上。想到女儿在铁皮屋里写作业时，只能伏在她母亲的缝纫机上,有一次,她母亲给缝纫机加过机油，没告诉女儿，结果写完作业，本子上洇了好大一块儿。

他答应过女儿，房屋一建好，立即买写字桌，再挑选一盏亮瞎眼睛的台灯（女儿这么说的）。但是，这个愿望什么时候能实现，毛豆也回答不了。

从电影院出来，他们没有立即回家，而是在广场上慢慢溜达。他问女儿要不要吃棉花糖，女儿说不要。他又问吃不吃烤红薯，女儿说不饿。一连问了几次，女儿都是摇头。这倒让毛豆有点心虚和愧疚，他看着女儿的背影——垂着头，步履缓慢，夜色牢牢粘在她的身上，不知道女儿是不是还沉浸在刚刚的电影里，他一时还想不出用什么方法来打破这令他揪心的沉默。

突然，远处有钟声响了，他们不约而同转过身，循着钟声方向看去。毛豆发现对面的小广场上聚集了很多人，一块超大银幕在人群上空，每个人都嗷嗷待哺似的看向银幕。他和女儿也走过去，当他将视线调遣到银幕上，忽地一愣，因为播放的是关于东北虎的跟踪拍摄。或许那里与此处有着时差，镜头里的天空还透着一点点湛蓝和淡紫，雪花一片片从天空飘落下来。摄影师很调皮，将镜头对准半空，对准一两片悠扬闲淡的雪花，雪花在昏暗的背景衬托下格外醒目。这让毛豆不可避免地想起了老屋，想起他们仰头看雪花的日子。而现在，连那样一间屋子都没有，连一个飘着雪花的屋子都没有。他有些感伤，更有些愤怒。

他和女儿乘公交车回去，进入巷子，在经过西边邻居杨国强家的时候，毛豆停住脚。他看着那扇因风吹日晒变成平行四边形的院门迟疑了一下，叫女儿先回去，他马上就来。等女儿进了屋，他便伸手敲了敲平行四边形。门内有个粗鲁的声音问谁啊，毛豆没吱声，再敲。里面又问，谁啊？问话中门开了，开门的正是杨国强。对方见是毛豆，立即将门推上，毛豆赶紧侧身挤进一条腿。

你想干什么？杨国强怒道。

我就想砌房子，毛豆急急地回答。

门儿都没有，对方说。

你为什么不让我砌房子？毛豆突然委屈，他觉得自己的这句话缺少力道，这个问句问过不下百遍，每个邻居给出的理由都蛮横无理。在阻拦施工的人中，杨国强是闹得最凶的，也是最狠的，因为与毛豆家挨得最近，所以杨国强显得比谁都理直气壮。他说你毛豆砌房子要用混凝土小搅拌机吧，要用振捣棒吧，要立模子吧，要搭脚手架吧，要运建筑材料吧，哪一项没有振动，哪一项对我家房子没影响。杨国强说现在他不想翻新房子，还想再住个三五年，三五年后，你李毛豆要砌就砌。

他把毛豆往外推，砰的一声把门锁上。再敲门时，门缝里滚出两个字：免谈。

5

一场大雪，给摄制组带来不少困难，首先是寒冷，蹲伏在雪地里的摄影师将自己包裹得严严实实，以抵御寒冷的侵袭，极低气温下电池耗用太快，这也给拍摄增添麻烦；其次，雪地上更难发现老虎的踪迹。已经进入雪季，每年都会有好几场雪，据说，厚厚的积雪待到明年四月才会融化。用于跟踪拍摄的机器人采用轮毂进行移动，雪地增添了行进难度，摄影师们不得不将机器人退下，继续采用固定长焦拍摄。

一周后的早晨，“内胆们”在休息室里穿皮子，电视声音开得小小的，镜头里的一切被白色笼罩，世界仿佛静止了，除了偶尔一个雪团从树丫上掉下来，发出哑哑的“噗簌”一声。就这样守株待兔下去，能不能拍摄到东北虎，谁也难说，大家都渐渐失去耐心，然而，摄制组又不愿意轻易放弃，他们执拗地认为拍摄到东北虎将给这个动物逐渐消亡的世界带来非同寻常的意义。

毛豆把头套戴好，这是最后一个步骤。正当他从皮子里露出眼睛时，电视上闪过一抹黄色花纹。

确定不是眼花。

很显然，这个瞬间不仅他看到了，卷发摄影师也注意到了。他将镜头摇过去，慢慢拉近——目标出现了，那只他们等待了十一天的东北虎终于出现在画面中。

老虎背对着镜头，缓慢走到树后，侧卧在雪地上，然后闭上眼睛，看上去像是很疲惫的样子，偶尔抬起头来睁开眼睛看看周围，张一张嘴，又耷拉下脑袋。

现场的人们很激动，从他们克制的带着颤抖的声音里可以得知。“内胆们”停下手上的动作，脑袋趋向屏幕。毛豆又将头套取下来，抱在胸前，一眨不眨地盯着镜头里的东北虎——它厚实的脊背，完美的花纹，令毛豆感觉如此亲切，又肃然起敬。他分明感到自己的眼睛有些湿润，鼻子酸酸的，他说不清楚自己为什么会如此激动，甚至有些感伤。

也许这就是地球上最后一只东北虎了，毛豆心想。过度采伐森林，加速了老虎栖息地的流失，同时也使它的捕食对象（狍、野猪和麂等）无栖身之地，造成食物短缺。毛豆知道虎皮虎骨的价值也是老虎长期以来成为狩猎对象的重要原因，他曾在报纸看到关于动物灭绝的另一种说法——由于人类的活动、栖息地的破坏等因素使老虎的分布区被分割成多个孤立的“岛屿”，各分布区之间缺乏基因交流、交配，甚至一些分布区内仅有一只个体而不能繁殖，最终导致物种灭绝。

野生动物专家说美国加利福尼亚大学一名叫安东尼·戴维斯的科学家早在1996年就预言物种灭绝是21世纪地球面临的最大灾难。当前物种灭绝速度比自然灭绝速度快1 000倍，平均每小时就有一个物种灭绝，照此下去，现存物种绝大部分将在21世纪灭绝，那将是地球上第六次物种大灭绝。但令安东尼·戴维斯没有想到的是，这一天已提前到来。

一整天，毛豆都心不在焉，脑子里尽是关于东北虎的画面，他记得野生动物专家说为了防止物种的彻底灭绝，一些国家纷纷建立濒危物种基因库，基因技术、试管技术、克隆技术、冷冻保存技术等高新技术也在不断成熟。两年前，我国第一座野生动物濒危物种基因库也在昆明建成，目前已开始收集濒危物种基因资源。通过收集血液样本，运用高科技获取其DNA信息，筛选出遗传标记并克隆保存在零下196℃的液氮中——

毛豆不知道下一步他们会对这只东北虎做什么，当镜头对准东北虎时，他的内心十分复杂。

一上午毛豆都待在室内，看着从天窗漏下来的光斑，树影在光斑里移动。中午，他才从牛仔门走出去，走到水塘边。来动物园的人出奇地多，像是受了什么召唤，钢丝网外站满了人，除了家长和他们手中的孩子，还有很多热恋中的男男女女。往常恋人们选择动物园，重点并不在参观，动物园里茂密的植物给他们提供了很多隐秘空间。而今天，恋人们像深藏在地下的蝉蛹一样从树林里走出来了。

他从水塘来到土坡，又沿着钢丝网慢慢走向横木，经过钢丝网时，网外面的孩子们连忙抱住身边的大人，好像被吓住了，大人们也失声尖叫。毛豆不喜欢他们过于夸张的表情。

他背对着人们，走向土坡，侧卧在草地上，闭着眼睛，仿佛很疲惫的样子，偶尔抬起头来睁开眼睛看看周围，张一张嘴，又耷拉下脑袋——他觉得这一切多么熟悉，每一个动作好像不是他自己完成的，而是从皮子里生发出来的。

6

每天工作时间虽然只有八小时，但每分钟都会很紧张，谨慎，要经得住无数双眼睛的注视。毛豆最怕的眼睛不是来自参观者，而是来自园子四周的监控，具体点说，是监控后面的孙猴子。

这一天，毛豆又被扣了分，他越来越不明白孙猴子扣分的标准。下班后，他去孙猴子办公室，金钱豹正好在里面，远远地就听见孙猴子的咆哮，原因是金钱豹这个月请两次假，薪水被扣了不少。金钱豹解释家中有事，两次都是送儿子去医院，没办法。

孙猴子说金钱豹啊金钱豹，你给我说说看，我总不能在园子外竖个请假牌，向游客解释金钱豹家中有事吧。这样请假肯定不行的，游客不认可，这次先扣三倍的分，下个月再这样请假你就别来了，你也是知道的，“内胆”多的是。

金钱豹从孙猴子办公室出来，看见毛豆，低头正要离开，被毛豆叫住。毛豆支支吾吾问他儿子病情怎样，金钱豹愣了一下，抿了抿嘴说，现在还算稳定，就等配型成功，也——也不能再拖了。

那——钱凑齐了吗？毛豆小声问。

金钱豹看着毛豆，好像料到他要说什么，半晌没吱声。

我这儿有点，毛豆咬着嘴唇说自己估计一时半会儿也砌不了房子，可以借他救个急，但是，毛豆补充说，一定要还的。

金钱豹连忙点头，又摇摇头，说，会还的，会还的，借钱怎能不还，谢谢你东北虎，你，你这样——他一激动话没说出，眼泪先飞出来了。

毛豆在金钱豹肩上拍拍，转身进了孙猴子办公室。

他还是来晚了一步，孙猴子已将扣分记录交到财务上了。孙猴子说李毛豆啊，你也怪不得我，这是我的工作，我包庇你，我就要丢饭碗。说着在毛豆后脑勺敲了一巴掌，孙猴子咧开嘴笑出声来，说，李毛豆你可不要向金钱豹看齐，这个月他已经扣掉24分了。

晚上毛豆到家，老婆推着缝纫机刚从巷口回来，她白天在巷口摆摊，给人缝缝补补，晚上回来加工毛绒玩具，给小动物缝上耳朵鼻子眼睛。毛豆也不知道她从哪儿接的活儿，缝纫机永远哒哒哒地叫着，脚下四处散落着支离破碎的五官。据说完成一只玩具可得五分四厘。这个分值古老得都失去铜臭味。

外婆——毛豆的岳母，他喜欢跟着女儿这么叫——有时也帮帮忙，她心疼女儿，但心疼归心疼，也无法付诸到更多的行动上。外婆还有一个儿子，娶了媳妇后，婆媳关系疙疙瘩瘩。在毛豆一家搬进铁皮房子时，外婆不得已回去跟儿子住，但没几天就夹着包过来了。她情愿跟女儿一家蜷在这铁皮房子里。

外婆嘴碎，说话冲，有时她女儿看不下去，便怼一句，你怎么不去你儿子那儿呢，那儿房子大着哩。外婆就老老实实闭上嘴，一声不吭地躺到纸板床上去。

而毛豆的父亲呢，他和外婆是不说话的。他和谁都不说话。这是一个内向、憨厚、固执又倔强的小老头，年轻时在国营厂待过，做预算，所以做什么事都喜欢算一算，尤其表现在吃药上，他根据体重把药丸分成几等份，绝不多吃。最多的一次，指甲大的药丸被分成十二份。老头没什么大毛病，唯一的问题就是便秘，各种方法都试过，不顶用。对于一个八十岁高龄的人来说，身体这部机器已锈蚀，转不动了。

这两年，解决便秘的方法是毛豆用手掏。每天晚上，小老头颤巍巍地趴在一只矮板凳上，抬起尖瘦的屁股。屁股上已没有多余的肉，看起来像两道犁。每每这时候，毛豆都会一阵心酸，既是为父亲，为自己，也为蜷在临时房

像膏药一样死死抱住对方，直到再次被几双手给撕下来。毛豆第一次看见一个大男人哭得像个婆娘似的，如此肝肠寸断，他上前去，想劝慰几句，却不知该说什么。金钱豹的力气太大了，没有人能拽住他，孙猴子报了警，让警察将金钱豹带走了。

令金钱豹悲痛的不光是丢了工作，还有和他儿子配型成功的那颗心脏也丢了。据说医院给的理由是交通事故，运输过程中的交通事故，导致移植心脏在体外超过七小时，心肌细胞缺氧坏死。金钱豹不相信，他怀疑被人捷足先登了。他说自己已做好准备，把房子卖掉，还借了贷款。因为他的儿子等不起，不能再拖下去了。

金钱豹被带走后，毛豆想到自己的女儿，庆幸上天给了他一个健康活泼的孩子，他决定下班就给女儿去买礼物。因为房子小，一直以来毛豆允诺等砌了新房再兑现。可是，现在，他有点等不及了，他要尽快完成女儿的心愿，至少可以先兑现鱼缸的愿望吧。

电视里还在直播着关于北方森林里的东北虎，但镜头里并没有出现东北虎影子，而是两个野生动物专家和几个不知身份的人正在营地的帐篷里进行一场会议。

一个戴着鸭舌帽的男子说 2021 年《科学》刊发了一篇专门阐述里海虎和东北虎（西伯利亚虎）关系的论文，基因研究表明西伯利亚虎和已经绝灭的里海虎有着相对别的虎亚种最近的亲缘关系。调查指出，很可能两种虎的共同祖先在大约一万年前通过古中国去往中亚，在里海地区定居繁衍。而其中一支横穿西伯利亚来到远东地区形成西伯利亚虎种群。他们认为正是人类活动分隔开了这些本来属于同一种群却分布于不同地区的虎，并最终让它们分别走上了不同的进化道路。里海虎于二十世纪八十年代彻底灭绝，而东北虎也正走向灭绝，但是，通过基因的克隆，不久的将来，人们会在古老的丝绸之路上重新看到老虎的身影——

此时，野生动物专家打断男子说话，他的声音很小，似乎被裹得严实的围脖挡住了。毛豆没听清，也来不及继续听了，他得立即到园子里去。

气温越来越低，太阳有气无力地悬在头顶，几场秋雨后树叶落得满地都是，草黄了，树木萧瑟。毛豆慢慢在水塘边走着，他有点打不起精神来，头很重，身子反而变得轻了，轻到失重的程度，感觉在往上飘。尤其几只脚飘得更快一些，这就让他产生了一种倒立的感觉。他用脑袋撞开牛仔门，皮子的重量对于此时的他来说有点吃力。毛豆感到浑身疲乏，瘫坐在墙脚。

不久的将来，人们会在古老的丝绸之路重新看到老虎的身影——这句话在毛豆脑子里回旋，他无法感受到鸭舌帽男的那种亢奋，心里更多的是悲伤，具体因为什么，毛豆也说不上来，这情绪让他感到沮丧和无精打采，有那么一瞬间，他竟然很想念镜头里的那只东北虎。

太阳隐到云层里，头顶的天窗黯淡下来，起风了，好似一场大雨将要到来，树叶被吹到天窗玻璃上，正吧嗒吧嗒地抽动，积云拖着沉重的躯体从远处缓缓靠近。

钢丝网外的游客小声议论着，手机掏出来随意摁两下又放回口袋。毛豆漠然地注视着钢丝网外的游客，在老虎园停留的人不多，看一眼就走过去了，人们或许打算在落雨前赶回去，或许是对这懒洋洋的老虎感到深深的失望，甚至还有几分鄙夷。

一个孩子站在钢丝网外，心事重重的样子，他看向毛豆，毛豆也看过去，他不知道这个小屁孩在想什么，他知道真相吗？他知道野生动物的皮子里面是一个个人吗？他到哪一天才会明白这一切？他会对这个世界感到深深的失望吗？

他会对人类的自以为是和所谓的绝顶聪明感到悲哀吗?

毛豆刚要收回目光，便看见了孙猴子，他仍然戴着墨镜，因为发际线过高，使得墨镜有种承上启下的宽大。他觉得孙猴子又要给他扣分了，他把这小小权力发挥得淋漓尽致。孙猴子的口头禅是，“内胆”多的是。他说动物是没有，人可多的是，还怕找不到人来扮动物?

毛豆仍然瘫坐着，他不想挪动身子。孙猴子的手插在裤兜里，咧着嘴坏笑。这时，孙猴子将两只手掏出来，左手托住右手，右手握成枪的形状，作为枪管的食指突然跳动一下，砰——这个声音是在毛豆心里发出来的。他不明白孙猴子为什么会做这个动作，当然，以他平时爱戏弄别人的顽劣德行来看，也不算稀奇。

但毛豆却感到胸口一阵疼痛，好像那一枪真的击中了自己。

8

毛豆给女儿买了小鱼缸，忘记买小金鱼。女儿说不用，她不想养真的鱼，死了会难受。等到毛豆第二天下班回来，发现鱼缸里多了几尾纸鱼。女儿自己动手剪的，倒是很逼真，用树枝搅动一下，纸鱼便顺着水波游弋。女儿做完作业看一看，临睡时看一看，上学前看一看，几条纸鱼带给她许多快乐。有一次，她问毛豆，会不会有一天地球上连鱼类也灭绝了呢？毛豆看着鱼缸，不知道怎么回答，他想起野生动物专家说过，通过基因库可以让灭绝的动植物重新回到地球。

人类太聪明了。女儿幽幽地说道。

是啊，毛豆附和着，他听出女儿这句话里的意思，并不是出于赞美。这些天他内心也颇感复杂。

你知道吗？女儿突然歪过脑袋问他，你知道马很讨厌伯乐吗？

毛豆一愣，还真没想过这个问题，马为什么要讨厌伯乐，马感谢伯乐还来不及呢。

自从有了伯乐，马就没有了自由，马原本可以和别的动物一样，每天在草原上吃吃草，喝喝水，但伯乐的出现，让马不停地奔跑。伯乐说，马呀，只有奔跑才有意义。嗨，意义个头呢。

毛豆笑起来，她被女儿的抱怨逗笑了，不过，他觉得这个观点倒是很新鲜。

他想起正在东北森林里的那只老虎了，他很久没有看直播,上一次还是在五天前,镜头里没有出现东北虎的影子，而是几场会议直播。参加会议的是野生动物专家、基因生物专家、动物遗传育种专家、森林公安局等等，而最早的那两名野鸡摄影师不再参与了，他们一个打道回府，一个像热心志愿者在场外帮忙。

毛豆告诉女儿，在北方的森林里，人们发现了一只东北虎。

女儿扬了扬眉，慢悠悠地说，知道，这可是同学们近期最热的话题。

唔，是吗，毛豆说。

真希望它不要出现——

什么？毛豆没听明白。

我说，真希望那只老虎永远不要再出现，或者离开地球，永远不要让充满野心的人类看见。女儿补充道。

为什么？毛豆皱了皱眉。

女儿用手捞起一条纸鱼，刚刚还在水中悠游自在的鱼立即耷拉下来。因为，女儿说，人类不配拥有地球。

和女儿闲聊的第二天，毛豆就迟到了，他在公交上思考，发呆，又打了个无边无际的盹儿，等回过神来，已经到终点站了。急急忙忙下来，又返身坐上回程车，回程车上不见晨练的老人，却挤满了上班族，上班族特点鲜明，因为无精打采，毛豆在这群人中找到了同类项。上车的人越来越多，司机无视拥挤的车厢，每到一个站台都将车门打开，催促站台上的乘客赶紧“上、上，往后走！”人们像是被装进罐子里的骰子，不停地摇晃。毛豆站起来，将座位让给一个满头白发的老头，他猜不出这是上班族，还是混迹在上班族中的晨练者。他从人缝中挤到后门，几米的距离却如同翻越重山万岭。他实在想不明白，人类不断侵占森林、耕地，但人类的生活仍然拥挤不堪。

迟到了，他被扣了分。这是无可置辩的。下班后毛豆正忙着脱皮子，孙猴子来了，他说李毛豆啊李毛豆，你一整天在想什么呢，你在园子里挪都不挪啊。毛豆没搭理孙猴子，他不想分神，他正聚精会神地看着电视。

镜头里东北虎正东张西望，慢吞吞地向阔叶林走去。四周的树木与先前有了很大变化，变成落叶阔叶林和针阔叶混交林，这是中国东北地区常见的岩石或砾石较多的山貌。毛豆发现东北虎脖子上还戴了一个金属的项圈，这串项圈似乎没有使它感到不适,或许,这些天以来已经习惯了。对于东北虎的归属，几天前专家们的意见出现了分歧，一部分人认为提取基因后就应该放虎归山，如果送到野生动物育保中心，极有可能会抑郁而终；另一部分人则持反对意见，他们认为放虎归山，老虎会面临找不到食物的可能，是让它饿死还是下山吃人。两方观点僵持不下，直到几天后才达成了共识。

毛豆面对电视上这段争执时，冷笑了两声，他的声音很小，通过鼻腔和嘴角完成。没有人注意到这个细节。他想，人类一方面去抢救一个已经失去生存能力的物种，一方面却在加紧破坏人类自身生存的环境。这就是人的虚妄。

毫无疑问，这是地球上仅存的唯一一只东北虎。专家们给出了定论，他们决定给这只东北虎一段“自由”时间，但也并不是完全自由，“项圈”的作用除了有定位系统和摄像功能，还有采集四周环境的湿度、温度、行走里程，监测各项指标数据的作用——包括自动相机影像花纹数据、粪便分子遗传信息数据、足迹影像数据、猎物种群监测数据，以及栖息地环境质量监测数据。当然，除此之外，方圆五百公里内，日夜兼程地安装了若干个红外摄像仪器。专家们通过采集的各项数据，监测、分析并确定下一步东北虎该何去何从。

这大概是一只抑郁、偏执甚至有点感情丰富的老虎，它似乎不太喜欢运动，白天，它会找一个有阳光的地方躺着，等到了夜晚，气温越来越低时，为了避免太冷，才起身去捕食。这么冷的天，小动物们都藏起来了，尤其是它最爱的狍子。东北虎比第一次看到时瘦了很多，猎物变少是原因之一，需要消耗脂肪御寒则是另一个原因。

野生动物专家正在向镜头外的观众分析东北虎的种种莫名其妙的行径，比如，它会转圈，围着一棵树转，一直转。

这时，孙猴子突然挡在了电视前方。他像个老顽童似的嘿嘿笑着，说，李毛豆，我跟你说话你怎么听不见呢，你不能在园子里躺着一动不动，你是老虎，嗨，老虎哇。他转身指了指电视里的东北虎，刚要说你要像真正的老虎一样凶猛，却看见电视里的东北虎有气无力地蜷在雪地里。

嗨，老虎都不像老虎了嘛。孙猴子扔下一句话，怏怏离开了。

9

这一年冬天来得格外早，一场接着一场的雨落下来，气温就骤降了。外婆常常把椅子搬到门口，晒太阳，或者对着连绵的雨丝发呆。她的瘪唇哆嗦得更加厉害了，空荡荡的嘴里牙齿寥寥无几——不久前在巷子东头厕所又摔掉几颗。和牙齿一起摔断的还有她的脚骨，据说那些骨头细脆得像一截截枯枝，小诊所的医生虽然不确定是否能够长好，但还是用厚厚的石膏将它们裹了起来。毛豆常常猜想石膏里面的枯枝是不是发芽了，因为它们总是发出一阵阵菌菇类霉腐的气味。外婆总爱把那只受伤的脚搁在她女儿的毛绒玩具上，脚陷在柔软的毛绒玩具里，像是长出的一只大耳朵。

毛豆的老婆依旧日夜踩着缝纫机，哒哒哒的声音把铁皮屋子的锈都震落了。她接了更多的活儿，毛绒玩具的耳朵、鼻子、嘴，已经堆得老高，像海水一样，从铁皮屋的一侧漫延到另一侧，一直漫延到外婆的白石膏脚下。这个瘦小女人埋头作业，腰弓得更厉害了，终于，她把自己的五官也缝进去了——视力和听力越来越糟。后来毛豆给她买了一副老花眼镜，度数很高，使得眼睛出奇地大。毛豆有时不敢直视,镜片后的眼睛像鱼一样,稍不留意就要游出脸颊。她的耳朵也不好使了，毛豆喊她，她也听不见，然后惊觉地从哒哒哒的声音里抬起头，十分漠然地看着外面。

一次考试前，女儿提出要去同学家住几天，说同学家有两个书桌，每个书桌上都有一盏带护眼模式的学习灯，同学家宽敞而且安静，她们可以好好复习，备战期末考试。毛豆没同意。女儿撇着嘴说，我去复习又不是去玩。毛豆说你要复习可以在家里复习——还没说完，女儿就嘟起嘴说家里哪有复习的地方，就连电灯都是昏暗的，书上的字看得很吃力。毛豆刚要说他可以换个更亮点的灯泡，女儿就喊起来，说，为什么，为什么别的同学有自己的书桌，而我没有！说着眼泪掉下来，声音也高了，她说自己受够了这个铁皮屋，一个小时也待不下去了，她感到窒息——

啪——毛豆甩出去一个耳光，抽完手还杵在半空。这是他第一次打女儿，女儿哭着捂脸跑到屋外去了。老婆连忙去找，毛豆还愣在原处。天黑后老婆一个人回来了，没找到，正当毛豆一家心急如焚时，女儿推门进来了，脸上还挂着泪痕。她垂着两手，一直走到毛豆跟前，停下，低着头，半晌才说，我错了——

女儿的道歉让毛豆愈发难过。女儿越是懂事，他越感到愧疚。

毛豆丢下手中的锅铲，在女儿肩上拍了拍，骑车出门了。他去商店买了两瓶白酒马不停蹄来到杨国强家，这个打感情牌的方法毛豆也不是没试过，但杨国强软硬不吃。为了能早日砌房子，早日搬离铁皮屋，毛豆想再试一试。

杨国强家的小院门关着，院子里黑咕隆咚的，毛豆喊了几声，无人应答，很显然，全家外出了。毛豆对着那扇变形的门抽了两支烟，门板龇开很大一条缝，像一张暗自窃笑的嘴，两块门板之间缠了几圈铁丝，试图要使它们百年好合。

吃了个闭门羹，毛豆本打算就这样回去，想想不甘心，他想,不如把酒留下,若杨国强在家的话定会把东西摔出来。先让他收下再说。

毛豆踩着墙脚的花台慢慢往上爬，翻过院墙，顺着一棵石榴树可以落到地面。他往地面跳，衣服被树枝钩住，在空中弹了一下，树枝断了，人和酒重重摔在地上。主要是后者，立马一股浓烈的酒香溢出来，还有莹莹的液体在黑暗的地面胆怯地流淌。

毛豆顿时有种做贼的感觉，碎玻璃也来不及清理，急急忙忙翻墙而去。

第二天一早，毛豆还未起床，杨国强就在门外大骂了，他指桑骂槐，说不知道哪个缺德鬼趁他不在，用碎玻璃扔了一院子。毛豆听由对方叫骂，一点想解释的欲望都没有，因为任何解释都显得很荒谬。他越来越觉得砌房子的事就是个疑难杂症，只能听天由命。

早晨无精打采地来到动物园，“内胆们”大多数也都来了，正一边穿着皮子一边看电视。这个直播节目给“内胆们”带来很多乐趣，但毛豆例外，他并不能从中体会到乐趣，而是一种莫名的惺惺相惜和悲伤。

镜头里东北虎的背部和前肢上强劲的肌肉在运动中起伏，巨大的四肢推动向前，平稳而安静，就好像在丛林中滑行。尖硬的锯牙钩爪，五个非常锐利的虎爪使用时伸出，不用时缩回爪鞘避免行走时摩擦地面。

它似乎更加内向和偏执了。红外摄像仪记录了它在 12 月 2 日这天走了 20 里路，在 12 月 3 日这天走了 26 里路，到 12 月 8 日这天，它已经走了 200 里路，但根据卫星定位来看，它是在绕一个很大的圈，连野生动物专家都无法解释这一现象。

而到了 12 月 18 日，人们发现东北虎不再绕圈了，而是径直向一个方向走去。

10

春节到来之前，外婆去世了，没有一点征兆，死得很突然也很平静。她在前一晚还帮忙缝玩具小嘴巴。外婆坐在自己那张纸箱做的床上，缠着石膏的脚搁在板凳上，缝得极其认真，每缝好一个都拿给她女儿检查一番。女儿检查时，她也伸过头，颤颤巍巍的。她太瘦了，身体几乎维持不住她的目光。

一晚上外婆都没说话，像个虔诚的小学生。有时缝得歪了，被女儿抱怨几句，她也不吱声，拿过来拆了重新缝一遍。

外婆的死是次日早晨才发现的，纸箱床像是受了重力明显坍塌下去，她一动不动地躺在纸箱里，只有那只缠着石膏的脚翘在外面。她女儿喊了好几声，没人理睬，毛豆老婆说，起床了外婆，帮忙把货赶出来咯。外婆仍然纹丝不动，她女儿掀开被子才发现不对劲。

毛豆接到电话时正在休息室里穿皮子，孙猴子也在，他倚在电视旁正在对毛豆进行批评教育，说毛豆工作态度太消极了，每天就瘫坐在地上，关键是，怎么坐成了人样了呢——

毛豆挂了电话就把皮子脱下来，撒腿往外跑。孙猴子还不明白什么情况，满肚子怒火，他冲着毛豆背影说，李毛豆，你这是要对着干么？老子告诉你，你不想干就别干。孙猴子似乎不解气，又撂出那句口头禅："内胆"他妈的多的是。

毛豆和他老婆费了九牛二虎之力才将外婆从纸箱里拽出来。她在死亡之前因为小便失禁，尿液将纸板浸透，纸板终于承受不住重量，软塌了下来。她的身体也卡在纸箱里，呈 V 字状。人已经僵硬了，抱上来时已经无法放平，只能侧着摆放。

外婆左手里紧紧攥着一小截红色绒布，原来是前一晚缝坏的那只小嘴巴。毛豆有些难过，眼睛顿时湿了。他曾经猜测,两个老人,哪个会先离开呢？一个需要他每天掏屎，一个不是他亲妈。当然，他们不可能同时离开，即使是百年好合的夫妻也难得如此巧合。而现在，终于先走了一个，曾经的猜测是不是说明了对他们离开的期待。他对自己的那点小心思感到悔恨。

毛豆老婆试图从外婆僵硬的拳头里将“小嘴巴”拽出来，可拳头太紧，绒布又弹回去。毛豆说，别拽了，放在这儿吧，就放在外婆手心里吧。

阳光斜斜照进来，落在外婆裹着石膏的脚上，一切都停下来了，包括石膏里将要抽枝发芽的骨头。光柱里灰尘浮游，鱼缸里的纸鱼静止。

一切从简，丧事结束后毛豆回到动物园，有点恍若隔世的感觉，唯一没有变化的是孙猴子的怒气。

毛豆穿上皮子静静地坐在园子里，漠然看着钢丝网外的游客，感觉身体空空荡荡，四肢绵软乏力，而且嘴唇一直在发颤，前额也会沁出一层亮晶晶的汗水。他屡次想形容这种巨大的空空荡荡，都难以尽意。

有小孩握着相机冲他喊，嗨，东北虎，东北虎，起来走一走，起来走一走吧——

他抬起眼皮瞥一下，仍然一动不动。当然，换作平时，“内胆们”也不会因为游客要求而相应做出什么举动。

新来的金钱豹，没干几天也走了，不知道是什么原因没干得下去。狮子园里的也是，园子几天前空了出来。毛豆坐在土坡上，听着动物园里人潮汹涌里暗藏着的静谧，仿佛这里正进行一场集体沉默的约定。

他闭上眼睛，脑海里出现东北虎的样子，那是正在北方森林里头也不回行走的东北虎。早上毛豆穿皮子的时候，看见它消极、慵懒、又有点桀骜不驯的脸。据说，它已经到达长白山山脉的北延端。

下班时，孙猴子来找毛豆，毛豆正在专心致志看电视。孙猴子这次没有拍他的脑袋，也没有对他嘿嘿笑，而是言简意赅地告诉他：明天不用来了。

毛豆没说话，仿佛没听见，继续目不转睛地看着电视。电视里东北虎正在森林里疾走，野生动物专家说它在昨天经过一个村庄，山林附近的白鱼镇临湖村，东北虎先是遇到一辆车，准确地说是那位司机因为好奇而跟踪它。东北虎转身拍碎了车窗玻璃，吓得司机赶紧踩油门逃走。后来，它在一处废弃的水泥房旁的草丛里潜伏着，一动不动地躲藏了三个多小时。

这期间，原本就持不同观点的野生动物专家和基因科学家们再次发生争执，一方认为应立即通知当地动物协会带上麻醉枪将其放倒，送到育保中心，或者转运到中俄边境目前生态良好的东兴林场；另一方则认为这只是偶然现象，从它在村庄里的“表现”看，它其实害怕人类，并没有主动发起袭击，可见其行为还是比较克制的，在自然生态系统中，顶级掠食者老虎发挥着无可替代的作用，放虎归山此时是最明智的做法。

正当双方争执之时，东北虎突然扑向路面，准确地说，是扑向路上的一名男孩。屏幕外一片尖叫，东北虎在离男孩五六十公分的地方立住，硕大的脑袋带起一阵风。男孩跌坐在地上，脸上毫无血色，他吓得忘记了呼救。虎爪摁住了男孩，所有人惊得张大嘴巴，有人蒙着双眼，谁都能料到下一步将会出现怎样的血腥场面。

东北虎停顿的那几秒，恍若半个世纪，这时人们再次发现它脖颈上的金属项圈，一簇簇金色长毛不住地抖动，与黑色项圈形成很大反差。它用力伸长脑袋，在接近男孩

的时候突然向上昂起来，朝着天空一声长吼，四面回响；然后抬起厚实前爪，往后倒退两步，扭过头，离开了。

它返身走向森林。

毛豆从椅子上站起来，将皮子褪到脚边，每天脱掉皮子的那一刻，都有点灵魂出窍的感觉。他抬起头，正好迎来那只东北虎的眼神，毛豆读到了它眼神里的不屑和冷傲，或者说，是失望。

这一天，它已经马不停蹄走了六十里路，雪地上两行脚印，一个接一个，一直向后延伸。茫茫天地间，东北虎拖着一只细尾，半立如人。

在经过一个红外线监控头的时候，它肃然立住，突然的急刹使得雪粉和落叶腾空飞舞，脊背上的鬃毛霎时间全部立住，仿佛在向万物示威。它抬起头，朝上看了看，火炭似的眼睛发出犀利而令人胆寒的光芒。

镜头切向它的正脸，影像资料正是由这个摄像仪捕捉到的。东北虎的脸盘子比之前大了很多，看上去有点憨态可掬的样子，然而，这只是假象，因为它已快速扑向一棵倒下的红松，将脖子里的项圈准确无误地勾住一截树丫，正当人们费解的时候，它仰起脑袋，发出一声震天长啸，

那深沉的、洪钟般的吼声响起，粗重悲壮，惊天动地，尾声是一阵沉重而又低沉的喉音，恰似人的喘息。

余音颤动，树叶飞坠，人们在惊惶中发现，金属项圈炸裂成碎片。

这之后，东北虎对着镜头，硕大无比的脑袋离镜头很近，似乎有意要让人们仔细琢磨，很久之后，转身而去。

这是它留在镜头里的最后一个身影。

11

这天晚上，下起了大雨，天气预报说从南海登陆的台风将在明天黎明到达，毛豆魂不守舍地走到家，身上湿透了。远远地他看见铁皮房子，被雨水洗得沉郁，几场雨过后，铁皮上定会结出一层赭色浮锈。

女儿正伏在缝纫机一角写作业，她用纸团将两耳塞住，来抵御缝纫机和铁皮的声音。这一夜，毛豆没睡着，眼前恍恍惚惚，台风还没有来，但雨已经急了，世界充斥着雨声。每滴雨点都有着适合自己性情的缓急和节奏。铁皮房子虽

不漏雨，但响声如鼓，他听到其他几个人在黑暗中辗转反侧的声音，女儿说了句什么，声音被鼓点盖住了。这个时候，他突然想起那天看的电影，电影的最后，人们仰着脖子观望。突然，人群中有人尖叫起来，快看快看。烟尘之中有个紫色的巨型物体轻轻晃了一下，然后慢慢升起。当它越升越高，烟尘落下，才看清是一座紫色房子，像气球一样轻盈。

他想，如果他们也有那样一座房子多好，悬浮在空中。

天还没亮，毛豆起来了，紧跟着起床的是老头儿，这一夜他睡得不舒服，前一天吃的东西在肠胃里翻江倒海。他想出恭。

外面炸了个响雷，这在冬季很是罕见。起风了，有什么东西被风吹得啪嗒作响。女儿也起床了，她从被子里钻出来，想开门看看。闩锁刚取下，门就被风抽开了，好似有人在外用力推，寒风灌进，女儿连忙用力抵住。

毛豆把盆、手纸等准备好，老头已经趴在矮板凳上了。

风更来劲了，明显感到铁皮房子在摇动，当初只考虑临时住一住，房屋下面没有固定。当然，风是不可能将它吹跑，更不可能像电影里那样让铁皮屋悬浮在天空。灯绳在摇晃，光影跳跃。毛豆有点责怪父亲偏偏这时候要出恭，

但他没有表现出一点儿不悦，仍能心细妥帖地做事。外婆的去世让他有些愧疚，但人死不能复生，他只好把这部分的愧疚弥补在父亲身上。

突然，屋面发出“嗵”的一声，还没回过神，雨水便从屋顶涌灌而下。

漏了。准确地说，是台风卷走了屋顶的一块铁皮。屋内一下子明亮了，天光漏进来。被掀掉的那块铁皮事先也是倔强的，死死地扣住两侧，但台风来得太猛烈，风和铁皮在较量，发出呜呜的声音。雨水原本都积在铁皮凹陷处，这会儿全部倒灌下来，不偏不倚，砸在鱼缸里，纸鱼被冲出来，游了一地。

毛豆立马站起来，没料一脚踩翻屎盆子，混着屎尿的水淌得地上到处都是。

他开门去寻那块铁皮。

天已经亮了，风在刮，雨还在斜斜地落。

那块率先逃离战场的铁皮，阴谋般的无巧不巧砸在杨国强家的院门上。毛豆去讨要铁皮时，遭到杨国强的反对。他指着原本是平行四边形现已成为梯形的木门，对毛豆说，铁皮暂时不许拿走，修好门再说。

毛豆说少了这一块，不行，屋里还在漏雨哩。他一边说一边伸手接住落下来的雨滴。

杨国强把铁皮踢到身后，说，不许拿走，今天别想拿走，必须修好门。

我一定要拿呢？毛豆说。

门儿都没有。杨国强回说。

我一定要拿呢？毛豆又重复一遍。

杨国强不屑地笑一声，狠吸了口烟，烟蒂被拇指和中指弹入水洼里，便听见它暗器般嗤嗤灭掉的声音。

我一定要拿呢！毛豆再次说道，这次是肯定句。他觉得此时身体里藏着很多豆子，每一次的绝望都是一粒，一直到挤满身体。现在，他听到秋天豆荚炸裂的声音。

毛豆冲向铁皮，杨国强刚要转身回屋，立即俯身去抢，但晚了一步。两人在雨里扭打起来，僵持不下。杨国强拉开了决斗的架势，捡起地上的一块门板，眼睛里面闪着凶光。而此时的毛豆，手上拿着那块铁皮，好像要将对方开膛似的。

雨继续落着，丝毫没有要停的意思，这时候的铁皮屋里一定灌了不少水，衣服，鞋，棉被都被雨水淋湿了。毛豆记得女儿正穿在身上的红色棉衣，她曾给它取名叫复写纸，因为有一次淋雨，衣服上的图案清晰地印在撸起的手臂上。毛豆见过那一幕，他想现在如果回去，女儿的手臂上一定又印上图案了吧。他的泪水流出来了，那一瞬间他觉得亏欠女儿太多，亏钱老婆太多，亏欠父亲，亏欠岳母，他让他们住在火柴盒一样的铁皮房子里，冬冷夏热，而现在，连铁皮房子都变得不完整。他只想要回自己的铁皮，他的眼泪汹涌而出，然后仰头对着天空长啸一声，如同猛虎一样扑向对方。

他把铁皮用力抡出去，像是要把所有的日子都要抡回去似的——他想起了女儿坐在缝纫机旁写作业的样子；想起外婆死后被纸箱折叠的躯干；还有，那只挣脱项圈消失在人类面前的东北虎——

他感到悲愤，涕泪横流。两手在地下用力一撑，身体猛地往上一扑，从半空里蹿将下来，随着一声长吼，回音余绕，震得雨珠四溅。手中的铁皮此刻变成利剑，利剑再化作一道飞虹，冲天飞起。雨雾弥漫，浇不灭那眼中的灼灼烈火。

几声锐响之后，世界安静下来——

是的，果如所料，铁皮战胜了门板，杨国强倒在地上一动不动，血从他的嗓子、肚皮、脑袋上泉水般汩汩流出，很快被雨水冲成淡淡的水流。

毛豆扔掉铁皮，它已完成了使命。

他从杨国强家的小院退出来后，才听见身后传来杨国强女人的尖叫声，但雨声太响了，很快就掩盖了所有声音。

他没有掉头看，也没有回家，而是向站台走去。他爬上公交，晨练的人已经站在车里了，他不知道这么大雨他们要去哪儿晨练。没有人注意到他，没有人注意到这个身上溅满鲜血的男人，所有人都漠然地看着窗外或手机。

从车上下来，他缩了缩脖子，这时节的风如同长了牙齿，能把人咬得遍身都是窟窿。有行人走在他的前面，一只羽毛仿佛受了蛊惑正从那个人的羽绒服布缝里往外钻，白色羽毛在灰暗的衣服映衬下格外醒目；在这个灰暗的早晨格外醒目；在这个灰暗的世界里格外醒目。他目不转睛地看着羽毛被风吹起，向天空飞升，像突然有了生命一样。

到休息室时，其他“内胆们”还没有来，孙猴子来了，办公室的灯已经亮了。

他打开橱柜，抱起东北虎的皮子，差点一个踉跄倒向后面——皮子很沉，稍后才稳稳地站住，将头埋进皮子里，狠狠地吸了口气。这个气味太熟悉，熟悉到令他鼻子一酸。刚干“内胆”那会儿他还不习惯，因为皮子带有一股难闻的腥臊气息，后来却越来越喜欢，被它包裹，这味道让他感到分外踏实。

他慢慢穿皮子，“内胆们”也陆续来了，向他问好，他似乎没有听见——伸一只脚，再伸另一只脚，动作极其缓慢，极其缓慢。他感觉皮子不像是穿在身上，而是烙在身上，东北虎和他的身体逐渐合二为一。

从休息室出来，路上遇见其他“内胆”。哎，东北虎，哎——“内胆们”在喊他，他们很讶异，因为这个穿着虎皮的“内胆”没有走地下通道。

他先是绕道走到老虎园，从外面用力踹开钢丝网，走到那根横亘的人造树前，一抬头将其掀出去。身后这间动物的栖身之处，设计精巧，每一处都彰显人文关怀。牛仔门双面回弹，方便进出。从这儿来来回回经过了多少次，他也记不清了。他用力撞上去，因为力度太大，使得琉璃瓦震落下来。再狂吼一声，跃上屋顶，作为天窗的那块玻璃和琉璃瓦纷纷坠落，屋面顿时只剩下檩条。他跳下来，将钢丝网墙用力扯断，将牛仔门撞成碎片。

老虎屋瞬间变成废墟，他笑起来，声音尖利，再跃到摄像头前，肃然立住，如果这时候的孙猴子坐在监控室，一定会看到东北虎正对着镜头虎视眈眈。他想，这也许是自己留在镜头里的最后一个身影吧。

此时的动物园已经开园，老虎园的周围围着很多游客，人们并没有因为老虎的过激行为而感到害怕，甚至很期待，因为他们知道这只不过是个披着皮子的“内胆”。

有人在笑，有人在拍照，还有人向他扔来了苹果。他转过脸，正好看见那个为自己击中了老虎而拍手称快的人。老虎仰起脑袋，发出一声震天长啸，随即向那个人扑去。

人群开始逃窜，他们没有方向，往动物园大门，往小山坡，往树丛，还有的慌不择路往树上爬。扑倒的那人好半天没站起来，屎尿流了一裤子。

这时，动物园里的高音喇叭突然响了起来，先是一阵噼噼啪啪的电流声，随即是一个男人上气不接下气的喊叫——游客朋友们，游客朋友们！不要惊慌，不要惊慌——噼噼啪啪的声音盖住了男人的声音，紧接着是动物的嘶鸣，老虎，狮子，犀牛，熊，或者还有大象……

嗷——

嗥——

嘶——

呜——

……

谁也分辨不出声音的来处，叫声加剧了恐慌，孩子和女人的号哭此起彼伏。就在这混杂的声音间歇里，人们看见一个瘦瘦精精长得像猴子的男人逆着人潮走来，他像饲养员一样胸有成竹，朝那只东北虎作了个停止的手势。但老虎并未理睬，抖了抖钢鞭似的尾巴，飞扑上去。东北虎扑倒男人，撕咬着，吼叫着，昂起脑袋，张着血盆大嘴，钢针似的白胡须在长啸中不停颤动。

越过这瘦精精的男人，东北虎继续奔向人群，脚掌与地面擦出沉闷又不易察觉的声音，脊背和前肢强劲的肌肉在耸动。东北虎加快速度，四肢轻触着草地，早晨的草皮带着泥土和青草在身后雨点般溅向天空。

子弹穿越南方

1

2005年9月26日，雕塑家马格于淮海路7号江枫园家中突然死亡，死因不明。

这则类似于讣告的新闻出现在《仙城晚报》B12书画版。B12是《仙城晚报》唯一与艺术有点关联的版面，平时刊登一些老年大学书画爱好者的作品：稚嫩的花鸟鱼虫，毫无美感的篆刻，以及一些笨拙而吃力的书法。总之，整个版面传递出一种昂扬而夸张的生命力。雕塑家马格死亡的新闻放在这个版面显然有些突兀，据说雕塑家生前是个不太愿意被曝光的人，不过，这一次的曝光也由不得他了。新闻不长，在右下角，用简短的文字和几幅像素较低的图片介绍了马格的艺术成就，版面狭窄瘦长，呈“7”字形，像一杆竖立的 AK-47。

老于之所以想到用 AK-47 来形容，是因为二十多年前，他曾多么渴望拥有那样一架自动型步枪。老于不老，四十出头，背有点驼，所以同事就把“老”字过早地赠给他。报纸到达老于手中已是雕塑家马格去世后的第三天，早在之前，老于便已得知这个噩耗。如果雕塑家马格的死亡日期确定为 26 号无疑的话，老于是在次日——即 27 日赶到案发现场的。

老于是名警察，刑警，接到报案电话后第一时间就和两名同事前往淮海路 7 号江枫园。

江枫园是仙城最早的别墅区，被一片古典园林包围，别墅采用中西结合的形式，哥特式建筑，地中海式庭院，外加一扇中式大门。因为坐落在老城区，交通并不便利，路窄，树多，有种藏在深闺人未识的感觉，但仙城人都知道，别墅目前的市价已十分惊人。

老于也住在老城区，仙城最早的商品楼，六层，没有电梯，顶楼砌有正方体蓄水池的那种，外墙是铅灰色涂料，楼层之间用马赛克做了分界线，绿色的小玻璃早已掉落得所剩无几，阳光照在上面，偶尔一闪，有种回光返照的意思。老于上班是要路过淮海路的，每当骑车经过，心里不免一阵酸涩，他不知道究竟什么样的人才能挣这么多钱，才能住得起这样的别墅。当然，老于并不是个看重物质的人，只是偶尔那么一想，而已。

对于雕塑家马格，仙城人是熟知的，或者说，对他的部分作品是熟知的，在仙城的运河风光带上，就有马格的作品《存在》，作品由十二个人物雕像组成，散落在两岸的小树林里，人物面部表情夸张，沮丧，怪异，狂躁，甚至是恐吓。晨起做操或夜晚跑步的人，常常被雕像吓一跳，老百姓们读不懂马格的艺术，他们感到愤懑和不解，很快，就有人用口罩蒙在雕像面部，或者将纸巾塞在空洞惊恐的眼睛里。老于倒是个例外，他常常坐在雕像旁边，或者面对面站会儿，抽支烟，注视着这几个与他等高的雕像。烟雾缭绕时，老于感到自己的五官在慢慢扭曲，变化，直到沮丧或狂躁的表情从自己脸皮下一点点浮上来。那个瞬间，老于觉得自己和雕像的作者马格在某一处共通了。

2

死者马格躺在客厅地板上，浑身被打包专用胶带缠绕，右胳膊挣脱在外，身下的血迹已经凝固，胸口有直径十厘米左右的深红色血印，此外腹部还有几处伤痕，脖颈有严重出血现象。马格身穿烟灰色蚕丝衬衫，白色西服西裤，面料极其柔软，没有系领带，衣着整洁，没有分线，三七分向后梳拢的头发几乎没有紊乱变形，鞋未脱落，现场未见明显打斗痕迹。

有六处刺伤。胸部三处，腹部两处，颈部一处。致命伤应该在颈部，在左锁骨向上两厘米处。老于一边说一边让正在记录的小何注意死者胸部的伤痕，伤口角度一致向外，刺杀时凶手在死者右前方，或者，由于死者避让，使得伤口明显向外翻转。

是他杀没错了。小何哼了一声。

老于正蹲在地上，侧过头，用眼睛斜睨对方。他觉得现在的年轻人太喜欢草率下定论了，这点非常不好。

老于在这一行干了十多年，从技术科到情报科，再到现在的刑侦科，工作成绩平平，提拔速度极慢。好在年纪越来越大，年纪大就可以倚老卖老。但老于不，老于比较随和，随和到有点蔫，单位的小年轻们还是挺喜欢老于的，大概就因为这种蔫，再加上老于背驼，每天骑着一辆破旧的老式二八自行车上下班，平添了几分慈祥。

仙城是个地级市，人口不多，前几年还获得联合国颁发的“最适合人居城市”称号。如果不干这行，老于还以为这个小城每天都安居乐业，歌舞升平着呢。

刑侦科一共六人，忙得团团转，每天都能接到那些打打杀杀的报案。每次回到办公室，老于都将车钥匙摔在桌子上，骂一声，完逑蛋。这是老于的口头禅。对于身边有这么多的凶杀案老于感到愤懑，妓女把嫖客捅死了，儿子把父亲捅死了，租客把房主捅死了……好像不捅死一两个人都无法解决问题似的。

而这一次的案件却和雕塑家马格有关，凶手是谁，扑朔迷离。据说略带传奇色彩的马格很少出现在公众眼里，尤其是这几年，更是很少出门。几年前马格获得法国卢浮宫奥勒大奖，但他拒绝领奖。拒绝的理由是有六个小时的时差，他无法忍受。这种理由也只有艺术家才想得出来，有人说马格是国内最像艺术家的艺术家，也有人说他就是为艺术而生。

这是老于第一次见到艺术家本尊，由于运河风光带的那些雕像，老于觉得自己跟马格早已熟识，甚至算得上是知己，曾经在小树林里抽烟的光阴，似乎都是马格陪他一起度过的。如今这样的见面有些荒诞，让老于有种说不出的难受。好在马格穿得十分体面，皮鞋，西服西裤，好像为了表示与他第一次见面的郑重。老于突然想起马格的西服竟是完好的，他俯下身来，发现并没有被凶器刺破。

小何在一旁问，西服完好说明什么？老于没有回答，意味深长看了一眼虚空处。

现场发现带有血迹的錾刀，尖嘴錾刀和方嘴錾刀，均是雕塑工具，尖嘴，刀身呈金字塔式的方锥形。

老于又在客厅、卫生间、厨房、卧室察看一番，门窗完好，也未见杂乱痕迹，不像是简单的偷盗。

他又去了马格的工作室。

工作室很大，有些出乎老于的意料。几盏参差不齐的吊灯，把空间分割得错落有致，很多人像，成品，半成品，立着的，跪着的，还有几尊是躺着的，他们和小树林里的不一样，没有表情，或者说，是一种无表情的表情。工作室西面有一扇铁门，大概便于材料运输，门锁在内侧，安全起见。老于发现工作室的北边有一只浴缸，藏在人像丛中，还有一台电扇，一张悬空的展示台，一些老于叫不出名字的玩意。

马格生前一直独身，过着一种不为人知的生活，加上艺术家这一特殊身份，更是蒙上一层神秘色彩，不过，能出入这幢别墅的只有一个男保姆，详细一点说，是普通的家政服务人员，为了不被打扰，只允许男保姆每周三、五、七来打扫卫生，并且做好几天饭菜。

老于想起报警的人，正是男保姆，而报警那天却是周二。

走出房子，老于用保鲜袋将两根錾刀包起来，顺便把门口一个废纸团捡起塞进自己的裤兜。小何在室内做着记录，老于便一个人去了院子里，点了支烟，深吸一口。他向后倒退几步，打量起来。院子很大，除了繁茂的草再没有其他植物。草齐膝高，蓬勃，葳蕤，一副压肩叠背的样子，草尖尚有露水，莹亮莹亮的。老于被一种植物的气息熏得有点喘不过气，那是一种水汽和植物混合的特殊味道，他对这种气味敏感，此刻他感到难受，胸闷，压抑。二十年了，这种感觉一点都没有消逝，反而越来越重，裹挟着那片热带雨林里每一粒水汽，向他砸来。他大口大口地喘气，胃部痉挛，每一块皮肤都在颤抖，他想起了小树林里雕像的表情，惊恐，沮丧，痛苦，恼怒，他感到那些表情像膏药一样死死贴在自己脸上，他蹲下来，用手捂着脸。这时，老于恍惚身后正有人在看着他。

老于转过身。

一切平静，风把草吹得轻轻漾动，老于跳进草丛，朝那个目光传来的方向跑去。

是草丛里的一块石头，准确地说，是一尊人形石头。

3

血红的晚霞在渐渐消退。当然，在热带丛林里并不能看到那种云蒸霞蔚的景象，浓密的爬藤植物在头顶形成穹庐，只有缕缕霞光像七彩丝线似的从罅隙里泻下来。地面仍是湿凉的，空中蒸腾着水汽，夹杂着植物腐败又生机勃勃的气息。有蝇虫嗡嗡地飞过，一副没心没肺的样子，围着地面的血腥处亢奋地绕着圈。

死尸遍地。

水汽很重，每一具尸体都显得沉甸甸。远处隐隐约约传来流弹的声音，细细的一声，很快就戛然而止，像被丛林吃掉了。

老于想推开压在身上的尸体，但一丝力气都使不出，胳膊被另一具尸体抵住，血渗到他的身上。咸腥的气息铺天盖地下来，让他越来越喘不过气。浑身都动弹不了，越来越重，越来越沉，好像一桶水泥倒进了身体，老于感到自己快要凝固了。他屏住气，试图用最后一点力推开压在身上的重量。啊啊——他嘶吼一声——

醒了。老于把自己吼醒了。又是这个梦。

他起身去客厅倒点水喝，后背汗涔涔的，在靠窗的沙发上一阵枯坐，等汗吹干。后半夜老于没再睡着，天一亮就起来了。儿子小于刚从外面回来，进门拿了书包就往外跑。老于叫住小于，问他刚刚干吗去的，这么早去学校做什么？小于没理他，将书包用力一甩，下了楼。

完逑蛋，老于鼻子哼了一句。小于今年初二，开始叛逆了，在几次两败俱伤的家庭大战后，老于在网上找了个心理咨询师，用心理咨询师的话说，小于人生中最重要的一次叛逆，比别的孩子来得更早一些。又说，青春的梦，不羁的狂，顽固地为了未来描绘一幅斑斓的画。老于觉得心理咨询师此前一定是名歌手，还是东北的，要不然怎么这么喜欢用刀郎的歌词来对付呢。

老于骑着自行车去单位，一路上想的都是小于，梦，石头，雕像。“每个石头里都藏着一个人”，经过淮海路时，老于的脑子里突然蹦出一句话来，他嘿嘿笑两声，也不知道这句话哪来的？什么意思？但就是觉得有那么一点点——哲思。

马格的男保姆傍晚被带来做笔录，他比老于想象中还要年老一些。用“老”字形容可能都太客气了，应该再加上一个“衰”字。他坐在老于对面，很瘦小，像一片打了卷的柳树叶儿，桌子挡住了他大半个身子，脸上看不出任何神情。

你在淮海路 7 号江枫园工作了多长时间？

差不多三年吧。

每周的周三、周五和周日工作，其余的时间你会去那儿吗？

不会。

你报警的时间是周二，周二早晨你为什么出现在淮海路 7 号江枫园？

男保姆愣了一下，好像事先并没有想好如何回答。他支支吾吾，说自己那天在菜场，看见一个乡下菜农在卖菱角，就买了一些，菱角红红的，又大又饱满，不常见呢，他就想给马格也送点过去。到了江枫园，他又犹豫了，不知道该不该进去，后来想，来都来了，就用钥匙打开了门……说完男人抽噎起来，柳叶儿更卷了，过了一阵，他抬起手臂擦眼睛，老于又瞥见他馒头一样的肱二头肌。

这时，小何从外面进来了，递给老于法医鉴定报告。被害人的死亡时间确定为 9 月 26 日傍晚，即男保姆报警的前一天。致使被害人丧命的凶器应该是类似于凿子一样的工具，死者身上多处有凿子作用的痕迹。

老于把最后一条念出来，并观察男保姆的表情。凿子，他又重复一句，吩咐小何明天一早去案发现场再仔细寻找凶器。

笔录又进行了几分钟，老于让男保姆回忆一下，26 日傍晚他在干什么。对方看着窗外，说那天傍晚啊，他真记不太清了，反正不在江枫园。老于让男保姆先回去，这几天保持电话畅通，随时配合警方调查。

男保姆离开后，小何就急了，他问老于为什么放他走，这不明摆着有重大嫌疑吗？

老于说别急，如果凶手是男保姆，他一定会再去江枫园的，也许就是今晚。

他去干什么？小何问。

凿子。老于回答。

4

老于是“江枫园案”侦查组组长，这个组长是老于主动请缨的。在工作上老于从没这么积极过，这次主动请缨自己也说不上具体缘由。因为死者是马格吧，老于想，他觉得马格像是自己相处多年的好友，他的死亡，老于感到痛惜。

上级信任老于，大概跟老于曾上过战场有关。他心思细密，洞察力强，稳重，又扛得住事，对于自己的那段经历，老于从没跟单位里的人讲起过，但手臂上的那个子弹窟窿倒是很醒目，仙城小，传来传去，便有了传奇意味。小年轻们觉得老于酷毙了。20 世纪 70 年代，那时他们刚刚出生，而老于已在南方湿热的丛林里经历枪林弹雨。小年轻们喜欢玩一款叫 CS 的战斗游戏，虚拟世界让他们感到刺激和酣畅淋漓，所以，他们对于上过真正战场的老于又敬又妒。小年轻们常常在午休时间玩两局游戏，选择一幅“热带雨林”的地图，希望老于看到后能勾起回忆并感慨一番，然后跟他们讲一讲只有在电视电影里才能看到的战争场面。但老于对于电脑游戏视而不见，一个人躲到旮旯里的躺椅上看报，耳朵里用自制的耳塞塞住，一点声音都漏不进去。一次在食堂，小何忍不住问老于，在战场上一共杀过多少个敌人？ M4 和 AK47 哪个杀伤力更强——

话还没说完，老于就站起来了，把才吃一半的不锈钢饭盆摔到地上，头也不回地跑出食堂。飞溅的米粒受惊般滚了一地。

老于走后，小何嘟哝着，打过仗又怎么了，打过仗就牛逼啊。

的确，老于不“牛逼”。在单位里，老于是出了名的关键时刻掉链子的人，他的倔强和一意孤行，好几次把事情都搞砸了。几年前，有一起弑父案，老于也是组长，案情很快水落石出。老于与嫌犯接触过两次，嫌犯是个十七岁的少年，长刘海，头发遮住小半个脸，嘴唇上有胡须，是那种初生的还没经历过剃须刀的毛茸茸胡须。老于问一句，少年就不屑地哼一声，嘴角吐出的气把胡须吹起来，软软的。老于在第二次审问时突然浑身颤抖，抽噎，脸部扭曲，骤而嚎啕大哭。他蹲在地上，双膝抵着墙壁，两只手捂着脸，鼻涕从指缝间滴落。同事不知道老于怎么了，可能是嫌犯比他儿子大不了几岁，老于产生了怜悯，但这不是一个职业警察该有的状态。那时一切证据都指向嫌犯即是凶手,但老于迟迟不肯结案,后来检察院下达批捕手续，老于又拖延不去执行，使得凶手逍遥法外很久，给外界造成极坏影响，老于也因此受了处分。

这样的事情后来又发生过两次，但凡嫌犯是个少年，老于都有些失控,大家猜测可能是老于跟儿子的关系不好，加上儿子顽劣，乖张，老于便情不自禁进行代入了。

傍晚的时候，小何和另一位同事在江枫园门外蹲守，这是老于下达的任务。老于认为男保姆还会再去案发现场的，他是与马格接触最多的人。

马格的作品都是被艺术馆收藏或荣宝堂收购，再经由艺术馆和荣宝堂面向社会。仙城运河边的那组作品，正是城建公司向荣宝堂订购的。老于之所以得知这些内容，正是通过男保姆口述。由此可见，男保姆对马格了解颇多。

马格无兄弟姐妹，父母早已离世，只有一个远在德国的堂侄，几乎断绝来往，最近一次是八年前的一封 E-mail，对方发来春节祝福，之后再也没有任何联系。还有一个与马格接触较多的是货车司机小杨，大概每两个月为马格运输一次原材或雕像成品，据说最近一次运输因为货车车厢刮到工作室大门，双方因此都不太高兴。司机的号码是写在工作室墙壁上的，除此之外还有一个通下水的和修空调的号码,但这两个号码主人都是外地人,半年前已离开仙城。老于给货车司机小杨打电话时,对方正在回仙城的高速上，对马格的死亡也感到万分难过。他在电话里简单回答了老于的几个提问，保证在明天天黑前赶到公安局完成笔录。

蹲守的人在早晨带回了信息。如老于所料，果真有人出现了。那时已是凌晨时分，天空里渐渐掺入了淡蓝，一个黑影先是站在大门外，对着门缝朝里看看，很显然，什么也不能看见。黑影放下背包，从身后一棵榆树上爬上了院墙，动作敏捷，灵活。到达院墙顶端，并没立即跳下去，而是沿着院墙向西走。一会儿后，黑影又回来了，沿着树干滑下来，背上包离开。

以上信息不是小何和同事亲眼所见，而是摄像机拍摄的，因为子时后他俩便相继回车上睡觉了，架在门外角落里的摄像机起了作用。

老于迫不及待将摄像机连接到大屏幕上。他一边调试，一边对小何说，如果是男保姆，他完全可以用钥匙进入，不用钥匙则定有原因；还有可能，夜里赶来淮海路 7 号的不是男保姆，而是另外一个人，如果猜测不错，这将是一个非常重要的线索。

影像被放大了，凌晨的场景出现在大屏幕上。令老于瞠目结舌的是，黑影不是别人，正是自己的儿子小于。

5

学校离公安局七八里路，老于没有骑自行车，而是开着单位的汽车，那种尾部改装了四个排气管、一加油门就黑烟滚滚的老桑塔纳。老于开得极快，好像开的不是汽车，而是喷气式火箭。

小于正在上音乐课，这是老于第一次来小于的班级，上一次还是小学，他没想到初中教室里可以坐这么多人，密密麻麻地从讲台排列到后墙。小于坐在不靠前也不靠后的位置，老于冲进教室，却发现这桌椅像是摆了八卦阵似的，竟然没走得过去。他用手指着正在唱歌的小于叫他出来。小于抬起眼皮，瞪了一眼，无动于衷。老师问老于是干什么的？谁的家长？怎么能这样冲进来？又说，有事在门外等，还有几分钟就下课了。

老于压抑着情绪退到门外，他透过窗玻璃看里面，儿子小于正全神贯注甚至有点煞有介事地唱歌，脖子伸得老长，脑袋随节奏轻轻摇摆，老于发现小于的嘴上似乎有了胡须，模模糊糊的一圈，嘴角斜着，一副对什么都无所谓的鸟样。

下课后，小于既不愿意去局里，也不愿跟他立即回家，即使是到楼下的走廊上交谈几句，小于都不同意，他哼了一声，说放学回家后才会回答老于的所有问题。老于一路上想了很多有威慑力的开场白，但现实里一句都没用上，老于拿小于一点办法都没有。小于跟老于简短的几句对话里多次用鼻孔哼气，使用频率高于嘴。这个年纪的孩子，爱用鼻子表达情绪。

小于上课后，老于独自坐在台阶上抽烟，他发觉小于长大了,需要仰着脖子才能跟他对话,尤其是他那撮小胡须，被风吹得轻轻扬起，他看得那么真切。

老于看向南方，远处，视线范围内一些隐约可见的楼群，还有树木依稀，组成这个拥挤复杂的城市。他把烟头掐灭，两只手捂着脸，轻轻啜泣，不知道为什么，那撮被风吹得轻轻颤动的胡须让老于无比难受，他感到埋葬在心底几十年的情绪又像潮水一样涌上来。

那年，小城还在春寒料峭中，他们就前往了南方，那时的老于还是小伙子，十九岁，在此之前他从没有去过如此遥远的地方，他和战友们称那里是南方之南。

南方之南是热带雨林气候，只有雨旱两季，没有冬夏之分。老于所在的92团在经过地毯式炮击,丛林战、奇袭战、地道战，以及地雷战后，很快就完成预定的作战任务。那时的他们满腔热血，骁勇善战。战争很快就结束了，敌人伤亡惨重。老于记得最后一场战斗是在一片热带雨林里，他受伤了，一颗子弹击中了腹部。他倒在坳地里，脑袋磕在枪托上，昏迷过去，迷迷糊糊中老于听到撤退的通知，但他睁不开眼，脑袋很沉。等再次醒来应该是第二天黄昏了，蚊蝇在他耳边嗡嗡叫着，眼前遍地横尸，从装束上看，有被他们歼灭的敌军。阳光透过丛林洒进来，特别安静，空中蒸腾着水汽，夹杂着植物生机勃勃和尸体腐臭的气息。老于爬起来，腿很沉，踉踉跄跄，他跨过尸体，通过植物的生长姿势来辨别方向。

这时，他听到有人在呼唤，准确地说是呻吟，隐隐约约，像被覆盖在植被之下。老于迟疑了一刻，还是循着声音过去了，声音很孱弱，不仔细辨认，还以为是苍蝇的叫声呢。走近时，老于才发现是一个被倒塌的大树压住的小兵。

老于抬起头，他不愿继续回忆下去，每每这个时候，他便感到浑身颤抖，嗓口被什么堵住了，无比压抑和难受。

中午老于去单位换了车，继续在校门口守着，好不容易看见小于出来了，老于还没来得及上去，小于已经骑着车疾驰而去。一路上，老于都有种单车赛的感觉，而自己的车极不争气，慢条斯理地转着轮子，老于感到脚踏每转动一圈，心中的怒火就聚集得越高，到家时老于仿佛自己就是一只高压锅了。小于进门后就躲进自己的房间，门“砰”的一声，好像一万只鼻孔齐声出气。老于用拳头砸门，小于不理睬，直到老于一脚踹开门，小于才漫不经心从床上坐起来。

29号凌晨你去江枫园干什么？你是不是去了案发现场？你在给我们破案工作增添麻烦知不知道？对于老于的质问，小于一律不予回答，他的嘴唇闭得紧紧的，生怕从嘴唇里蹦出半个字来。老于揪住小于的衣领，他只恨没有手铐，要不然真想把这小东西铐在窗棂上，铐在桌子上，铐在吊顶上，总之，老于感到高压锅快要炸开了。在老于的拳头砸出去之前，小于终于说话了，他把每句话在嘴里咬得碎碎的，再一个字一个字地吐出来：我——去——喂——猫，喂——马——格——的——斯、芬、克、斯、猫。

6

老于这才知道，儿子小于是马格的粉丝，铁粉。老于对这个词并不陌生，但它从小于嘴里说出来时，老于还是感到奇怪和惊讶。小于收集了很多关于马格的资料，他将杂志和报纸上的有关马格的只言片语都剪下来。那只猫，小于就是从杂志上得知的，那是马格接受一次电话采访时提到的——他最好的朋友就是那只叫奶酪的斯芬克斯猫。小于觉得自己跟马格很像，他们都很孤独。他说马格是真正的艺术家，他的作品交织着痛苦与解脱。对于老于是案件的组长小于感到质疑和气愤，他认为凭老于的能力是不可能找到凶手的。

老于将小于递给他的花里胡哨的剪报塞进抽屉里，现在他没有心思看那玩意儿。他骑上自行车立即前往男保姆的住所，老于觉得，被儿子搅和了一下，耽误了时间，而男保姆这条线索至关重要。

男保姆提供的住址在郊外，仙城并不大，骑车过去也就二十分钟，那是一片破败的民房，四处搭建了违章窝棚，路被侵占了，像经过啃噬一番。老于辗转了几条窄巷，在一扇铁皮门前停下。他从门缝里朝里看，男保姆正在门口的一块水泥地上干活。老于推门进去，对方吓了一跳，老于说你忙你的，我随意看看。男保姆正在打蜂窝煤，丁字形的模具顶端呈圆柱状，用力向下一压，蜂窝煤就出来了。许师傅今年六十有了吧？老于突然问。许师傅就是男保姆，叫许文卿。男保姆点头说不止了，六十六了。老于说除了在淮海路 7 号江枫园干活外，你还在别处干活吗？对方说他只在那儿上班，只有马格不嫌他年纪大，别的地方都不要他的。上班很轻松，每周上三天，其他时间就在家做点蜂窝煤卖卖。打蜂窝煤多久了？老于问。好多年了，年轻那会儿就打了，这几年有了煤气灶，用煤的人少。老于看见他的肱二头肌滚圆滚圆的，大概跟他长期打煤球有关。

9 月 26 日傍晚你在干什么？老于将话题突然一转。男保姆停了手上的活，看着老于，他说他想起来了，那天他就像现在这样在打煤球，从中午一直打到傍晚，他要把一堆和好的煤全部打掉。后来，有人给他打电话，一打就打了很久，打到天像煤球一样黑。

给你打电话的是谁？老于追问。

是给江枫园送材料的货车司机小杨。

就在这时，老于的手机响了，正是小杨，他已从外地赶到仙城，如他昨天说的，天黑前一定到达老于的办公室。

老于要求男保姆跟他一同去趟局里，一是在审问小杨

之前，不给他们有相互通气的机会；二是老于倒想看看这两个人怎么弄出双双都不在场的证明。

到了局里，小何正在给小杨做笔录，见老于进来，连忙把笔录本递过去，他告诉老于，小杨 26 日傍晚正在宁波到上海的高速上，小杨有行车记录仪可以证明——

行车记录仪？老于打断小何，说这不能说明什么，随便搞一个宁波到上海的行车记录仪就行，或者重新行驶一次。

小何叫老于先看了再说。

老于将行车记录仪连接到大屏幕，调出 9 月 26 日的记录，记录显示，下午三点，车从宁波的福庆北路出发，在到达杭州湾大桥时，也就是下午四点十分，记录仪里出现了小杨的声音，小杨在打电话，他使用了免提，对方的声音也清晰可辨。如男保姆说的，小杨果真在和他打电话。

通话持续了很长时间，从小杨向男保姆抱怨马格工作室的铁门开始，因为小杨的福田厢式货车有 3.5 米高，而铁门净高 3.55 米，每次倒车进去非常紧张、困难，小杨多次提出要把铁门扩大一点，但马格没有同意。后来通话内容转移到熬夜上，小杨说自己昨天只睡了两个小时，这个

时候十分困乏，有人打打岔是最好不过的，他给男保姆打电话也有这个意思。直到六点一刻，货车进入上海朱桥服务区，电话方才挂断，两人的声音消失。

老于坐在椅子上，浑身泄了劲，现在，与马格接触最多，或者说，最可疑的两个人均被排除在外，他不知道还有谁值得怀疑。他感到无比沮丧，难道真像儿子说的，以他老于的能力，是破不了案的。

7

老于决定去看一下马格的斯芬克斯猫，这也是儿子小于的嘱托。小于将猫粮分成一小份一小份，每份 175 克，小于说这个数字是马格在一次采访中谈到了，奶酪每顿只吃 175 克，不多不少，非常有规律，并且它很黏人，没有猫的高冷。老于觉得儿子对马格的了解比自己多得多。

老于想起小于借给他看的剪报了，出门之前他拿出来认真看一遍。剪报内容大部分是一些专家对马格作品的评论，不乏夸张的溢美之词，只有两篇是马格的访谈。还有

一篇马格写的文章，关于某个雕像展的评论，相形之下，语言朴素真诚，他多次谈到了石头，“我喜欢石头，它符合我朴实的哲学观”。在访谈里，也有几句话挺吸引老于的，一句是“我一直认为必须要‘疯狂’才能进行石刻，毕竟现在不是文艺复兴时期，石头也不是主要的建筑材料了，没有人会选择这种昂贵、笨重又费时的材料”。另一句是“雕像本来就在石头里，我只是把多余的部分去掉”。老于觉得很有意思，在此之前，他只是喜欢小树林里那些表情怪异的人物雕像，而对于马格本人，并没有太多了解。从这一点看，儿子比自己更像一名粉丝。老于还看到剪报里有一些马格的照片，多年前马格出席一些雕像展览的照片，奇怪的是，他都是身穿那套白色西服。

到了江枫园，老于先去找猫，屋里和院内都死寂一般，没有任何动静。据说斯芬克斯猫容易着凉，喜欢待在温暖、有阳光的地方，而奶酪喜爱窝在主人身上。马格曾说，如果奶酪死了，他都不知道自己是否能活下去。现在马格死了，不知道猫会怎样呢。老于一边叫唤一边寻找，依然没看见，他想猫毕竟不是狗，没有狗的忠诚，以及狗的看家本领，猫高冷孤僻，行为看似乖张，也许早就远走他乡了。当然，

还有可能，根本就没有这只猫，一切都是虚构的。老于被自己的想法弄出一点冷汗来。

没看到猫，老于就在马格的工作室里四处察看，他在墙上写有电话号码的旁边看到一句话：人生是一场困境。老于皱着眉头思考了几分钟，他想搞明白马格写这句话的意思。理解死者，才能接近真相——这是老一辈的刑警告诉他的道理，老于觉得非常有用，他突然想到剪报里的一个重要信息——马格爱写日记。马格说自己从小到大一直保持写日记的习惯，日记是他最好的倾诉对象，当然，雕塑也是。但他有个特点，就是日记不会保留太久，在写新一本时，上一本一定会烧毁。老于不知道马格为什么要将日记烧毁,有秘密？忘记过去？还是对这个世界极不放心？他不太理解这种做法，但怎么说呢，每个人都有自己的习惯和个性，更何况马格还是艺术家。

老于去马格的卧室和书房，一无所获。又在工作室的几只矮柜里翻找，也没有发现日记本，他蹲下来，将堆满工具和材料的地方翻了一遍，仍然没有。老于瘫坐在地上，有些气馁，莫非，马格死亡之前已经预料般地烧毁了日记？

老于看向窗口，猛地发现一双眼睛正注视着自己。老

于连忙爬起来，向后退出几步，发现那双眼睛来自动物，它有一副河蚌一样的大耳朵，眼睛呈柠檬状，浑身没有毛，皮肤有皱褶。如果不仔细辨认，还以为是一座雕像呢。

这应该就是奶酪了，它正蹲在窗户旁边一只木架顶端。老于没见过这么丑陋的猫，要不是听儿子介绍过，还以为是一只脱了毛的乳猪呢。老于唤奶酪下来，它一动不动。据说这种基因的猫来自加拿大，因为跟古埃及的斯芬克斯雕像很像，所以被称作斯芬克斯猫。老于将手伸去，奶酪突然蹿下来，老于正想去抓，又迟疑了，他转过身，发现奶酪刚刚坐立的地方有一个小木箱子。老于踮起脚轻轻取下木箱，打开，里面有很多小石头，石头上刻着藏文六字真言，老于知道这叫玛尼石。没有任何信息，他把木箱盖上，放回去，在举过头顶的瞬间，老于看见木箱底下刻了一行字：每个人都在石头中。

在离开别墅前，老于去了一趟院子里，他想再看一看上次见到的那尊人形石头。它还在角落，因为草的疯长，石头淹没其中。石头大约有半人高，呈蹲踞式，隐约可见脑袋，胳膊，胸膛。而胯部以下，线条比较模糊，好像真有一个人困顿在里面，正要起立逃脱。

老于有些难过，一些复杂的情绪突然迅速往上涌，他蹲下来，开始大口大口喘气，泥土和青草的气息胶着着，密不透风地强灌下来。他想到南方之南，想到那个被大树压住的小兵，小兵在向他求救，他听不懂他的语言。他的一只手被炸飞了，另一只手压在大树下。那时的老于只要挪开树干，只要将那只手从重压下解救出，那个人一定能活下来。

但老于没有。

他的脑子里只有战争。他记得自己拿开那个人的帽子，看了看，帽子下的脸十分稚嫩，跟他现在的小于差不多大，睫毛很长，湿湿的粘在一起，嘴唇上有胡须，毛茸茸的那种。他看着他干结的嘴唇，还有眼睛，然后把帽子又放回原处，头也不回地离开了。

老于跪在地上，一股咸腥气味从胃里向上涌出，那种热带雨林浓密的植物气息包裹着他，一天比一天强烈，一天比一天让他透不过气来。他每天都在忏悔，压在小兵身上的大树仿佛死死地压住了自己，他感到快要窒息了。

人生就是一场困境，每个人都在石头中——这个时候，老于突然想起马格的话，他的眼睛有些潮湿。是的，每个人都在石头中，每个人都在困境中，他想起那个被胶带包裹的马格，以及被大树压住的小兵，心里感到万分疼痛。

他将头抵在人形的胳膊上，眼睛被泪水模糊了，一些凉凉的东西正滑过脸颊。

8

还记得被老于塞进裤兜的那个纸团么?

在裤子丢进洗衣机前纸团被拿了出来，纸团上有一行字，“西装和雕像都是立体的艺术”。若在几天前，老于会忽略这句话，继续当做废纸扔进垃圾桶，但现在对马格有一些了解后,老于似乎能理解一点其中意思,西装和雕像，对于马格同样重要。他把纸团展平，压了压，夹在儿子的那叠剪报里。

整个晚上，老于都在电脑前收集马格的各种信息，他想知道更多潜藏的与马格有联系的人,或者,了解马格本人。但遗憾的是，信息并不多，和小于提供的剪报上几乎一致。老于立即去找儿子，他想起同样爱写日记的他，不过这么多年来从没有看见过小于的日记，只是隔一段时间小于会向他要一点零花钱说是买日记本用。

小于正在写作业，脑袋被灯光压得低低的，他推门进来，小于并没察觉，仍然一丝不苟地伏在桌子上。他的头发很密，有种蓬勃旺盛的力量，后背躬着，肩胛由于耸起而尖锐地凸出。这么多年来老于好像第一次这么认真地看着儿子，儿子出生的那几年，他正忙于工作，常常加班到深夜，有一次半夜回来，竟是儿子开的门，老于喝了点酒，他以为走错地方了，死劲揉了揉眼睛，面对这个为他开门的人，老于好一阵恍惚。他对儿子有一种说不清楚的感觉，直到这个男孩越来越大，嘴唇上方过早地长出了毛茸茸的胡须时，老于才发现那种曾经说不太清楚的感觉越来越清晰了，越来越浮出水面，那是一种又爱又恨的复杂情愫。南方热带雨林里那个小兵的模样总是出现在眼前，每当同样年纪的儿子逃学，挑食，顶撞的时候，老于总会极其愤怒，他的脖子梗着，手在暗地里握成拳状。他想给他一拳，可是，他还没挥出拳头，两张稚嫩的脸重叠起来，两双眼睛同样汪出清澈的泪水。老于低下头，不敢继续看，他感到压抑，窒息，痛不欲生。

小于似乎觉察到身后有人，突然转过来，敌意地看着他——这是父子俩之间惯常的眼神。小于问老于，进来干什么？老于愣了一下，往里走了走，半晌才说，马格的案子正在进展中——他愣了一下,很吃惊自己和小于说这些。老于低着头，像是避开灼人的灯光，他说从没有哪起案子让自己如此伤神，从前那些侦破了或不了了之的案子他从没放在心上过，但这一次，他多么想尽快破案，尽快抓到凶手。他说马格的死让他很难过，他总是想起马格被束缚的身子，这些天也常常想起小树林里的那些雕像，每一张表情怪异的脸都重叠在马格脸上——

他在小于床边坐下，两只手撑住膝盖。老于不明白此刻为什么坐在儿子的房间里，又为什么和他说这么多话。此时此刻，他有些恍惚，眼睛十分酸涩，这几十年来，他一直在逃避什么，不愿去回忆。他看着儿子，有些失神，停了会儿，老于说，马格喜欢写日记是吗？

小于点点头，把身体转向老于。

你也喜欢写日记是吗？老于缓缓说道。

小于再次点头。

可我从没有看见过你的日记本？

烧毁了。小于说。

为什么呢？为什么要烧毁，马格也是这样，他的日记也会烧毁。

是怕别人看见吗？老于小心翼翼地问。

小于摇了摇头，停顿了一会才说，不是怕被看见，而是希望与过去的自己分离或诀别吧。他咬了咬唇，覆着细密胡须的嘴唇撅了起来，继续说，其实日记也是与过去的自己交流谈心的方式，当日记在火苗里慢慢化为灰烬时，内心有一种解脱，仿佛与过去的一切决裂了，那是一种重生的感觉，要大步流星地向前了，头也不回地向前了。

老于认真听着，小于的每句话都让他感到陌生和意外，但又令他有些伤感，他没想到自己竟然通过马格来了解儿子，或者说通过儿子来了解马格。这种关系很微妙。

谢谢你。老于说，这是他第一次对儿子说这三个字，他很讶异。

老于站起来，在经过小于身边时停住了，他把手伸出去，这只无数次握成拳头的手正张开着，在小于恣意蓬勃的头顶上碰了碰，一种说不出来的感觉电击了他，他感觉自己快决堤了，快不能自已了。

老于走出门去，他感到身后的那双眼睛正看着自己。

9

老于没有回卧室，而是出门去了，一时半会儿还不会有睡意，他想走一走。

夏天的夜晚凉爽很多，杨树叶子被风吹出啪啪的声音，大排档的白色塑料桌椅在街边如花朵一样盛开。食客并不多，寥寥几个，或低头默默吃着，或百无聊赖地看着远处。他们过于安静了，与这本该喧闹的地方显得很不协调。

很多年前，老于也曾是这儿的常客，那时候的老于年轻气盛，每天有使不完的劲儿，和朋友们轮流做东，常常喝到小半夜才回。坐在塑料矮凳上，烧烤的香气和热气一同扑来，老于会猛地一惊，身上激灵出一层冷汗。他害怕这种裹挟而来的热浪。但很快，朋友之间的推杯换盏驱赶了它们，有人喊着干杯，老于也提起啤酒瓶，用力碰撞过去，在嘈杂的声音里汇入自己的声音。后来，随着年龄增大，老于也不太爱在外面喝酒了，尤其是这种热浪翻滚的烧烤排档。

老于继续向前走，漫无目的，过了一座小桥是休闲广场，立在草地里或藏在树叶里的彩色灯光剑似的直指过来，稍一抬头就被那光芒刺得两眼酸疼。几队广场舞正在挥汗如雨，号子一样的音乐让人烦躁不安。老于不得不迂回绕行，好像耳朵和眼睛都在逃避人群和灯光。他迅速穿过一段栈桥，顺着一条鹅卵石路向前，灯光和声音像是被他甩掉了，在远处显得模糊不清。他在一棵香樟树旁停了下来，刚往嘴里送上一根香烟，发现前面有个人正看着自己。老于一惊，收回手，定睛再看时，才明白是一尊雕像。原来老于走到小树林里来了。

雕像的眼睛是空洞的，远处的灯光从洞里穿过，有点炯炯有神的意思，老于是被这双眼睛吓住了。他把脸贴近雕像，透过"眼睛"看向远处，老于的心脏突然颤动了一下，这是他第一次以这样的方式看世界。

老于看向广场，灯光闪烁，那些跳舞的人变成一团团黑色，每一团黑色仿佛都在石像里。他想起一张剪报里有一则马格与作者的对话，有人问他那些东西为什么这么难看？马格说，不是为了好看才做的。他说不要把重心放在关注雕塑家为什么做这个、想表达什么，而是把重心放在关注自己从这些雕塑作品里看到了什么。马格说这就是艺术的“可感知性”——对于每个人生命中的隐痛与欢愉，没有人可以替我们看到。

老于舒了口气，眼前的景物变得模糊，当他站直身体，从雕像前慢慢移开时，才发现自己脸上湿乎乎的。

老于很晚才到家，小于还没睡，正坐在客厅里的沙发上，老于问他怎么还没睡，小于说，他想问问马格的猫最近好不好,吃得怎样？因为他不知道奶酪以前吃什么猫粮，他买的那款奶酪会不会接受？……老于认真听他说话，他的睫毛很长，在灯光下显得扑闪扑闪的，老于有些出神，机械地回答着，直到儿子离开，老于才回过神来，他叫住儿子,说,等一等,刚刚你说的斯芬克斯猫喜欢睡在哪儿的？

电视机，显示器，以及阳光照耀到的窗台，天冷了，它喜欢待在暖和的地方。儿子说完轻轻把门关上。

对，显示器，马格的电脑显示器。老于醍醐灌顶，奶酪上次待的木架正是阳光照耀到的地方。而天黑后，没有阳光，它会习惯性地睡在电视机或显示器旁边。找到马格的电脑，或许能知道更多信息。

老于披了件衣服就往外跑，一边骑车一边给小何打电话——半个钟头后在淮海路 7 号江枫园碰头。

10

夜晚的江枫园安静得吓人，当然，能有什么动静呢。奶酪不知道去向，这只猫有点神出鬼没，老于和小何在屋内找了几遍都没有发现，白天的猫粮还在，一点都没有减少。院子里也没有猫的踪影，无任何风吹草动。这几天它像是跟老于他们打游击，没人的时候，它就守在案发现场，一动不动；当有人进来时，它便飞快地离开，躲到隐秘处。小何说这只猫的眼里透着忧伤，叫人看着心疼。

老于和小何返回客厅时，猫突然从黑暗中蹿了出来。它刚刚应该是躲在客厅里的，老于用手在沙发上摸摸，一件件摸过去，在榻榻米的一角感受到一点点温度，毋庸置疑，奶酪刚刚蜷在这儿。老于掀开上面的罩布，下面竟有个隐形抽屉，拉开，一台电脑笔记本正躺在里面。

两个人欣喜若狂，但打开后，却有些失望，电脑里文件似乎被删除过了，几个盘里都显得空荡，只有 E 盘里有几张图片和一个文件夹，文件夹里是马格写的评论文章。老于一篇篇读着，有的和剪报里重复，有一篇引起老于的注意，文章没有题目，倒像是一个展览的观后感。

2005年初，一个名叫迪恩·布拉德伯里的雕塑家在巴黎举办他的首个个展，他所展示的作品分四个主题，其中一个主题没有名字，由几件作品组成：一个挂在从灰色背景中突出的钩子上的晾衣架；法国国旗——不是迎风飘扬，而是僵硬、刻板的国旗图案；一块画布——你所能看到的只是它的背面；一只木制抽屉的正面带着两个突起的把手，被塞进一张画布的下半部；一个被胶带缠绕的石头。

人们对这些作品的反应如何？有个心怀敌意的纽约批评家将展览看作现代艺术令人悲哀的退化。一位法国批评家则写道，“我们不必过于急切地大叫‘骗子’”。他们的感觉是，上当受骗了。

马格在文章中说自己第一反应也不喜欢这个展览，它令人厌烦。但是，他意识到这是一个门外汉在面对现代艺术时的典型症状。他对那些装出一副很受用的样子感到生气——不过带着一丝不安，也许他们真的喜欢？因此他对自己如此麻木，在整个参观过程中出尽洋相，感到更加不快。

与此同时，这些作品一直萦绕在我脑海里，我有强烈的失落感或被剥夺感。有一个作品尤其如此，它叫《有三张人脸的靶子》。一张很大的木板，上面什么也没有，只有一个三色靶子——红、黄、蓝；在木板上端有一个木制盒子，里面装着一个人的三个面孔模型——或者毋宁说是三个面孔的下半部分，因为上半部分包括眼睛都被割去了。从艺术的角度看，这作品看上去十分僵硬，丑陋，令人想起波德莱尔对安格尔的批评："没有想象力；因此也没有活力。"它是在亵渎人类的面孔。那一刻，我甚至觉得这件作品给了我一种令人作呕的人祭的暗示。但是，这就足以令我感到如此沮丧吗？要是我不喜欢这些东西，何不随它去呢？

事情并不那么简单。因为真正令我沮丧的，正是我感到这些作品对所有别的艺术所做的启示。它们不断地使我陷入沉思，我意识到什么，那就是一种比我在单纯荒凉的作品中所曾见过的更为强烈的无助感。在《有三张人脸的靶子》里，我注意到一种可怕的价值倒置。

我开始思索，靶子究竟是什么，得出的结论是，靶子只能作为空间中——作为远远的“在那边”——一个点存在。但是，迪恩·布拉德伯里的靶子却总是“在这里”；它已经失去了它绝对的“在那边”。

我突然意识到，迪恩·布拉德伯里的所有作品都传达出一种荒凉的等待感。面朝墙壁的画布等待被转过来；抽屉等待被打开；靶子等待着被射中；僵硬的旗帜——它在等待被升起或被认出吗？迪恩·布拉德伯里还雕刻出一件放下遮阳板的窗户，跟世上的所有遮阳板一样，等待着被拉起；空荡荡的衣架等待有人来挂衣服……然而，当你注视这些物品时，你已经明白，它们已错过了时间，什么都不会再发生，遮阳板再也不会被拉起，衣架也永远不会有人来挂上衣服。

所有作品里，存在着的是一种缺席的暗示，一种人造环境里的人性的缺席——这才是使它变得更加尖锐的东西。只有物品——人造物的迹象被遗留下来,在人类的缺席中，这些迹象最终成了物品。迪恩·布拉德伯里预见到了它们的荒芜。

现在，也许你们能够明白，我也在等待之中，胶带等待被解开，石头里的人像等待凿出。

但，一切都不会等到。

老于长长吸了口气，血液全部涌上脑袋，嗡地一声，耳鸣，两眼胀痛。一切仿佛已水落石出，他慢慢站起来，走向工作室，在胶带打包机旁停下——这是雕像运输前固定用的。他将胶带一头拉出，身体原地转圈，胶带便一圈圈地缠绕在身上，然后，他又用挣脱在外的右手握住一把类似于凿子的工具，慢慢向身体左侧刺去——

师傅，你是不是认为，马格是自杀？小何悠悠问道。

老于没有回答，低着头忙于实验。他让小何注意凿子与身体的角度，以及凿子作用的位置——然后，开始一遍遍地重复着。

11

关于雕塑家马格自杀的新闻小城里又掀起了一股谈论

热潮，这起扑朔迷离的案件经过抽丝剥茧，终于真相大白。不是谋杀，更不是谋财害命，仙城人对这个结果甚是满意，好像意味着从此天下太平。只有老于感到深深的痛苦和压抑，他没有因为案件破获而欣喜，相反，整个人像是掉进了冰窟，仿佛死者的困境仍在继续，等待从未结束。

他把自行车从车库里推出来，慢慢向前走。秋天来了，早晨的阳光有些透明，一副未经世事的样子。老住宅区墙面上用于装饰的绿色小玻璃，时常坠落一粒，脆脆的一声，在脚旁碎成一片。

他没有去局里，而是去了淮海路 7 号江枫园，他在外面架好自行车，推门进入。

奶酪还一动不动地坐在工作室的木架上，如雕像一样，它在等待它的主人。阳光还没照到木架上，它身后是浓稠的黑暗——一切都在等待之中。有人走进院子，它似乎没能感应——奶酪全神贯注于属于它和主人的这一小片空间里。

院子里的草泛黄了，草尖有霜似的白色，先前蓬勃的绿色仿佛交还给了大地。有一些风，吹着草茎发出了哧刺刺的响声。老于径直向人形石头走去，拨开草，用凿子在人形手臂处开始凿击。

金属和石头用力地碰撞着，发出沉闷又清脆的声音，每一声都是呐喊和嘶吼，每一声都在向外逃脱。

每个人都在困境中——

每个人都在困境中——

每个人都在困境中——

这句话在老于的耳边挥之不去，仿佛马格一遍一遍地呼喊着，他穿着他最喜爱的西服，立体，有质感，像雕像一样的西服，他的右手紧握凿子，用力地向左胸刺去。

老于的眼睛模糊了，泪水溢出，在脸上铺陈出一片水光。他看见草在迅速疯长，热带雨林茂盛的爬藤植物在头顶交织，阳光明晃晃的，被筛成无数光斑，空中蒸腾着水汽，夹杂着植物腐败又蓬勃的气息。那个躺在地上的小兵正看着自己，睫毛长长的，粘连在一起，嘴唇上的胡须软软的，像茅草似的，在阳光下呈现出金色色泽。老于把大树挪开，不，是凿开，用力凿开，凿子发出锐利的声音。他看到那只被压在树干下的手，正一点点地，慢慢地，从人形石头里挣脱出来。

咏叹调

一

斜切进来的阳光受了命令一样，正从窗台上悄悄撤退，我看见了时间流逝的脚步。

老梁说，我还有三个月的寿限。老梁的话我信，他上次给我估算剩余时间是在两年前，也在这里，也是这样的表情和语气。老梁是医生，他说这话时倒不像医生，而像上帝，仿佛一边告诉我余生，一边给我掐上了马表。

两年前，我检查出贲门癌晚期，老梁是主治医生，每次化疗结束，他都要来我的病房坐上一阵。他长得慈眉善目，说话不疾不徐，说话时习惯将头歪向一侧，像在探寻病情或认真倾听。老梁和我差不多年纪，五十出头，不像一些见惯死亡的医生那样冷漠或麻木，有一次我去他办公室，看见他正用纸巾擦眼睛，见我进来，老梁不好意思地揉揉脸，说一个老乡刚刚去世，自己感到无能为力。那一天，我在老梁办公室坐了很久，聊了关于死亡的话题。老梁之所以愿意和我聊天，是因为我们早已从医患关系变成朋友关系，老梁说我是读书人，与读书人聊天是件愉悦的事。彼时的老梁正在申请转到医院的疼痛科，希望把更多的精力用在患者的临终关怀上。他说药物或许可以暂时对付疾病因子的消长，却难以疗愈一个面对死亡的灵魂，这是现代医学的盲点和痛点。老梁说有个叫库伯勒－罗斯的心理分析医生认为，死亡分五个心理阶段，拒绝、愤怒、挣扎、沮丧、接受——他问我到了哪个阶段。我回答他，挣扎吧。说完，我俩不约而同地笑笑。老梁说医生的职责是救死扶伤，只要病人还有一线希望。

可是，如果连那一线都没有了呢？医生也不知道该怎么办。我说。

我就是那个连“一线”都没有的人。那时我已经放弃化疗，化疗带来的身心痛苦强过疾病本身，我已做好死亡的准备，心态平和，用剩下的时间与一切进行告别。偶尔来医院开点止痛药，不让自己在病魔面前变得面目狰狞。老梁说吃药本质上和跑步、健身、上呼吸机等是一样的，都是为了延长生命。我明白老梁的善意。

阳光在一寸寸逃离，屋内暗了许多。我告诉老梁，这或许是我自己最后一次来医院开药了，下次恐怕得让妻子小谭代劳，我感到越来越体力不支。

老梁看着我，用力地点点头。

我从老梁身后的窗户看向外面，马路上车水马龙，小鸟正从天空划过，风把树叶从树枝上吹落，我甚至可以看见照耀在高楼上的阳光正急遽逃走。自从那个无形的马表摁下后，眼里的一切都在匆匆流动。

老梁把开好的处方单递给我，又问了从前的那个问题，关于死亡的五个心理阶段。

沮丧。

接受。

我和老梁同时说出答案，只是我说的是“沮丧”，老梁说的是“接受”。老梁疑惑地看着我，我的答案让他有点意外，他从我们的对话以及我的平静外表中以为，我应该对死亡超然物外了。实则不然。

我无奈地笑笑，从椅子上站起来，慢慢向门口走去。

他送我到电梯口，问我为什么沮丧，还有什么放不下的。

我转过身，一阵风从过道的窗户吹进来，我一米八三的身高却只有一百斤的身子过于单薄了,轻轻摇晃了一下。我抿了下干燥的嘴唇，迟疑了会儿说，我不知道如何跟妈妈告别……

二

我乘公交回家，路上给妈妈打了个电话，电话刚拨通，那头就接了,好像她一直守在电话机旁。妈妈用的是电话机，她还不能适应小巧的手机，说是看不清键，也容易弄丢。

你在外面吗？妈妈问我，她说她能听见街上嘈杂的声音。

我嗯嗯应着，谎称自己刚刚下班，正往家赶呢。

妈妈在电话那头迟疑了一下，又老生常谈一番，叫我要好好吃饭，不要有一顿没一顿的。

我答应着，问她最近地里种着什么——我巧妙地将话题引到老家门前的那块菜地上，这是她感兴趣的话题。与妈妈闲聊了几句，就心虚地挂了电话。

我有两年没回老家了，瘦骨嶙峋，头发掉光，我怕妈妈看到我的样子便明白一切。这两年，我和妈妈也很少通话，总以工作忙碌作为借口，寥寥几次通话都是我打过去，妈妈很少打过来，每次打过来时都小心翼翼问我正在干吗，有没有打断我思路。我干的是设计，妈妈说这可是靠脑子吃饭的活儿。妈妈问得最多的话就是“还好吗”，我总是急迫地回答“还好还好”。有一次，妈妈问完后又说，真的还好吗？你不要骗我。我愣了一下，开玩笑说，你不希望我好吗？妈妈连忙否认，说，我希望你好好的。

刚得知贲门癌晚期时，我和表姐商量，不告诉妈妈，等我离开人世后再告诉她。表姐不太赞成这样做，但又想不出更好的办法来。

爸爸去世后，妈妈一个人生活在镇上，表姐是妈妈唯一的侄女，小时候她常住在我家，姑侄之间颇有感情。妈妈今年八十岁，我和妈妈正好相差三十岁，都是腊八节过生日，妈妈早就设想好，生日时我带着妻小赶回去，再叫上表姐一家，团聚一下。我不知道自己能不能活到那一天，也不敢想象妈妈失去我后会怎样。有时，我真希望妈妈在我前面死去，这样就没有白发人送黑发人的痛苦了。我被自己的这个念头惊出一身汗。

从公交车上下来，发现下错了站，提前了两站路，但又不愿再挤公交了，于是拎着药包慢慢往家走。正是下班高峰，电瓶车河水一样向前涌动。汽车的鸣笛，自行车铃声，商贩的叫卖，街边的广告音乐，以及远处工地上隐约传来的机器轰鸣，每一种声音都在争相表达，它们汇聚成一张生机勃勃的网向我倾来。我突然走不动了，蹲坐在马路牙子上号啕大哭。汽车从我身边呼啸而过，行人匆匆，没有人能对别人的痛苦真正感同身受。

良久，我从悲痛中渐渐缓过来，在那种密不透风的嘈杂里突然捕捉到了一缕钢琴声，如一股湍急的清流冲击河岸。琴声是从一侧的窗户飘出来的，《梦中的婚礼》，弹琴的应该是学生，因为弹得不太好，音准有问题，且断断续续。这是钢琴考试曲目，我之所以熟悉，因为我的儿子卢小棚正在练习它，儿子今年十一岁，正在为明年的钢琴考级做准备。对于我的即将离开，我们没有跟儿子谈起，只说爸爸生了一场病，变得虚弱，如果哪一天爸爸再也没有力气撑起这个家，他得顶上来，因为他将是家里唯一的男人。儿子听了一言不发，一脸沉静，然后重重地点了点头。我们不知道他是否听懂了，还是以为我在考验他（我常常这样逗他）。

妻子是中学语文老师，关于生老病死，我们平时也交流得挺多。虽说刚诊断出结果时妻子痛不欲生，但随着日子向前流淌，她慢慢接受了这一现实。妻子把更多的时间挤出来陪我。每个人都会死亡，只不过有人提前了一点。我宽慰她。

很久以前，我和妻子曾聊过一个话题，关于一则死亡调查的问卷：你是否愿意提前知晓自己的确切死亡时间？据说有一万多人参加过这项调查，百分之九十六的人的答案是否定的，只有百分之四的人愿意。我和妻子都属于那百分之四。那次闲聊后不久，我便检查出癌症晚期，好像是老天爷特意为我兑现了，只是时间过早了点。

刚踏进家门，棉花从沙发上跳下来，在我脚边嗖地窜出去了。棉花是一只流浪猫，几年前的一个冬天从路边花圃带回来的，发现它时已经奄奄一息。棉花性情孤僻，与人不亲近，只有我坐在电脑前，它才会安静地在一旁待会儿。

我把手上的药包放下，电话响了，是老梁打来的。他劈头盖脸地对我说，老卢，如果换位思考，你是父亲，你的孩子快要离开了，在他离开后你才得知，你的痛苦会因此而减轻还是更重？

这句话如一记重拳击中我，我呆愣着，一种巨大的悲痛倾覆而来。

三

把妈妈接来，是接完老梁电话后决定的，也是我和表姐、妻子共同商议的结果。老梁的话让我醍醐灌顶，我不敢想象当我离开人世了妈妈才得知，她会多么悲痛，她连儿子最后一面都没见着。用表姐的话说，这会要了她的老命。

我工作后一直住在南市，与老家相隔一千多公里，妈妈只来过两次。一次是二十多年前我新婚不久，我和妻子执意把她接来，一路上不管是坐火车还是汽车，妈妈都呕吐得厉害，服用晕车药也无济于事。妈妈说她一看见这些铁皮的东西，胃就会痉挛。有一阵她脸色惨白，不停地嗳气，身上虚汗淋漓。最后一段路程，妈妈坚决不肯坐车了，要步行，我不得不陪她走了两个多小时。第二次是儿子出生，我把妈妈接来，妈妈在火车上不吃不喝不睡，也不说话，好像要一口气憋到下车。回去之后接连几天又吐又泻，躺在家里一个礼拜才下床。之后妈妈再也不坐车了，每年春节都是我们赶回老家去。

我拨通妈妈的电话，刚响一声，对面就传来妈妈唤我小名的声音。我没有绕弯，开门见山地说要把她接到南市住一段时间。

电话那头沉默了会儿，问，什么时候动身？

妈妈的反应让我有些措手不及，我紧张地握着手机。啊，什么时候动身，啊，表姐，表姐说半个月后她有时间，最多半个月，半个月后她送你过来……

不用等那么久，我自己可以坐车去。妈妈打断我。

我给妈妈买好票，让表姐将她送到车站，我和妻子计算好时间，去出站口迎接。出发前我担心妈妈坐过站，又没法打电话提醒她，毕竟她不用手机。妈妈却说她认得字，再说，她是来过南市的。

我们在出站口等妈妈，旅客一个个出来，在我们以为妈妈是不是坐错车或坐过站的时候，她终于出现了。她背了七八个包裹，横七竖八的包带像把她绑架了一样，妈妈也像一个小包裹，又小又旧，似乎比两年前又矮了一截。妈妈第一眼看我的眼神，像一团火被风扑灭了，又像是灰烬里燃起了火光。她似乎知晓一切。我不敢直视妈妈，如同一个做错事的孩子。

我和妻子费了很大劲才把那些包裹塞进后备箱和副驾驶座上。妻子开车，我和妈妈坐在后座上，我们一左一右分得很开。两侧的灯光匆匆划过，在我们脸上投下忽明忽暗的光斑。妈妈突然说了一句，真是大变样了。我不知道她指的是城市还是我的样子，我没敢接话。是啊，离你上次来有很多年了，那年也是秋天来的哦。妻子巧妙地把话接了过去。

车经过隧道，车内突然暗了，我感到妈妈身子轻轻一颤，好像没能适应这突如其来的黑暗。隧道很长，黑暗把车内衬托得更加寂静，我把手伸过去，轻轻覆在妈妈手上。妈妈的手指不由自主地抖了一下。我的记忆里似乎没有触碰过妈妈的手，我们这代人对于爱的表达过于内敛和羞涩，包括我们的父辈，我不记得爸爸曾牵过我。他们的手似乎只代表着勤劳和辛苦，但缺少温情。我常常羡慕儿子和妻子的亲昵，他会用手在他母亲的头发上拨弄，会抱住他的母亲撒娇。

妈妈也紧紧握着我的手，她这紫甘蔗一样的手啊，又糙又瘦，关节突出。我还记得这双手灵巧圆润的样子呢，她用这双手给我缝被，给我织毛衣，而现在，这双手令我陌生，时间在妈妈身上产生了加速度。我的鼻子突然一酸。

一下车，妈妈就呕吐了，整个晚上她一趟趟跑向卫生间，好像火车的震颤还留在她的胃部。不知道妈妈这一路是怎么过来的，像上次那样一口气憋到这儿吗？她的脸色非常难看，蜡黄，皮肤由于脱水都揪了起来。

那一夜妈妈一定没有睡好，因为次日一早她告诉我，凌晨一点她听见我的鼾声，两点十分听到我在说梦话，三点一刻听到我在呻吟。她说她想开门进来，可一走到门口，呻吟声又没有了，这样来回几次，确定呻吟声变成鼾声，她才回屋去。

白天妻子和儿子上班上学了，家里只剩下我和妈妈。

棉花神出鬼没，除了偶尔听到它吃猫粮的声音外，常常使我们忘记屋内还有这么一个小活物。有一次，妈妈正在床头帮我按摩，棉花闲庭信步地从我们之间经过，妈妈停下动作，轻声叫唤着棉花，它却置之不理，头也不回地出去了。

每天妈妈给我炖一点稀食，自己随便对付两口，一整天她都坐在我的房间，除此之外，坐在哪儿她都感到不自在。我醒着时，她坐在床头，把我的手攥在手心慢慢按摩。倘若我睡着了，她便把椅子悄悄搬到床尾，一动不动地坐着，像要把从前丢失的时间找补回来。

我给老梁打电话，告诉他我把妈妈接来了，妈妈见我第一眼仿佛全明白了，似乎早有预料。电话那头沉默很久，我问怎么了，是不是我做得不对。老梁突然哽咽起来，他说老卢你做得很对，我还真怕你就这样瞒着老人呢。你要知道她经历过的死亡比你多多了，她的父亲、母亲，她的丈夫，以及她的亲朋好友们……

我轻轻地叹口气。是啊，妈妈经历过的死亡比我多得多，死亡如同流水，早已把她打磨得像溪水里的小石头，瘦小又坚硬。

四

我第一次发现妈妈哭是在她到来的第三天，那天她在卫生间很久都没出来，我去敲门，门没锁，一碰，开了。妈妈正揉眼睛，看见我，慌乱地拿起一只塑料盆往外走。她从我身边经过，我发现她的眼圈是红的。

妈妈去阳台，将洗衣机里的衣服取到盆里。她的小半个身子探进滚筒，在洗衣机的衬托下多么瘦小，像一小块没发酵好的面疙瘩。

妈妈问我怎么不睡会儿，我说躺着难受，起来转转。我把盆里的衣服递到她手上,她用衣架撑起来挂到晾绳上。我递一件，她挂一件，有时我慢了，她便在一旁等着，好像只有与我合作，这件事才能得以完成。我说，妈妈你还记得吗？小时候你在河边洗汰床单或被面，你总是让我帮你拧干水。对我来说，那是一件特别愉快的事，像做游戏，我力气没有你大，总感觉自己要被卷进去，有时故意将身体翻转一圈，逗得你咯咯笑。你说等我长大就有力气了。

妈妈点点头，说，都记得呢，怎么会不记得呢？她转过身，将最后一件衣服晾晒着，我发现妈妈后脑勺的白发有点卷曲，每一根都显得乖张又桀骜不驯。我抬起手，不自觉地轻轻拨弄，妈妈惊了一下，但没有转身，只是将晾衣服的动作减慢，似乎要让我的手指在她头发上多停留会儿。

我今年五十岁了，我对妈妈说，已经超过爸爸活着的年纪，我觉得自己已经很幸运了。

妈妈不说话，把衣架摇上去，伏在窗口看向远处。

每当想到爸爸在另一个世界，我就要去见他了，我对死亡的恐惧和痛苦便消失得无影无踪，相反，有时会感到激动和羞涩。我告诉妈妈我是多么开心她能来照顾我，仿佛又回到小时候，她也回到年轻有力的年纪。还有，我喜欢她做的饭，最喜欢的是她做的酸汤鱼。

妈妈说，是呢，我晓得你最喜欢吃酸汤鱼呢。

我说有一年回家，临走时，还想吃一顿酸汤鱼，你就做了一大锅，小棚和他妈只吃了一小碗，你没吃，全被我一个人干掉了。我添了一碗又一碗饭，最后干脆捧着锅吃，你还笑我像个饭桶呢，一点都不挑食。我其实也挑食啊，我只挑你做的食物。

妈妈嘴角向上扬了扬，陷入回忆的甜蜜里。她说，晚上就给你做酸汤鱼吧。

妈妈有面部神经痉挛的毛病，情绪不好时眼周肌肉跳动得厉害，她曾自嘲，说这可是她情绪的晴雨表呢。此刻，妈妈脸上晴朗了许多，不再阴云密布。

我和妈妈伏在窗台上，看着远处朦胧的街景，阳光金子一样洒在我们身上，我侧过头看妈妈——这张脸熟悉又陌生，我清晰记得她年轻的样子，而现在，如同一层树皮覆盖上去，脸色灰暗，皱纹纵横。从前眼睛乌黑圆润，现在眼皮已耷下来，成了三角形。可正是这双眼睛，我不敢直视。

日子像河水一样潺潺向前，我的身体越来越虚弱，每天都会出现一阵疼痛，时间很长，止痛药已发挥不了作用。疼痛来袭时，我用两只拳头抵住腹部，疼痛从身体的各个角落呼啸而出，一开始还能感觉到它们准确的位置，再后来，万马奔腾，分辨不出究竟来自哪里，仿佛全身的细胞都在与疼痛共鸣。妈妈蹲下来，让我的头抵在她的肩窝里，她的五官纠在一起，牙齿咬得紧紧的，我感到她瘦小的身体里有一股力量正迎接我。慢慢地，不知道是自己的意志力还是来自妈妈的力量，疼痛退去，身体如同团紧的纸慢慢舒展开来。我抬起头，发现妈妈的眼周肌肉又不自主地抽动，脸上满是水光，不知道是汗水还是泪水，在沟壑纵横的皱纹里隐约可见。妈妈说当年爸爸胃癌也是这样，每次疼得受不了，就这样抵着她。妈妈说很奏效的，真的，她是有经验的。我笑起来，为妈妈没有因此沮丧而感到高兴。于是开玩笑说她厉害，比医生还厉害，医生对我的疼痛早已束手无策了。

妈妈出去了，站在客厅中央，嘴里一阵叽叽咕咕，我知道她又在“念佛”了，妈妈“念佛”时说的并非经文，而是祈求家族的先人帮帮我。她跪下来，往老家的方向磕几个响头。我从门缝里看她，既想笑，又心疼。对于她的迷信，我从不反对，相反，会支持，因为我看见祈祷时妈妈脸上安详了许多，那是她的“信仰”，信仰让一个老人内心充满期待和希望，我为什么要干预呢？

妈妈从客厅回到房间，发现棉花正坐在椅子上，占了她的位置，棉花长长的尾巴绕着身子，卷成球状。它闭着眼睛，正享受着美梦，妈妈靠近时，它似乎没发觉，只是耳朵机警地动了一下。妈妈把手伸过去，想摸一摸棉花，还没触碰到，棉花就嗖地跃到写字台上去了。妈妈愣在那儿，那只握住虚空的手还支棱着，似乎一时不知道往哪儿去才好。她慢慢将手臂垂下来，直到触碰到我的手，才将我的手紧紧攥住。

秋天过去，气温又降了几分，阳光在屋内停留的时间短了。我已经不能下床走动了，妈妈推着轮椅带我到楼下晒太阳，她用一块薄毯盖在我身上。我真的是骨瘦如柴了，锁骨在薄毯下突兀地支棱着。妈妈把手放上去，手指轻轻徘徊。我看到她眼睛里闪烁的东西，连忙打趣道，嗨，你知道这样的锁骨，模特们多么羡慕吗？

我们乘坐电梯下楼，有邻居进电梯了，妈妈便把我推到一侧，再用身子挡住，生怕被碰到。要是邻居问怎么了、什么病，妈妈便答非所问，说很快就会好的，很快就会好的。有一次，有人从九楼和我们同乘到一楼，因为时间过长，妈妈又一遍遍解释她的儿子很快就会好的，现在医学这么发达，哪有治不好的病呢——人家并不太愿意搭理，敷衍地应着。出了电梯，我告诉妈妈，城里人并不喜欢搭讪。妈妈很疑惑，问为什么。我对她说，因为每个人都很忙，没有时间听那些和自己无关的话。妈妈不说话了，像个孩子那样点了点头。

我们坐在常坐的位置，那里安静又有充足的阳光。妈妈把塑料板凳和靠背放好，让我把腿搁上去。这样会舒服一点，她说。

每次出门妈妈会带上很多东西，板凳、靠背、毛毯、毛巾、水杯、卫生纸，等等，这让我想起儿子小时候，每次出门妻子也这样大包小包地装满尿不湿、奶瓶、奶粉、热水杯、凉水杯、纸巾，等等。我仿佛变小了，又到了需要妈妈照顾和疼爱的年纪，人生的最后时光竟然变得如此温暖。

妈妈话不多，或许是常年一个人生活，慢慢变成这样。她坐在我身边，总会打瞌睡。有时我怂恿她去看看电视，别总给我揉脚。她摇摇头，说不爱看。

在老家，妈妈常将电视从早开到晚，即使午睡也喜欢有咿咿呀呀的声音陪伴。我回去时，看见了，会悄悄把电视关了，可声音一消失妈妈就惊觉起来，问怎么了。我说你的眼睛都闭上了。妈妈便说自己没睡，她只是闭着眼睛听呢。那时我怎么没想到，常年一个人生活的妈妈是渴望听见人声的呢？记得有一年秋天，我出差去大连，因为离老家不远，特意坐车回去了一趟。我事先没有告诉妈妈，想给她一个惊喜。到达时正是傍晚，村庄十分安静。院门没有锁，我却不敢推门而入，担心会吓着妈妈。从门缝里看，妈妈正剥着什么，屋内很黑，没有点灯，只有电视屏幕的光影一闪一闪。很久，妈妈似乎听到敲门声了，小跑着来开门。我不知道这样的敲门声令屋内的人辨识了多久，上一次听到敲门声又是在多久以前。我的出现让妈妈十分意外和惊喜，整个晚上妈妈都沉浸在一种极度亢奋中，话特别多，一直说到天黑，屋内黑漆漆的，竟也忘了开灯。

五

小区里的栾树开花了，地上落了一层嫩黄色，树冠上一簇一簇的红色果子露出来了，从初秋绚烂到初冬。妈妈说这些树真漂亮。于是我们聊起老家的树，榆树、杨树、泡桐，等等，我想起父亲曾用泡桐做过餐桌，整个过程我是参与的。新砍的木材不着急打家具，先在河里沤上一年，等木头吃饱了水，再捞上来阴干，这样做出来的家具不会变形。父亲借来一辆板车，将木头拖到镇上找人破成板材，再运回来堆在堂屋里。弹线、锯切、刨花、榫卯，两棵泡桐树变成一张餐桌和六张大凳。泡桐密度小，材质轻，夏天乘凉时，我钻进桌肚，用头一顶，就能将桌子搬到院子里。父亲说等我结婚了，他给我打一套家具，用樟木或枣木，这些木头耐用，可以传给下一代。我大一那年父亲去世了，那几棵原本要做家具的香樟和枣树还在后院里亭亭如盖。回忆到这里，我和妈妈都不再说话，父亲去世后，妈妈一个人孤单地生活了三十年，她把所有的精力都扑在地里，种水稻、麦子、山芋、南瓜、花生、蚕豆、红豆……堂屋里都快堆满了，她等着儿子过年回来，把儿子的车塞满。用妻子的话说，妈妈恨不得把整个房子拆了塞给你。

阳光漫漫，从我们身上一点点滑走，和妈妈一起回忆过去，一切都变慢了。或许是老天刻意留给我时光，让我们母子可以坐下来咀嚼从前。

北风刮来的时候，已经感到寒气逼人了，停留在树梢上的阳光越来越短。我连爬上轮椅的力气都没有了，妈妈抱我上去，我没想到她瘦小的身体里竟有如此大的力量，又或许，是我太轻了。我被她抱起来，像上帝一样有了俯瞰一切的视角。我看见妈妈头顶的白发，看见她瘦小的肩膀，还有如同用旧了的布一样的脖子上的皮肤。妈妈每次抱我都给自己打个号子，像是提醒我注意，又像是给自己打气，生怕自己没抱起来而惹我笑话。她将手从我腋下穿过，紧紧地箍着我，半蹲下身子，嘴里“嗨”的一声。有一次，不知道是不是用力过猛，还是我轻得厉害，整个人差点翻过去，妈妈吓了一跳，继而又十分难过。她将我抱上轮椅后，傻傻地愣了半天，然后，眼圈红了。

妻子为我又织了一顶帽子，她有一双巧手，两个晚上就完成了。帽子是灰色的，檐边嵌了一道黑色。妻子为我戴上，再为我将衣领整理好，她的手便停留在那儿，俯下身，突然问道，你相信来世吗？

我看着妻子，这两年她衰老不少，她和妈妈一样，生命里重要的那个人将要离去。好在，妻子还有儿子，而妈妈没有了。

我点点头，对妻子说，信。我知道这是她想要的答案。妻子听了抿抿嘴，眼睛顿时有些湿润，她将脸紧紧贴在我的脸上。

我和妈妈的生日快要到了，原本计划回老家约上亲朋好友相聚一场，但现在不得不改变计划。我感觉到他们三人——妈妈、妻子、儿子，正在悄悄准备什么，脸上洋溢着难以自抑的混合着喜悦和悲伤的复杂情绪。儿子练琴比从前更勤快了，我喜欢听他的琴声，尽管还不熟练，每一次卡壳，我都能想象得出那张稚嫩的小脸上瞬间的沮丧。他弹的是克莱德曼的名曲《蓝色的爱》，我曾经跟他讲过这首钢琴曲——为爱情忧郁，为音乐伤感，这是一件美好的事。儿子似懂非懂，但他记住了，他的父亲喜欢这首曲子。妻子说儿子恳请钢琴老师教他，他要在我生日那天弹给我听。儿子问我是什么病，为什么越来越虚弱。我对儿子说，每个来到世上的人都要完成一个任务，因为我的任务快要完成了，所以变得虚弱。他歪着小脑袋，问我是什么任务。我说，现在不能说，这可是个秘密。儿子对“秘密”俩字充满兴趣，他也要悄悄告诉我他的秘密——他正跟同学学习拳击。他把小手臂伸过来要和我掰手腕，当他毫不费力地赢了我后，说道，等他力气越来越大，就可以顶替我撑起这个家了。我忍俊不禁，在他的小脸上一阵摩挲。妈妈也站在一侧，突然转过身去，我看见她的肩膀在轻轻地一耸一耸。

我轻轻拽了拽妈妈的衣角，她转过身，坐下来。我伸手在她眼周跳动的地方摁住，很长时间都不知道该说点什么。我展平自己的手，对妈妈说，你看。妈妈很疑惑，问我看什么。

是不是很像？我问。我的手完全遗传了父亲，细瘦，中指很长，小拇指有点弯曲，四指合拢时有很大的指缝。

妈妈点点头，说你生下来手就和你爸一模一样，简直是一个模子刻出来的。

我说你再看看，便拉来儿子的手，在她面前展平。这只细瘦的小手也是中指偏长，指缝很大，小拇指有些弯曲。我们大小两只手并排放着，让人不得不感叹基因的神奇。小棚是我的儿子，他的身上有我的部分。妈妈似乎明白了我的意思，握住儿子的手，用力团在她的手心。

进入腊月，我要妈妈帮我洗一次澡。说是洗澡，不过是用热毛巾擦一擦。妈妈打来两盆热水，找来两块湿毛巾、一块干毛巾，又搬来取暖器，怕我受凉。她用毛毯将我裹得严严实实，毛毯退下一点擦拭一点，擦完赶紧再裹住。记得前些时候，妈妈第一次帮我“洗澡”，我还不习惯，不停喊妻子过来，那时在妈妈面前我感到羞涩，却在妻子面前十分坦然。而现在，当我越来越病入膏肓，我在妈妈面前不再羞涩，坦然接受她的仔细擦拭，反倒在妻子面前有点不知所措了。很久以前，我还是个健康的人，我与妻子聊起各自最能接受的死亡方式，我们都认为突然的死亡是最好的，干脆，不拖泥带水。然而现在，我却认为老天为我安排了一场最好的临终告别，我仿佛慢慢又退化成一个孩子、婴儿，回到妈妈的怀抱。

那天晚上，妈妈大概累了，坐在床头就睡着了，她的身子轻轻挨着枕头，又怕碰到我，上半身执拗地斜着。抱抱我好吗？我突然对妈妈说。妈妈竟听见了，她将一只手臂从我后颈下穿过，另一只手臂环住我。我像一个婴儿一样躺在妈妈怀里，我调整呼吸，闭上眼睛，贪婪地感受着紧挨着的那颗心的跳动。

之后的每晚，妈妈都会抱我一下，我如同婴儿一样蜷在她的怀里，睡眠像柳絮那样铺天盖地纷纷扬扬，我睡得很好，神色安详，不像一个被疼痛折磨得脸上只剩下狰狞的人。我梦见了老家,梦见自己正躺在父亲为我做的摇椅上，摇椅是桃木做的，父亲认为这能辟邪。摇椅的四只脚用两根弧形木杆连着，用力一推，就会前后摇荡。我听着妈妈和邻居说话的声音，她的声音总是很轻、很尖细，像一粒粒豆子在豆荚里悄悄炸裂。有一阵，我感到豆子弹落在我的脸上，睁眼一看，妈妈正俯下身子对我说话呢。妈妈说，我家宝宝会笑呢。

我一愣，宝宝是谁？妈妈说的宝宝是谁？当我反应过来自己就是妈妈嘴里的宝宝时，已经被妈妈抱起来了。妈妈多么年轻啊，头发乌黑，蓬松地向后卷起，她脸上有一层细细的小绒毛，像一只熟透的桃子。妈妈用一只手将我揽住，另一只手用薄毯将我包得严严实实。是啊，我是妈妈的宝宝。在梦里我越来越小，妈妈也越来越年轻，时间在往回退行。

醒来时，我嘴角还挂着笑，梦里的一切多么生动美好。妈妈问我笑什么，我说，你看我现在像不像一个婴儿，我在倒着长呢。妈妈把我往怀里搂了搂，说，是哎，又变成一个宝宝了。

我觉得自己此刻很幸福，希望妈妈也是。

六

记忆变得越来越有意思，近处的事遗忘得厉害，反倒是久远的事变得清晰。我记得自己学说话的时候。我说话晚，四岁才会吐字，妈妈指着天空教我“太阳”，对于两个不同音节的词，我无法用舌头捣鼓出来，妈妈便减成一个字，阳。后来，妈妈又指着羊教我说，羊。我傻愣住了，脑袋里一片糨糊，怎么也不肯说话。我还记得学走路的时候，先是每天在地上爬，妈妈用板凳将四周围起来，形成一个安全区域，有一次，妈妈正在织毛衣，一抬头看见我已经站起来了，她十分激动，丢下针线连忙向我走来，却在离我一两米远的地方蹲下，示意我过来。宝宝，过来，到妈妈这儿来。我蹒跚向前，就在我快要扑到妈妈怀里时，妈妈又向后退了一两米。嗨，到妈妈这儿来，妈妈说。我又向前挪动，可我感到害怕，四周空荡荡的，觉得自己立马就要摔倒。就在这时，妈妈突然抱住我，我紧紧地搂住妈妈，脸埋在她的心口，很久都不愿松开。

我感觉死亡正慢慢向我靠近。妈妈的话越来越少，她每天除了坐在我身边，不再做别的事。妈妈几乎把所有的时间都用在我身上，或许这样她更心安。妈妈陪伴的这三个月仿佛是我的一生，我想即便自己健健康康活到老，我和妈妈在一起的时间也不会有这么多，毕竟每年我都以忙为借口，只回去一两次。妈妈常年在那间老屋待着，所有的日子都为了我回来的那一两天。她会把家里收拾得无比干净，把食物准备得无比丰盛，我和妻子、儿子浩浩荡荡地回去，又浩浩荡荡地离开，像风一样。我从没有想过我们离开后妈妈会怎样。她又开始坐在电话机旁等待我的电话，又开始倒数着我们下次回去的日子。

生日这天，老梁来了，他已经如愿地调到疼痛科了，他感谢我在他职业生涯里给予的帮助。我不知道我给他什么帮助了。老梁笑说，是你让我看到了对待死亡的态度。他问我，现在到哪个阶段了？我说是“接受”，而且是欣然接受。老梁在我肩上拍了拍，说，老卢，我们还会再相遇的。

妻子为我和妈妈订了两束花和两份小蛋糕，送给妈妈的是红色康乃馨，送给我的是蓝色小雏菊，每一朵都在争相怒放。我也曾经是一朵小雏菊，我和妻子开玩笑说。

妈妈捧着花看了好一会儿，她说第一次看见这种颜色的康乃馨，真是好看。妈妈正说着，棉花跳到她腿上，绕了个圈盘坐下来。妈妈感到很意外，一向清高的棉花也会与人亲近了，这团柔软的小东西让她的两只手一时不知道该怎样才好。好一会儿，妈妈才轻轻将手伸过去，在棉花雪白的后背抚摸起来。

儿子弹了那曲《蓝色的爱》，又弹了一曲《鲁冰花》，妻子和妈妈合唱，妈妈的声音仍然是轻细的，还带着一点羞涩。她只会那一句，却唱得极其认真。我明白这一定是妻子选择的歌，代我向妈妈表达着感恩。我强忍住眼泪，面带笑容，一边小声地和着，一边握紧妈妈的手。

生日蜡烛点燃了，我让妻子将我扶坐起来，我要亲口吹灭蜡烛，这是我的最后一个生日，多么荣幸。我用轻微的气息一支一支地、一遍一遍地吹灭蜡烛，妈妈也是，我们似乎都没有太多力气了。妻子把饭桌移到我的房间，几张凳子围在我的左右。准备的都是我喜欢的食物，清蒸狮子头、红烧鳊鱼、清炒虾米卷心菜、蚝油香菇、响油白菜、紫苏煎黄瓜、蒜泥豇豆、莲藕排骨汤，还有瓦罐炖的腊八粥。这顿饭每个人都吃得极其平静、仔细，甚至一丝不苟，似乎嘴巴只够用来享受美食。我喝了一口汤，尽管很快吐了出来，但我知道，那真是人间美味。

送别老梁，我又开始疼痛了。我没有让妈妈抵着，而是对她说，抱抱我，妈妈。

疼痛持续，整个身体痉挛着，死神正站在不远处——我看见前面有一小片树林，暮色里一个朦胧的人影，他正向我走来。是的，我看见死神了，但我一点都不恐惧和畏缩。我对他说，等我一会儿，等我完成最后的心愿……

夜渐渐深了，我感觉妈妈应该睡着了，尽管我听不到她入睡时细微的喘息声，也听不见她的心跳。老梁说，人死亡前，最早失去的是味觉、触觉，最后是听觉。是的，死神正没收我的一切。

我缓缓地，似乎是用尽一生的力气，将胳膊微微抬起，穿过妈妈的腋下，再紧紧地环抱住她。我看见妈妈脸上水波一样的皱纹，看见她眼周轻微的抽动。

明天，旭日初升，当阳光照进这间屋子，妈妈睁开眼睛，她会发现，她正躺在儿子的怀抱里。

希望妈妈就这样安睡，晚一点醒来。

蓝色泪滴

1

玉珍在梭磨河桥下了车，两个背包同她一起迫不及待从驾驶室滚落出来。司机咂着嘴说，这里离马尔康还有十几公里呢。他已经说了三遍，他不明白这个女人为什么非要在这里下车。

玉珍向司机鞠了躬，表示感谢，便急匆匆向前走去。她是从成都搭乘的这辆车，整整一天的行程几乎没说话，司机在这条路上走过十五六趟，他在马尔康跑业务，他是这么跟玉珍说的，也搭乘过不少进藏的人，像玉珍这样拒绝聊天的倒是第一个。对于司机来说，路上多个聊天的对象，正好可以打发行程中的寂寞，至于收不收车费，看心情。也许他不缺钱，只缺个说话的人，有好几次他向玉珍抛出话题，比如“去西藏是旅游吧”“走了多少天啦”“你是哪里人啊”，玉珍像没听见，仍然木木地看着窗外，要不是上车时她对他说“去马尔康”，司机或许以为搭乘的是个哑巴呢。

从梭磨河桥到马尔康有十六公里，玉珍知道，她不光知道路程长度，还知道这段路上有几座桥，有几处弯——这些都是本子上写的，本子上还说，“在梭磨河桥不得不下车，因为搭乘的汽车要从这里去芒多乡”。本子里写得很详细，就连梭磨河桥的半拱形状都写到了。此时，那本黑色皮封面的本子正装在背包里，背包正被玉珍抱在怀里。

水泥路沿着梭磨河曲曲折折向前，路面被太阳晒得发白，在远处偶尔露出一小截，像破折号，便隐入树丛中了。这是川藏线，317，从马尔康到邦达，再经八宿到波密，与318会合至拉萨。玉珍徒步进藏，准确地说，以步行为主，一些路段需要搭顺路车。这类徒步者还有另外一个名字，路搭。玉珍今年五十一岁，大概是年龄最大的路搭了。她一个人，两个背包，一根手杖，背包里该有的都有了，睡袋、帐篷、冲锋衣、酒精炉、干粮、手电，等等，尽管是第一次徒步，准备工作倒是做得充分。当然，这些也是从本子上学来的。

她在马尔康找了个小面馆，要了碗面，面被端上来时老板问她是不是进藏去？玉珍没说话，她怕回答一个问题后会有一连串的问题要回答。她不想说话。往碗里滴几滴辣椒油，辣椒油迅速漾开，每根面条都裹上红色。她将面条嗦得一根不剩，面碗见底时竟有点头疼。她记得本子上也是这么写的——大概嘣面用力大了，脑袋有点疼，好像缺氧了——她为自己获得与本子上同样的体验而感到欣慰。

天黑前她又走了一段路，在远离城市的草地上扎营，山腰上有一些民居，土头土脑的房子里缀着一两盏昏黄的灯。头顶的星星很多，密密匝匝，给人一副很吵闹的感觉。说真的，这样的景色她欣赏不来，星光、雾霭、山林、草原、冰川，等等，她也欣赏不来，她不喜欢这些，甚至带有某种仇恨。

临睡前，她拨了个电话，铃声嘀了三声后，出现一个男的声音，挺干净的，男声说，嗨，我是致远，我现在不在家，有事麻烦给我留言——

她握着手机愣了好一会儿，等男声重复了三遍后才挂断。

2

早晨是被冻醒的，风从帐篷下面蹿进来，后背凉凉的，玉珍翻了个身，把睡袋往脖子里掖了掖。远处有不知名的叫声，又像是汽车的鸣笛，一声追着一声，她竖起耳朵听，这样的声音并不使她想到城市的喧嚣，相反，因为遥远，反而有种亲切和渴望。帐篷里有股奇怪的气味，空气不流通，她感到呼吸不太顺畅。她并不喜欢睡在帐篷里，尤其睡袋，令人胸闷，前一晚将自己塞进去时，玉珍觉得一定挺不到天亮就会憋死。这是她第一次在外露营，也是第一次睡睡袋，没想到在自己五十一岁的时候会睡在这鬼东西里。很多年前——真的是很多年前了，家伟买回来第一个帐篷，家伟和儿子迫不及待支起来在客厅里度过了一夜。他们邀请玉珍，玉珍不愿意，她说她讨厌帐篷。她知道自己讨厌的并不是帐篷，而是家伟旅行这爱好。玉珍想，如果那时，她也钻进帐篷，和他们一起，那么，以后的日子又会发生什么变化呢？

她将帐篷拉开一条小缝，外面的草叶染上了一层莹白露水。山腰上房子里的灯早已熄灭，门打开着，像一张张打哈欠的嘴。

从睡袋里钻出来便收拾上路了，走了一会儿，玉珍看见两个精瘦的女孩守在路边,大概是等待由此经过的车辆。她们也是背包客，戴着头巾，穿着紫色防晒服，两只硕大的背包勒在身后像将她俩劫持了，纤细的身子用力弓着，仿佛与背包进行较量。

玉珍已经走过了，却又反身回来，问她们是不是进藏去，两个女孩迫不及待地点头，说，是呢，是呢。又问玉珍是不是也进藏，玉珍没回答，继续问她们是学生吧？出来父母知道吗？

我们，我们，还是学生，一个女孩嗫嚅着，暑假没有回家，想去西藏，没有——没有告诉家里哎。

暑假为什么不回家？为什么一定要去西藏？你们知道父母多么担忧吗？玉珍连珠炮似的发问令女孩们目瞪口呆。

这是要徒步去吗？玉珍继续说道，你们知道徒步到那儿需要多少天吗？路上要经过多少高海拔的山口吗？在哪些地方露营知道吗？遇到泥石流怎么办？遇到暴风雨怎么办……

玉珍有点激动，她感觉每个字都像石子一样从嘴里飞奔而出，她把问题一一抛向她们，并不需要得到回复，说完最后一个字头也不回地走了。

几分钟后她看见两个女孩还站在原地，瘦小的身子像两个茄子支在路边，太阳已经出来了，路面升腾着热气，她想到刚刚自己的行为，有些错愕。她很少这样情绪激动，平日里与人说话总是细声细语，她的母亲常责怪她说话像蚊子叫。也很少有人见到玉珍发火，她只会生闷气，即使遇到令她情绪崩溃的事也就一个人默默垂泪而已。她觉得刚刚自己有点过分了，感到很歉疚，但她不想再回去了，因为她要赶路。

那一天，玉珍遇到越来越多进藏的人，有的骑行，有的自驾，有的徒步，她没有像对待那两个小女孩那样劝人们回家，她只是离这些进藏的人远远的，也不接受他们的搭讪或问候。她加快步伐，生怕走慢了一步就会染上他们身上的戾气，是的，戾气，玉珍认为这些人身上都有股说不清的坏毛病。

3

次日，玉珍坐上了去邦达的班车。是一辆中巴，车身已看不出原本的颜色，车顶堆着大大小小的包，用一张网罩着。中巴在玉珍跟前摇摇晃晃很久才停下来，门砰地打开，狠狠撞在两侧，震得灰尘四起。车上人很多，挤挤挨挨，过道里也坐满了。售票员从人群中递来一只矮板凳给玉珍，让她往过道后面走，兴许那儿还能坐下。这段路正在修建，一侧被挖空，使得原本不宽的路面更窄了，每逢对面来车，都要来来回回倒几次。外面灰尘大，看不远，窗户被关上了，又关不牢，玻璃叮当直响。车内闷热，汗味混合着说不明的气味直往鼻孔里钻，四周汗湿又黏滞的身体紧挨着，玉珍有意避让，像条件反射似的缩回身子，即使困乏无比的时候，玉珍都能将脑袋用力轴着，以使自己不碰到任何一个汗津津的胳膊。

醒来时车停了，不少乘客正站在外面，原来是挖土机将桥面挖断了，一时无法通过。此刻车上人少，腾出大片空间，她正好可以将酸疼的腿伸展会儿。车外的人一脸焦躁或无奈，一口接一口狠狠抽烟，玉珍发现有一张脸像极了家伟。她很奇怪这几天为什么总是想起他。

家伟曾经骑行过川藏线，她想家伟大概也走过这条路、经过这座桥吧。家伟走川藏线那一年他们已经有了儿子，两人的关系并不太好，所有矛盾都跟旅行有关，婚前她似乎并没在意这些，或者说，是婚后他才开始的爱好。家伟喜欢旅游，喜欢探险，喜欢极限运动，这一点，玉珍恰恰相反，她胆小，喜欢宅，喜欢安稳，喜欢一切都在自己的计划和控制范围内。其实这些并不是矛盾的主要原因，一个普普通通的工人有这些爱好也没什么错，婚姻里的双方可以有各自的爱好，互不干扰就行。但问题出在有了儿子后，家伟总是向儿子讲述关于探险的故事，带儿子去旅行、攀岩，似乎立志要在儿子身上培养出同样的爱好来。

中巴车在路边等了两个钟头，没有等到路面恢复，倒是等来了乘客之间的争吵。后面积压的车辆越来越多，不少车掉头而去。司机跳上驾驶座，点火，启动，他决定换一条山路去邦达。车内又恢复到之前的拥挤，准确地说，比之前更拥挤，几个乘客实在塞不回原处，好比电器拆卸又重装后总会多出的零件。

儿子十一岁那年他们离婚的，没有争吵，没有埋怨，心平气和地结束了这段婚姻。家伟在机械厂上班，他搬了出去，用一个睡袋就把自己全部衣物装走了。玉珍继续在超市上班，她做理货员，这个工作非常适合她——秩序、有条不紊地把每个物品摆放于各自的位置上。至于儿子，毕竟十一岁了,他们尊重儿子的选择。令玉珍感到难过的是，儿子选择了父亲。

中巴车一进入山林，路况就不好了，气温变低，窗户不断起雾。司机开得很快，似乎要把之前耽搁的时间给追回来。车上的人正在酣睡，他们都是本地人，好像已习惯这样的路况和车速，所以并不担心安全，只有玉珍和一两个脑袋默默地看着外面。

玉珍没有再婚，这其间也有人给她介绍过，两个人处了一个多月，有一天，对方说自己喜欢旅游，玉珍突然很反感，这么多年过去了，她仍然没有平复内心，对每个喜欢旅行探险的人带有敌意，好像是她和家伟之间的一场比赛，所有爱旅行的人都是家伟的啦啦队。家伟后来结婚了，又生了个女儿，她见过他送儿子上学时两人狼奔豕突的样子。玉珍找家伟谈过几次，希望把儿子接回来，跟她生活，但儿子不愿意，他已经是个有主见的少年了，说话腔调和走路姿势，跟他的父亲如出一辙。

车颠得要命，车轮不像是在地面滚动，而是在跳跃，车身很响，每个零件都在声嘶力竭。路上散落着大大小小的石头。是从山上滚落下来的，司机机敏地避让石头，有时没避开，猛地一顿挫，腾空出去。玉珍的心提到嗓子眼儿，抓住靠背的手攥出汗来，这么提心吊胆了一会儿，玉珍心想，自己怎么会害怕死亡呢——

家伟死于一场车祸，他开车去山里，撞在山崖上，如他曾期望的，终是“死于旅途”。丧礼玉珍没参加，一是他们早已离婚，二是她接受不了这死亡方式，好像家伟连死都在向她挑衅。那一年，儿子考上了大学，在外地读书，后来四年里只回来过一次，假期都用在旅行上了。儿子对旅行探险更加狂热，好像以此来怀念自己的父亲。

车突然猛地一颠，车轮被什么硌住了，车身一个趔趄，熄了火。所有人都由于惯性向前撞去。司机下车查看情况，在车底捣鼓了一阵告诉大家，水箱坏了，得等维修厂的人来，时间不能确定。

玉珍感到头疼，耳朵里嗡嗡的，有人叫骂，用手掌拍着玻璃；有人用力往外挤，车内吵吵闹闹，仿佛所有的零件都在松动。

4

这条路一侧是山体，一侧是汹涌江水，因为不常通车，路面极其糟糕。山上植被少，石头裸露在外，不少地方塌方了，沙石滑落。山里没信号，但玉珍不担心走错，进藏路上，只要挑大路走就不会有问题。这也是本子上写的。

起风了，远处突然有了雷声，玉珍抬头看天，北方有沉沉乌云。刚刚还走在她前面的人早已不见踪影，往回看，也不见人。雷声滚滚，不再是闷闷的声音，而是脆的，在头顶突然炸响。玉珍打了个喷嚏，加快步伐，她有点后悔从车上下来，尽管自己有帐篷冲锋衣，但暴雨后山里随时都有泥石流的危险。

一辆越野车在她前面刹住，一个女孩伸出脑袋朝她喊，快上车，快上车。还没等玉珍反应过来，女孩已经跳下来，不由分说帮她把行李背了过去。

车上有三人，一个司机，一对年轻男女，加上玉珍，正好四个。女孩说他们也是那辆中巴车上的，尽管玉珍混杂在一群本地人里，尽管戴着头巾，她也能一眼分辨出玉珍是个背包客。女孩说他们刚下车就搭上了这辆车，司机人好，愿意捎他们一程。所以他们想起玉珍，可当他们回头找玉珍时，她已经不见了。

她说自己在马尔康见过玉珍，一定是的，没错的，因为像她这样独自徒步的非常少，总会让人印象深刻。女孩很健谈，好在她并不抛出问题，玉珍只需要点点头或者适时笑一笑，表示礼貌就行。女孩说不知道称玉珍是大姐还是阿姨，或者就叫独行侠吧。她让玉珍叫她薯片，当然了，这是绰号，真名叫黄黎曙，黎明的黎，曙光的曙。唉，太难记了，也不好听，什么黎明曙光的，记不住，所以大家都叫我薯片。她又指着副驾驶的男生说，他是我对象，叫伍一，一二三的一，真的，这真是他的名字，就这么简单。

这时伍一转过身来和玉珍打招呼，他很内向腼腆，低着头，又深深一点，脸便红了。

玉珍不由得想起自己的儿子，大概也是这样的内向吧。不知道这遗传的是家伟还是自己，总之，又不完全像他俩。玉珍想，人的内向分很多种，他们的内向各不相同。

儿子大学毕业后回到县城，他不愿跟继母生活，也不愿住到玉珍这儿，固执地租了个小阁楼。住处离玉珍很远，一个在城西，一个在城东，好像故意保持着某种距离。玉珍有时坐车去看他，他便一脸的为难和不自在，说不用来的，真的，不要来的，他喜欢现在的生活，喜欢一个人的空间，不被打扰的空间。玉珍愣住了，把儿子的话反复咀嚼。之后，玉珍便去得少了，只偶尔给他打个电话，儿子装了个座机，电话拨通后，听筒里会传来儿子的声音——嗨，我是致远，我现在不在家，有事麻烦给我留言。

薯片正在滔滔不绝，她的声音很好听，仿佛带着薯片的脆感。薯片是南方口音，不翘舌，也不分前鼻音后鼻音，每个字的发音都短短的，像小青豆在唇齿间蹦跳。薯片正说着话，车后突然一声轰鸣，她们不约而同转过去——在他们车后，一处山体滑坡了，沙石从半山腰迅速流坠，几块大石头滚下来，砸在地上，一棵大树被泥石流冲倒。

她们都吓坏了，发出尖叫。司机从后视镜里瞟一眼，脚下的油门迟疑了下，又猛地踩死，迅速向前冲去。

玉珍想，如果薯片没有及时把自己拉上车，这时会不会被大树击中，或者，没有被击中，也一定被困在山里了，什么时候才能走出去还真不好说。

车开得飞快，顾不得避让石头，好像此刻比任何时候都知道直线距离最短这个道理。车里的人不再说话，尤其是薯片，四个人均目不转睛地看着前方，耳边只有汽车的呼啸声。很久过去了，大家都像在憋气，直到汽车开出山林，走上一条新的水泥路，才松了一口气。

薯片称赞司机的车技，又快又稳，稍慢一点儿都会走不出来。她说发生泥石流也是常见的，每年的六七月份是这里的雨季，山体吃满了水，沙石就容易坍塌。在路上遇到这样的情况，也算是一种经历吧。

既然知道危险，为什么还要进藏呢？玉珍刚说完，自己也惊愕了，因为这是放在她心里的话，并没想说出来，好像句子自己蹦跶着就出来了。

薯片笑了笑，她有两颗白白的大门牙，说话的间歇两只大门牙便咬住下嘴唇，她将脑袋一歪，马尾柔顺地流到一边。这个季节有泥石流的危险，但这个季节的草原也最好看，薯片笑着说，所以，不能因为危险而错过美景呀。

5

这天晚上，玉珍在业拉山下的草原上扎营，离她帐篷不远的是薯片和伍一的帐篷。这是薯片的意思，她要玉珍和他们一起在这里过夜。玉珍发现有一种人的热情你无法拒绝，当然，玉珍难以拒绝的原因，还因为要感激薯片把她带出了山。

薯片说，以后走川藏线就再也不会经过业拉山垭口了，因为这里将要建高架和隧道。玉珍认真地听薯片说话，她不知道这些，对于川藏线她所有的知识只限于那个本子。很难说清那是一本日记，还是旅游攻略，或者是记录心情的小随笔。本子上关于业拉山的记载并不多，只说这是著名的“七十二拐”。

薯片说，我们可以躺在草地上，看“之”字形路上卡车的车灯，夜幕之中，你什么也看不见，只有兽脊一样的山的剪影和一束微茫灯火在群山中游移，来来回回，反反复复，好像在挣脱什么，当你注视很久，便发现它在一点一点向上，一点点靠近山顶。

薯片停顿了下，抿了抿嘴，黑暗中，似乎能看见她眼睛里有东西在闪烁。是的，这个时刻我总是会想起很多，薯片说，会想起自己，想起那些正在黑暗中孤独行走的人们……

伍一轻轻捉住薯片的手，并在她的指头上捏了捏，每当这个时候，伍一总会做出这样的动作，这大概是他对感情的表达方式之一。

山中升起夜雾，裹着淡淡的腥气。玉珍看向四周，近乎无边的寂静笼罩而来，她看不见山路，那些曲折的呈“之”字形的路正藏在黑暗之中，她一眨不眨地看着，多么希望能有一束微茫的灯火在黑暗中出现。

气温越来越低，风也大了，在草地上坐了很久，伍一提议赶紧回帐篷，这山风吹久了，指不定明天会头疼。

玉珍的帐篷离他们的有几十米距离，这是玉珍的意思，她还不习惯与人靠近，包括帐篷。

她躺在睡袋里，一时毫无睡意，便坐起来拨电话，仍然是那个语音提示，响了三遍后，挂断了。致远也曾徒步过川藏线，那是一年前，从成都开始徒步，玉珍不知道那时候致远经过业拉山的时候是在哪里扎营的，是不是看到过这黑暗中慢慢移动的灯火呢。

天刚亮，薯片突然挤进帐篷，不由分说地在玉珍旁边躺下，哈着手说，冷死了，冷死了。玉珍赶紧挪到一侧，让出空间，她不习惯与人如此亲密。薯片又挪过去，说挤在一起才暖和呀。

外面的风吹过山谷，在远处发出尖啸之声。此时的风似乎不只是单纯的自然现象，而是曾被囚禁在山中的困兽，现在，整个山谷都交给了它，它在狂欢，在撒野，在嘶吼，它成了天地的主人。薯片说，当我们投身在大自然之中，便会觉得人类是多么渺小啊。

独行侠，你为什么一个人徒步进藏？薯片突然问道。

玉珍愣住了，不知道该如何作答。薯片又说，嗨，这也不算什么问题，很多事情是没有为什么的。就像伍一问，为什么我们一次次地来到高原呢？我也不知道怎么回答，或许，我们想在这样的旅程中找点什么，找到志同道合的人，找到自我，找到信仰，或者，找到走出困境的方法吧。

玉珍陷入沉思，她想，那么致远一次次地来到高原想找到什么？这个问题也正是玉珍进藏的原因。她想知道答案。

家伟去世后，她和致远说话的机会很少，他变得更内向，有一次她去看致远，致远正要出远门，他们是在去站台的那几十米的路上完成的告别。临上车时，她想跟致远靠近一点，但被他身上的两个背包挡住了，她站到左边，背包也在左边；她站到右边，背包也在右边。那一瞬间，玉珍似乎明白了横亘在她和致远之间的是什么了。

薯片的手突然搭在她的睡袋上，玉珍连忙翻了个身，将手躲开。薯片向她这儿挪了挪，玉珍便让一让，再挪，再让，直到玉珍将脸紧贴到帐篷才停下。

刚离婚的那几年，玉珍偶尔会把致远接回来住几天，也仅是几天，致远就要回去。她想帮致远做点事，比如整理书包，比如系个鞋带，致远总是不情愿地避开。有一次，她看见致远头发上沾了个小纸屑，想帮他掸去，手还没碰到头发，致远便像弹簧一样弹得远远的。回去的时候，玉珍和致远坐公交，临窗处正好空着两个位子。致远靠窗坐着，恨不得把自己变成一片树叶紧贴在玻璃上。为了不与她眼神相遇，更是一刻不离地看着窗外。下车后，致远往巷子里走，玉珍止步，她只送到这儿。致远离开前突然对她说，你的家里就容不下一个睡袋吗？说完头也不回地跑走了。

薯片伸了个懒腰，说刚刚居然睡着了，她问玉珍有没有睡着，玉珍含糊应着。薯片说，我们在一个帐篷睡觉，算是帐友了吧。说完笑起来，白白的大门牙咬住下唇。她说自己有过四次进藏经历，有好几个“帐友”呢……

玉珍抿了抿嘴，声音很小地问，这么多次进藏，不会腻吗？

不会不会，怎么会腻呢，薯片说，每一次的经历不一样，每一次的感触也不一样。她说印象深刻的是第一次的骑行，若干年前了，那时她和伍一刚毕业，没有经验，把干粮都装在了一个背包里，伍一为了减轻她的负担，将帐篷锅灶放在自己的自行车后座，而将装着食物的背包放在她后座，经过通麦天险时，因为刚下过雨，路很滑，她摔了出去，一同摔出去的还有那个背包。幸好人没事，而背包却掉进一侧的怒江。那时离下一站还有四天的路程，没有食物，根本无力骑行。路上车辆少，即使遇见一辆，他们两个人两辆车，根本无法搭乘。有的司机会从自己的口粮里匀出一点儿给他们，但那点儿食物哪够呢。到了第三天，两人已经饿得两眼冒星，更别说骑行了。他们把自行车扔在路边，躺在草地上祈求有车经过。

他们听见水流的声音，原来离他们不远的地方有一条小溪，弯弯曲曲，溪水倒映着蓝天白云。伍一去喝水，突然尖叫起来，有鱼。他哭喊着，这是高原冷水鱼，细瘦的身子闪着银白的光。两人在溪水里扑棱半天都没能捉到一条，这种鱼游得快，也相当机敏。他们把衣服做成渔网，把背包做成渔网，都无济于事。这使薯片很泄气，感到绝望。但伍一不罢休，他提议打坝截流，工作量虽大，但也是一线希望啊。他认真地刨土，垒土，好在这是小时候常玩的游戏，上游下游的土终于垒成了，再另外挖一条小道，让溪水分流，分流的河道很小，用一件毛衣兜着。一个下午，他们就这样收获了上百条鱼，薯片一边流泪一边帮伍一擦汗，晚上他们就吃上了烤鱼，剩下的几十条再收拾干净，用绳子穿着，挂在车龙头上。一路骑行一路晒着鱼干，这些鱼干帮他们渡过了难关。薯片有些哽咽，她说虽然过去很多年了但每次回忆起都会很感动，这件事对她的触动很大，让她觉得，每一个人，都能够找到走出困境的方法。

6

第二天玉珍就和薯片伍一分开了，她执意要这样。薯片说，好吧，独行侠，那期待我们的再次相遇吧。

玉珍目送他们离开，当两个身影消失不见了才收拾行囊出发。她走得有点慢，她不需要那么快到达，薯片说他们到了拉萨后将前往冈仁波齐，参加一年一度的转山。而玉珍不去冈仁波齐，她只想走一遍川藏线，到达拉萨，或者，不会到达。

她从业拉山口前往八宿，傍晚在一个卡口处被拦下，道闸横在路上，几个士兵守着，问其原因，说路况极其不好，天黑了看不见，危险。有司机上前与士兵斡旋，希望能通融一下。但士兵说，肯定不给走的，快去找地方住下吧，明天再通过。

路边停了很长的车队，都是因为不能通过而积压的，接二连三有司机上前据理力争——开夜路没事的，再危险的路也没事的。他们说自己着急赶路，出了事自己负责。士兵们脾气挺好，但也不松口，只说，哪有那么多急事嘛，人哪有那么多急事嘛。

玉珍退到一边，打算就地落脚，她想到薯片他们应该通过了，想到和薯片他们之间的距离将越来越远时，心里竟闪过一丝难过。

司机们掉头去找住宿的地方，或者留在车里过夜，骑行或徒步的便在草地上扎营。玉珍草草吃了点东西，钻进帐篷里，她不愿走到外面去，不想被搭讪。

天还没黑，有的车灯便亮了，人们似乎不喜欢黑暗。车灯将树的影子打在帐篷上，从模糊到逐渐清晰，每当有人穿过灯光，人的影子也在玉珍的帐篷上飘过。男人、女人、小孩，有时是一只狗，尽管玉珍与他们不相识，但他们的影子却离她那么近。

玉珍照例拨了电话，毫无悬念地，仍是那段语音留言。玉珍长舒一口气，挂了电话，倚在睡袋上看帐篷上的影子。草、树木、人、宠物，来来回回，帐篷像是一块幕布，放映着人的一生，所有的事物一一经过，最终谢幕。

这时候，玉珍看见一个奇怪的影子，它像狗，又不像狗，头上多了角一样的东西，玉珍猜不出来，影子越来越近，好像就在她的帐篷边上，玉珍拉开拉链，探出头。原来是一只羊。

玉珍看向它的那一瞬，羊也抬头看过来，它右眼上有一小撮黑毛，抬眼时黑毛便向前凸出，仿佛皱眉，又好像不屑一顾。它年岁应该不小了，从犄角上可以看出，卷了两卷，耳朵上挂着彩色耳坠，很华丽似的。羊看了一会儿玉珍又低下头啃草，边啃边移动，弄得耳坠叮当响。玉珍发现这只羊一直在她帐篷四周，好像对这里的草情有独钟。

玉珍很快就进入梦乡了，羊是什么时候离开的，又去了哪里，她也不知道了。一整天的徒步是最好的催眠药。

次日早晨玉珍起来时，周围的汽车和帐篷都不见了，人们急迫地奔赴下一站。她想起士兵的话，哪有那么多急事嘛——

过了关卡，路立即窄了，如士兵所说，路况极差。翻了两座山，身上汗淋淋的，前后都没有人，也不见车辆，耳朵里隐约有轰轰的声音，玉珍觉得奇怪，不知道声音来自哪里，她一度怀疑是不是自己出现了幻听。

拐过一个大弯，声音更响了，像是江水的声音。路一直向下，声音也越来越重。果真，玉珍看见翻腾的江水了，狂暴得很，奔涌着，鼓噪着，呐喊着，撞击在崖壁上，发出天崩地裂的吼声。怒江在此处拐弯，江水汹涌，撞击山崖后又跌跌撞撞往下游冲去。玉珍明白昨晚为什么封路了，夜晚行经此处，的确非常危险。玉珍加快步伐，轰鸣的江水声令她战栗。

转过一个弯，看见前面一个老人牵着一只羊。玉珍与他越来越近，发现原来是昨天的那只羊，右眼上面是一小撮黑毛，耳朵上的坠子正叮当响呢。

唔，朋友，去拉萨嘛。牵羊人热情地和玉珍说话。

玉珍放慢脚步，说，是的，去拉萨。

老人说自己叫扎西，又指着羊说，它叫德吉，他要和德吉去强觉林寺呢。

玉珍问，为什么带一只羊去寺庙？

嗨，朋友，羊有名字的嘛，它叫德吉嘛。

玉珍连忙改口，问，为什么带德吉去寺庙呢？

唔，扎西老人指着德吉说，它不是普通的羊嘛，它是放生羊。他说德吉为他们的牧场贡献很大，一生共生下三十一只羊崽。所以把德吉选作放生羊，是他们全家人的意愿。羊一旦被放生，便不能作为牲畜再被屠宰了嘛。

玉珍看着德吉，它的脑袋向前倾着，背微微弓起。它明显老了，但这些衰老迹象都是它的勋章。

不过，扎西老人又说道，德吉的两个孩子上个月被狼咬死了,可怜的德吉很伤心。他决定带德吉去强觉林寺转经，煨桑，磕头，祈福德吉那两个死去的孩子能尽早转世。

这里离强觉林寺还有很远，德吉正低着头走路，四只瘦瘦的蹄子在水泥路上发出嗒嗒的响声。玉珍看向德吉，心猛地一沉，仿佛也感受到了德吉的巨大悲伤。她问扎西老人，去强觉林寺转经能帮德吉祈福吗？德吉是不是就不再悲伤了？

扎西老人点点头，转动着手上的念珠，他说经书上讲，一个人的一世，其实就像一条河流过，河水把自己的少年、青年和以后都冲走了，只不过剩下了一些念想和一些牵挂罢了。起初，他不懂这句话的意思，太深奥，就向尊者去求证。尊者便说，扎西啊，等将来某一天，河水打湿了你的脚脖子，你就觉悟了。尊者又说，每个人都会失去，所以要学会和“失去”共存嘛。

7

一年前，玉珍接到一个陌生电话，电话里的人自称西藏林芝巴宜区派出所的李警员，问玉珍和吴致远是不是母子关系。玉珍说是的，对方便开门见山地说吴致远徒步经过林芝八一镇尼洋河时不慎溺水，事发时间为七月十一日下午四点，警方已经进行了打捞，但并未有结果。

玉珍脑袋嗡地一下，整个人瘫了下来。

警察说那段河水很深，很急，据三名目击者反映，他们看见死者去河边舀水时不慎跌入，因为事发当时三人正在事发地的斜对面，当他们赶过去时，死者已不见踪影。警察说他们接到报案后第一时间便进行搜救，但是，尼洋河是通向雅鲁藏布江的——电话里的声音打住了。

对方问她打算怎么处理吴致远的遗物。

她问是什么？

一双耐克鞋和一个小包，包里有身份证，一个本子，一支笔，一把钥匙，还有两块小石头，警察说。

这些遗物很快就到了玉珍手上。除了那个本子，其他没有什么秘密可言，本子的扉页写着“永远自由自我，永远高唱我歌”。玉珍并不知道这是一句歌词，心里无比难受。高唱我歌，她张开嘴，感到呼吸困难，是啊，致远也终于“死于旅途”了，他和家伟的死亡仿佛是对她这个人的否定，他们在高唱我歌，自由自我。她笑了，发出干呕一样的笑声，笑声里带着哭腔，噶——咯——噶她蹲在地上，干涸的眼睛里又渗出泪来。

她把本子合上，不想再往下看，每个字都如同利剑一样刺痛着她。

丧事很简单，由玉珍的堂姐帮忙操办，只在殡仪馆设了半天灵堂，因为没有遗体，向殡仪馆购买一个穿西装的纸人，代表是男性吧，就这样，草草做了个告别仪式。玉珍几次休克过去，于是被抬到旁边的椅子上歇着，醒来后也不哭，看着来来往往的人发呆。她瘦瘦的，衣服大了一圈，坐在椅子上像件衣服摊在椅背上。

堂姐只比玉珍大一天，两个人的性格截然相反，堂姐活泼开朗，说起话来炸炸的，每个字都像一个小鞭炮。家伟就是堂姐介绍的，他们在同一个单位同一个车间。堂姐说家伟话不多，跟玉珍倒是般配呢。堂姐说的前半句倒不假，家伟比较内向，讷言敏行，不知道是否跟他独自旅行有关系，但后半句“般配”就不言而喻了。玉珍想，如果当初堂姐没有介绍家伟给她，就不会有致远了，那她的人生是不是就另一个样了——

堂姐忙歇下来的时候就来安慰玉珍，她的嗓门儿很大，鞭炮阵阵，玉珍感到头昏脑涨。堂姐将手搭在玉珍肩上，两只手又宽又大，像沉沉的梧桐叶，玉珍好几次想把叶子掸掉，都没有力气。

丧事结束，亲眷们都走了，如同一阵风将他们吹来又将他们吹走。玉珍也回到家中，她坐在床头想白天发生的这一切，十分恍惚，好像什么都没有发生一样，时间从几天前跳跃过去，直接连接到现在。

一连几天玉珍没去上班，躺在床上，眼睛愣愣地盯着天花板，不再流泪。泪早流干了，眼睛像干涸的河底，血丝纵横交错。

一天傍晚，玉珍突然从床上爬起来，脸也没洗就往外走，下楼时两腿软绵绵的，差点踩空。她知道这是很久没下地的缘故。玉珍从车库里推出自行车，蹬了几脚才跨上去，歪歪斜斜地出了小区。

傍晚橙色的阳光涂抹在人们的脸上，使得每一张迎面而来的脸都神采奕奕。穿过一条巷子，就到了广陵路，沿着广陵路向前过两个十字路口就到了银杏大道，再往前五百米，向左拐弯，再走三百米，就是玉珍工作的超市了。这条路玉珍闭着眼睛都不会走错，她喜欢这种熟悉而稳固的路径。

超市的前身是人民商场，千禧年后被一个商人收购，原本商场的员工可以选择买断工龄后离开，但玉珍没有，她选择留了下来。说真的，她很害怕改变，包括每天行走路线的改变。超市来了新的同事，好在玉珍原本就不爱说话和交际，她每天戴着工作帽，戴着口罩，这样似乎就有理由不开口说话了。她仍然负责理货，这个工作让她感到心安理得。

玉珍把自行车停进车棚，从员工通道进入，在休息室里找到自己的工作服，套上，拿上工作簿和笔去检查货架。有同事跟她打招呼，她也没听见，兀自往货架处走。此时的超市人流量较大，这是一天里最繁忙的时刻。玉珍先去了零食区，这时候的零食售出量极大，她发现两包薯片被挤掉在地上，气鼓鼓的，好像和谁在生气。玉珍捡起来，打算放回去，却发现放薯片的地方被别的零食占去了。玉珍将它们拿出来，刚一碰到包装袋，整个人弹跳起来。

是一包牦牛肉干，包装上赫然印着“西藏林芝”。这几个字仿佛烫得很，灼痛眼睛，玉珍失声叫着，啊——啊——啊，她弯着腰，跺着脚，好像要从胸腔里用力挤出什么。

超市里一片混乱，不少人拥过来，慌乱中挤倒了一个货架，顿时一片狼藉。同事们不得不迅速将玉珍抬进休息室。

8

德吉吃草的时候，玉珍也不走了，和扎西老人一同坐下来等它。

扎西老人说，嗨，我的朋友，你不赶路了吗，不早点去大昭寺向菩萨祈福吗？

玉珍笑了，说不着急，早晚都会到的嘛。她掏出一块压缩饼干给扎西老人，对方也从布袋里倒出青稞面，教她如何捏成糌粑。吃吧，这可是好东西，扎西老人说。

他问玉珍家里有没有兄弟姐妹，玉珍说没有，父母老来得子，就生了她一个，两个老人早就过世了。她也问扎西老人，对方说，他有一个漂亮的妹妹，嫁到玉树去了，嗬，那可过上了好日子，因为玉树的牧草可好了嘛。他还有一个弟弟，叫强巴，很小的时候就死了。弟弟跟他最要好，一起骑马，一起放羊，不过，弟弟比他聪明多了。有一年雪顿节，活佛来昌都讲经，活佛说，泥土把所有的美好事物都赐予了我们。弟弟强巴便说，唔，至高无上的活佛啊，照你这么说，所有的美好事物也都要归于尘土嘛。

活佛称赞了强巴，说他一定是智者转世。

玉珍问弟弟是怎么死的?

扎西老人说骑马摔下来，又被后面的马踩死的，都快被踩进泥巴里了。

你现在还很想念他吗？玉珍问道。

扎西老人笑了笑，眼睛四周的皱纹沟壑纵横。他答非所问，说强巴说得多好，所有的美好事物也都要归于尘土了嘛。

德吉已经跑出很远了，它的嘴巴总是能找到最嫩的草尖。德吉耳朵上的坠子很鲜艳，由一绺流苏和一个铃铛组成，那是自由的象征。扎西老人说给德吉穿耳的时候，德吉仿佛听懂了，一动不动地站着，等待着。动物和人一样，都喜欢自由的嘛。

这时，玉珍便想起本子扉页的那句话，永远自由自我，永远高唱我歌。她不知道究竟是什么吸引着致远，是什么使他一次次到来。

她记得很多年前，家伟从川藏线回来的那些天，整个人处于一种亢奋和疲惫之中，亢奋是发自精神，疲惫来源于身体，平时寡言少语的家伟话变得多了，可每次他刚要打开话匣子，玉珍便朝他淡淡看一眼，家伟很知趣，立即住了口。现在她多么想知道家伟被噎回去的话究竟是什么。她也知道那些欲言又止的部分他一定和致远说过，分享过，那是他们父子之间的秘密。玉珍的眼睛有些潸然，远处的天地没有尽头，面前青青的草地和云朵都变得虚晃起来，难道这就是致远和家伟为此高歌的自由？

这一年来，玉珍每天如同行尸走肉，在超市里几次失态，她无法控制自己，好在超市并没有开除她，只让她回去多休息。有一次，她从超市出来，一时想不起回家的方向，街上很多人，像雨前匆忙的蚂蚁，每个人都仿佛被一根无形的线牵连着，赶赴各自的方向。有一阵，玉珍停下来，怔怔地站在车水马龙中，她被迎面而来的自行车剐蹭到一边，又被一个冒冒失失的小孩撞了一下，玉珍不知道自己的方向，她想找到牵连自己的那根线。

玉珍没有回家，而是向着另一个地方去了。沿着盐阜路，到达运河，再顺着运河堤岸北上，直到看见了一群青灰色外墙的房子才停下。从一个窄门进去，最西边楼道上六楼。这条路玉珍也烂熟于心，尽管她走得次数不多，但在心里却走过无数次。

用钥匙打开门，一股气味扑面而来。那是人的气味，是一个人和一个屋子相互作用的气味。玉珍的眼泪出来了，她从一股密不透风的霉腐气味中捕捉到致远的气味，她立即将门关紧，生怕气味不胫而走。

床上的被子靠墙卷着，枕头有点歪，仿佛主人刚刚起床还没来得及归整。屋子不大，客厅即是书房，靠窗的地方放了一张书桌、一把椅子。书桌上堆了一些书，靠墙的那侧有一块白板，上面写着要做的事和一些莫名其妙的词语。比如，榆树、石康、纹路、适应症、可燃……玉珍看不懂，她为自己看不懂而感到难过，仿佛这是致远留给她的最后一封信，而她却揣摩不出他的意图。

玉珍拿起电话，这是两年前致远去办网络时电信公司赠送的，电话机是绿色，呈梯状，很有年代感。玉珍将听筒靠近耳边，“嘀——嘀——”像一个活物，它是这个屋内唯一能发出声音的东西了。玉珍掏出手机，拨通电话，听筒里出现了忙音。以往也有这样的时候，玉珍打电话过去，听筒里也是忙音，很久之后才回过来。玉珍一般不会问致远是在和谁通话，她想到自己的儿子还有个可以说这么长时间话的人，便感到一丝欣慰和嫉妒。

从屋里出来，玉珍去找了房东，他们住在致远的楼下，是一对退休的老人。她对房东说自己是楼上租客吴致远的母亲，问房租什么时候到期。老太说下个月就到期了，不知道要不要继续租了。

要呢要呢，玉珍连忙说，要继续租呢，一直租下去，房租她来垫付。

9

扎西老人与玉珍在丁字路口分开，扎西老人说，嗨，我的朋友，我和德吉要往这个方向走了嘛，你继续向前，走不了多远就能看见然乌湖了，记得用然乌湖的水洗一洗脸嘛，清澈的湖水能带给你好运的嘛。

玉珍笑笑说，好啊。又说这两天已经习惯和德吉一起赶路了，她会很想念它的。

德吉也会想念你的，扎西老人说，下次来牧场吧，我们的牧场可是昌都最漂亮的牧场，草长得非常好，肥得很，在那儿你会见到德吉的。不过嘛，扎西老人看着德吉说，德吉是放生羊了，所有的草原都是它的嘛。

玉珍是在傍晚到达然乌湖的，在远处就看见翡翠一样的湖面，水波轻漾，闪着细碎的金光。玉珍放下背包，找了块平坦的草地坐下，风从湖面掠过，带着清凉。

湖的北面是一长列重叠起伏的雪山，山顶终年积雪。雪山间流动着冰川，其中最著名的是拉古冰川，像数百条巨龙般的冰舌一路延伸到湖面。湖边有人在拍照，是进藏的游客，一波波地停下，又一波波地离开。

天光渐暗，暮色从山的皱褶里慢慢渗出。玉珍不打算继续赶路，就在此处扎营过夜吧。致远在本子里也写到然乌湖，这一晚他也在此度过。他说然乌湖湖水的蓝与纳木错湖水的蓝是不一样的，前者是湖蓝，后者是宝蓝。他说纳木错又被称为上帝的一颗“蓝色泪滴”，当然，这一趟的目的地不是纳木错，时间原因，他不得不到达拉萨后就返回。致远说他去过一次纳木错，当他从盘山路转过去看见纳木错时，整个人都震惊了，宝蓝色的湖在他的下方，湖上飘着几朵洁白的云，湖面圣洁，如同上帝的一滴眼泪……关于纳木错，致远写了好几页纸，每个字都洋溢着兴奋，他说有生之年一定要再去一次。

玉珍看了会儿天空，眼皮已经抬不动了，困意汹涌。醒来时，已是凌晨，星星很亮，仿佛因为寒冷，也拥挤在一起。树在雪山的映衬下呈白色，像覆了一层薄雪。树影婆娑，湖水静默，世界静悄悄的，只有远处的山路上，货车像一颗小小星粒正慢慢移动。

她很久没有睡过如此酣然又饱满的觉了。这一年来，她的睡眠像游丝一样，轻飘飘的，断断续续的。她多么渴望有一场轰然倒塌的睡意，将她掀翻在床，沉沉地压住。但睡意变得孱弱，像与她相隔两岸，远远地、坚定地，不向她靠近。黑夜变得难以度过，她不知道如何消磨时光，常常在半夜，她起身去那个租住屋，打开门，气味淡了很多，这使她很自责，她知道正是自己频繁出入的缘故。玉珍不知所措地站着，不敢触碰任何一个物件，更不敢呼吸，生怕致远的气息逐渐消失。

她越来越瘦，可谓形销骨立，她已经不骑车了，那辆自行车不知忘在了何方。丢三落四成了她的日常。一天晚上，她又去租住屋，经过十字路口时，差点被一辆汽车撞倒。她闯了红灯。汽车里的人摇下玻璃，伸出脑袋骂道，找死啊——玉珍怔怔地立在马路中央，直到汽车一阵烟似的消失。是啊，她真想告诉那个司机，她很想死。

玉珍从帐篷里走出来，天明亮得像块琥珀，她在湖边坐了一会儿，很凉，一片宽厚的叶子悠悠扬扬落在身上，她的心颤动了下。玉珍将叶子往心口按了按，顿时感到丝丝的暖意。她又睡了一觉，就这样坐着睡着，直到太阳从雪山后面爬上来，直到世界一片透亮，才睁开了眼睛。

10

过了然乌湖，路就好走了，一路平坦，路两侧偶尔会出现两三抹浓荫。按照本子上记录的，玉珍也搭了车，但从色季拉就下来了，她不想太快到达，因为下一站是林芝八一镇。

是的，她还没有做好准备，就像这一年来她还没接受致远的死亡一样。致远离开的这一年里，她憎恨家伟，比任何时候都更憎恨他，似乎也比任何时候都更想念他。

云，低得压得人难受，阳光暴烈，两边的树蒙了一层灰尘。玉珍停下来休息，她感到胸口难受，有小石头偶尔从头上飞过，玉珍却不想挪动位置，她不怕危险，甚至不畏惧死亡，这一年里，不知道有过多少次想死的决心。本子上说经过垭口时一定要注意，因为会有石头从山上飞下来，很危险……当致远写下这段话的时候不会知道自己就要死去，好像他的提醒正是为了一年后经过此处的玉珍。想到这一点，玉珍更加难受。她不停地喘息，感到浑身战栗，所有的悲伤在此时重叠，她蹲在地上，急促的呼吸使得尘土轻扬，白色的死灰一样的尘土在她四周轻舞着，像要将她吞没、掩埋。是的，所有的事物都将归于尘土。她想起了这句话。

最后一次见到致远是在超市里，那天玉珍是晚班，她看到致远的同时，致远也看到了她，对于两个人来说这似乎有点太突然了。他们正站在出售水产的区域，地面湿滑，玉珍想，要不是碍于地面不太好走，致远会不会就迅速逃开了呢？超市离致远住处很远，她不知道他为什么会出现在这里，像是老天的有意安排。致远比她高出一个脑袋，由于身高的缘故，总是习惯性地低着头，好像对一切都报以羞愧。有人从他们身边经过，使得他们不得不各自退让到一边。吃过饭了吗？玉珍问。致远动了动唇，玉珍却没听清，太嘈杂了，她后悔问了这样一个没有意义的问题，可一时又想不出该说些什么。玻璃缸里的鱼正张开着嘴，吐出一串串泡泡，玉珍觉得自己也像一尾鱼，张开嘴，却发不出声音。致远要走了，可能是有急事要赶回去，可能是站在这里使他不知所措。下班的时候，收银处的小杨叫住玉珍，说是她儿子买了一点儿牛奶放在这儿麻烦交给她。玉珍很意外，这使她既感到欣慰又无比失落，欣慰的是儿子懂事了；失落的是，他不会当面交给她。

垭口处挂着五彩经幡，被风吹得啪啪作响。过了很久，玉珍的哭声也像雨点一样渐止，浑身精疲力竭，很多东西从身体里慢慢游离出来，包括悲伤。她把那个黑色本子紧贴在胸口，似乎这样能给她安慰。然而在一年前，她都不敢打开它，纸上的每个笔画都如刀枪一样，割碎了视线。但此刻，玉珍多么渴望看到更多的字。致远的字很干净，笔画绵软，像河水飘飘忽忽向前流去，她想，如果就这样流淌下去，永没有尽头该多好。

这段文字结束，再往后就没有写字了，像一片深阔的山谷，苍白荒凉，玉珍一页一页往后翻，极其缓慢的，她多么希望白色纸张上能慢慢浮现出一些字迹，哪怕是一两个笔画也好。她抽出封底的硬纸，似乎不死心地将软皮剥开。视线和手指同时颤抖了一下，她又看见了字。

11

黄昏时，已经隐约能看到远处的八一镇了，灯光一盏盏地亮了，星星点点，从前，这黑暗中远处的灯光代表的是人烟，是希望，是指明灯，但现在，玉珍多么害怕这灯光，它提醒她八一镇就在那儿。

嗨，独行侠。一个人影从一侧的树林里蹦出来，玉珍吓了一跳，原来是薯片，几日不见，她瘦得像只小黑猴。薯片拉住玉珍，像第一次那样不由分说背起玉珍的包，往树林里他们的帐篷走去。

薯片说自己和伍一在这儿等了一天半了，终于把她等来了。

独行侠，你这样一个人徒步让人挺担心的。薯片说，每经过一个垭口伍一都会念叨玉珍，伍一说到拉萨还有最后一个米拉山口,五千多米海拔,徒步过去是很费力艰难的，所以，他们决定在这儿等她一起经过。

他们的帐篷就在路边，薯片放下背包便开始收起帐篷。问她为什么收帐篷，她嘿嘿一笑，用大门牙咬住下唇哧哧地笑。

今晚不在外面过夜。薯片告诉玉珍，因为离这里不远有个漂亮的牧场，她的藏族朋友欧珠就住在那儿。欧珠是她和伍一第一次进藏时认识的，以后每次经过这里都会绕道去看望他。

你们不急着到达目的地吗？错过转山怎么办？玉珍问。

没有目的地，路上才是目的。薯片狡黠地一笑。

在薯片的催迫下，玉珍没来得及歇一歇就继续上路了。

他们沿着一条曲径穿过树林，眼前顿时很开阔，草地波浪似的向远处延展，暮色正一点点笼罩下来。山坡上散落着黑黑的牦牛和白白的羊，像小花一样点缀着。黑色越来越浓，将天地模糊成一片。远处的山坡摇摇晃晃着一点亮光，薯片说一定是欧珠，她刚刚给他打电话了，欧珠正在迎接他们的路上。

嗨——薯片朝着亮光喊，对面的人也在回应。欧珠骑着一匹马赶来了，他四十多岁，牙齿在黝黑皮肤的映衬下尤显白亮。欧珠帮大家把行李绑在马背上，牵着缰绳一起向前。

很快就看到亮着灯火的帐篷了，像通体发光的硕大琥珀，帐篷顶上有白白的炊烟，夜晚的炊烟是亮的，像一缕清亮的河水向更深的夜空流淌而去。

帐篷里炖着羊肉，香气四溢，酸奶盛在小碗里，上面撒上一层白糖，几个人围坐在火炉边，袅袅热气将一切都变得朦朦胧胧。欧珠不爱说话，总是露出牙齿笑，看得出他对他们的到来感到高兴。他挑出肥瘦相间的羊肉递给大家，吃嘛，吃嘛，他不停地说。欧珠的老婆是个瘦小女人，一根麻花辫拖至后腰，她不停掀起门帘进进出出，好像有干不完的活儿，添柴，倒水，揪面片，做起事来十分麻利，歇下来的时候就坐在欧珠旁边听大家说话。

薯片问现在的牧场里有多少头牦牛多少只羊?

欧珠说一百零一头牦牛，一百五十九只羊，还有十几匹马。他一边说一边伸出紫薯一样的指头比画。不过，欧珠又说，马上有四只母羊要产子了，那样，就有一百六十多只羊了嘛。

这时欧珠的老婆更正道，是五只嘛，不是四只。

欧珠便把指头来回掰了又掰，在“四”和“五”上琢磨很久。欧珠老婆笑起来，欧珠也笑起来，大家也跟着笑起来，笑声伴随着帐篷外面牦牛的叫声，此起彼伏。

这是一个很奇妙的夜晚，大家聊了羊、马、牦牛、狼、藏獒、旱獭、裂腹鱼、重唇鱼，还有秃鹫、老鹰……地上跑的、水里游的、天上飞的全都聊了个遍。不知不觉中玉珍喝了好几碗酥油茶,她起身和欧珠老婆去帐篷外小解时，脑袋不小心碰到灯泡，灯泡在空中摇晃了几下，每个人的影子也跟着晃动起来，玉珍觉得这一切恍若梦境，几个小时前她还站在垭口不能自已，而几个小时后，竟在这个灯光明媚的帐篷中感受着陌生的一切。

酒足饭饱后，各自睡去，床是新铺的，有软软的垫子，垫子下面是草地，如果掀开帐篷，就能看见星空。玉珍感到身子越来越轻，眼皮越来越重。临睡前，玉珍又想起黑封面本子里写在封底的字，那是家伟的字，是他曾写给致远的信，被致远用胶水粘在封底，文字很简短，那年致远正读大学，家伟得知致远独自进山攀岩后写了一段话：在极限攀岩后你会感受到更多的东西。我很感激你在离开前或决定做这些事之前没有先告诉我，不然我会出于担心而阻拦你。这样的话我们就会变得疏远，因为这也是你的选择，你的生活。我深知在旅行或极限运动时，你最能感受到生命的活力和价值，那一定是你感触最多的时候，而我，怎么能从一个人那里夺走这样的东西呢。

12

半夜，风很大，牲畜们在围栏里一声接一声地叫，玉珍被一阵急促的脚步声惊醒了，欧珠和欧珠老婆正往帐篷外走。

他们的六匹马丢了。

大家都起身出去寻找，玉珍也不例外。

薯片问欧珠老婆马为什么跑了？这个瘦小女人想了好半天才说，唔，马是要跑的嘛。

玉珍和薯片、欧珠老婆去往一个方向，欧珠和伍一往另一个方向寻找。草原黑乎乎的，风在大地上奔走，深夜的草原仿佛换了面貌，变得凶悍。出门时衣服穿少了，此时风直往脖子里灌。欧珠老婆打着手电筒，玉珍和薯片也打开手机电筒，孱弱的光束跑不远，只在前方一两米处缩停。

他们翻过一个土坡，四周黑黢黢的，黑暗层层叠叠，欧珠吹起哨子，也传不远，被风撕得七零八碎。大家弓身前行，又翻过一个土坡，风将身上的温度都搜刮干净。天上原本还能看见一两个星粒，像黑黑的锅底偶尔蹿出的火星儿。再往前走，星星也看不到了，头顶上黑沉沉的。

风越来越大，他们像钻进一个黑色麻袋。有一刻，玉珍忘记自己在找寻什么，只是在黑暗里坚定地走着。

哈——嗦——嗦——欧珠的老婆在叫唤，好像某种暗语，又像通关密码。薯片也跟着叫唤，哈——嗦——嗦——

玉珍也叫唤起来，尽管并不知道是什么意思。

哈——嗦——嗦——

哈——嗦——嗦——

哈——嗦——嗦——

唤得大朵大朵的黑云被扯成碎片，唤得风倦倦地拂动衣襟。

她们又向黑暗深处走了很远，终于，后半夜，找到了两匹马，马正躲在一个山坳坳里呢。

欧珠他们也找到了一匹，马正一动不动地立在风中。

马儿们像是赌气出走的孩子，跑累了，又一时不想回去。

两路人马在南边的小坡上相遇了。几个人分别骑在马背上，朝着帐篷的方向返回。欧珠说不找了，马如果想回来过几天兴许就会回来的。

好马知途啊，薯片说，可是，如果不回来呢?

唔，那就不回来了嘛。欧珠回答，他说每年都会丢失几匹马，这是再正常不过的事了，马和其他牲畜不一样，不老实得很。

身下的马打了两声响鼻，仿佛听不得这样的评价。

欧珠说其实也不叫丢失，对于马来说，只是离开而已。

马离开牧场，人离开家，差不多是一样的意思嘛。他说小的时候，都是阿爸去找马，他一走就是七八天，有时候是半个月。阿爸爱喝酒，在草原上跑了一天，就在小酒馆里喝酒，喝得酩酊大醉继续找马去。常常马都自己回来了，阿爸还没回来。阿妈就说阿爸不愿放牧，偷懒去了。有一次，父亲去找马，离开了半年多才回到家中，回来时给我带了一支鹰笛，给妹妹带回一本书。谁也没有问阿爸从哪儿弄来的，又是去了哪里。我们发觉阿爸总想试图离开，想挣脱掉什么，可又被什么牵连着。最后一次，阿爸最喜欢的枣红马不见了，阿爸很难过，他一夜未眠，第二天一早就背着一件羊皮袄和一袋青稞面出发了。

马找到了吗？薯片问。

没有。

阿爸回来了吗？

没有。欧珠说，阿妈叫我们不要去找了，每个人都要接受别人的离开。

这时候，风渐渐止住，草尖停止了摇晃，肃穆无边的寂静倾覆下来，他们坐在马上，随着马背在一耸一耸。

欧珠打开手电筒，光束虚浮于半空。玉珍想起小时候住在乡村，每月月中都会有个货郎挑着担子过来，货郎仿佛是与月亮一同出现的，一盏煤油马灯挂在货担上，肩膀以下都是黑的，只有一张淡金色的脸虚浮在扁担之上，货郎伸手调亮马灯，这盏灯的明亮，却让周围陷入更深的黑暗。孩子们喜欢跟在后面追一阵，只有玉珍盯着那马灯看，货郎穿过村庄，直到摇曳的黄晕的光也被黑暗吞没。

她的思绪飘了很远，徜徉在童年的光阴中。这时，薯片打破了沉寂，唱起了歌，她的声音如她的大门牙一样洁净明丽，一曲结束，薯片说昨天她把自己的名字送给一只山羊,山羊也接受了她的名字,因为当她用这个名字唤它时，山羊把脸转了过来。

伍一说，这就是人类的自以为是啊，总是喜欢给所有事物命名——

嗨，你这是在说我吗？薯片说。他们骑在一匹马上，小声地说笑与争论。

有一瞬间，玉珍觉得伍一和致远很像，连说话的语气都像，她想，如果致远还在，过些年会不会也和自己的女朋友一起进藏，一起徒步呢？

薯片和伍一已经更换了话题，正在谈论有关生命和死亡，薯片说每个人都会死去，死并非是生的对立面，而是生的一部分，是我们返回了大自然的循环之中而已。她说人类基因里有智慧的倾向，香烟与烟草，速度与激情，每一个里面都暗藏着危险。坠落于山崖与病榻上老死，哪一种更圆满呢——

伍一似乎很赞成薯片的观点，他说登山、攀岩、极限运动，它们的尽头或许就是死亡或恐惧，当你眼里没有这两样东西的时候，那就会是无尽的星空。他们又谈到各自的未来，谈到工作，谈到孩子，他们在轻声交流，玉珍很想听却听不清楚了。

玉珍想起黑色本子上家伟和致远的文字，似乎突然明白，一年前致远的川藏之行并非孤单，因为他们父子俩一直走在同一条道路上。玉珍看向前方，黑黑的夜空里高耸的马背，她看见家伟和致远正骑着马慢慢前行。她似乎又闻到小出租屋里的气息了，那是致远的也是家伟的气息，此刻，那样的气息萦绕在她的四周，缓慢的，悠扬的，像游丝一样穿过她的身体。

玉珍扬起眉毛，也想赶上去——马突然一个趔趄，使得马背上的她向外一歪，黑暗中有几只手同时扶住了她。

几匹马向她靠拢过来，一会儿又分离出去，马背上的人便跟随马的靠近而靠近，有几次，快要触碰到彼此了，马又躲闪开去。

浮云散去，月亮跑出来，溪水在漫无边际的草原上流淌，不知名的虫子在幽幽鸣叫。渐渐地，马越来越近，好像马儿们也找到了某种节奏，相依而行，使得马背上的人仿佛骑在同一匹马上。

这个夜晚很特别，玉珍记不得出发时走了多远，回去的路竟如此之长。每个人都好像不着急赶回去，他们只是坐在时间的坐标上慢慢前移。

13

到达帐篷时，正赶上母羊分娩，欧珠是从母羊的叫声中分辨出的，他说声音里有求助的信息。欧珠提着马灯进了羊圈，欧珠老婆立即去烧水，玉珍和薯片他们打下手。

玉珍和欧珠老婆把装着温水的木盆抬进羊圈，伍一提着一盏马灯，羊圈里阵阵气味，浓烈得使人眩晕，玉珍竟想到了那间出租屋，她被自己的联想弄得哭笑不得，她使劲吸了吸，有一种满足之感。

母羊躺在草地上，放在它嘴边的鲜草并没有动，间隔张开嘴叫两声，有气无力。羊水已经破了，地上淌着淡淡的血水。血水浸湿了身下的甘草，草屑糊在羊腿上。

一只羊羔腿先出来了，看来是难产。

欧珠不得不将小羊腿慢慢推回去，母羊奄奄一息地叫着。

欧珠轻轻推着母羊腹部，他不是第一次帮牲畜生产了，看起来极为沉着冷静。母羊的叫声急促起来，时长时短，慢慢地，尾音像走调一样，拖曳出去。每个人都在焦急又耐心地等待，仿佛分娩的疼痛也能感同身受。

玉珍的头上渗出了汗，手背上也全是汗珠，随着母羊的叫声，有一阵她紧张得喘不过气，手也不住地颤抖。她站起来，连忙走出羊圈。

外面天已大亮，一直在羊圈里，不知道日光早已替代了月色。阳光驱散团雾，草原将一切都袒露无遗地展示出来。

这时，身后突然传来一声叫唤，妈妈——细细的一声。

玉珍一惊，再细听，是“咩咩”，咩——咩——妈——

妈——咩——咩——妈——妈——

是小羊羔的叫声。一个新生命的诞生。

玉珍半天没回过神来，眼睛突然模糊了，她说不清是哭还是笑。她咬着嘴唇，任凭眼泪恣意流淌。

她向着东边走去，向着快要升起的太阳走去，远处的草原裹着松黄的阳光和雾气,每一个草尖都变得亮莹莹的。也许正如薯片所说，七月的草原最漂亮，坡上开满蓝色的龙胆花和舌头一样的黄色橐吾，狼毒草粉色的小花紧紧挤在一起，风一吹，晃动着，像一只只弹跳的水晶球。牦牛们已经走向溪水，它们从玉珍身边经过时，还能感受到它们鼻腔里粗重又平稳的呼吸。一缕阳光斜斜地照耀着，在它们的脸上涂上一层淡淡的光辉。

流水呈“S”形绕过土坡，在前方打了个弯又向东流去。玉珍随着牛群走到溪边,流水清澈又冷冽,实在是平平常常，可只要低下头来细看一会儿，就会发现流水的从容不迫，它们很容易注满一个坑儿再不疾不徐流走。若是石头或土块拦住它们，它们半点也不慌张，近乎深情地绕着它们流过去了。在水面开阔的地方，水流速度明显缓慢了，甚至会显出倒流的假象。但是,没有一滴水因此留下来或返回去。

一切眼前的水都流走了，流远了。

玉珍坐下来，掏出手机，拨通那个熟悉得不能再熟悉的号码，听筒里的留言提示刚响了一遍玉珍就说话了：致远——玉珍擦掉眼泪——致远，我正在草原上——她继续擦着眼泪——我要去纳木错——眼泪刚擦去,又溢出来——我要去看纳木错，妈妈想代你看一看纳木错——她不停地擦着泪水——是的，致远，你没听错，是纳木错——

太阳从云层里完全挣脱出来，世界顿时一片明亮。阳光似雨点一样稠密，寂静地照耀着这广阔草原。

麦田望不到边

1

六十出头的马永善做了一回男主角。马永善是他在电影里的名字，实际上他叫杨本丁，闷子，闷瓜，闷葫芦，杨本丁是大名，后三个是外号。小官庄的人只叫他外号。

马永善坐在矮板凳上，对面坐着导演和女演员，两个人正在讲戏，声音忽高忽低，有时导演突然转过身对马永善说一句，马永善便仰起头看向他们。矮板凳实在太矮了，贴着地面，人坐上去，像是蹲在地上，这样的姿势使得马永善更显得虔诚和卑微。

门缝里挤进来的风摇得烛火忽忽地动，人的影子也在墙上恍恍惚惚。从马永善的角度看导演和女演员，他们的下巴显得格外明亮和奇怪，仿佛是这间屋子里唯一的活物，反倒是脖子，潜在黑暗中，如同涂抹了一层浓墨。

马永善说自己不会演戏。最初他就是这么跟导演说的，导演连忙摆手，说，不要演，做自己就好。他让马永善不要在意镜头，平时怎么说就怎么说，平时怎么做就怎么做。马永善点点头，又摇摇头。

从前马永善每天要对牛说很多话，现在，他要把那些话分一部分出来对女演员说。马永善迟钝着，老半天也吐不出一个字来，导演说，你莫紧张，慢慢来。马永善还是说不出话。女演员就说，嗨，这样吧，你把我当作那头牛吧，现在你就对牛说。马永善眉毛一耸，脸上愁苦起来，他说黑团吆，今年春耕不需要你了，都交给了机器，你莫担心，好好吃草，假若以后再也不耕地了，我也要给你养老送终——

黑团是牛的名字。导演说，马永善这段话说得很好。你看，是不是不需要演的，做你自己就好。马永善低着脑袋，憨憨应着。

导演来小官村拍纪录片，一眼就相中了马永善，那天马永善牵着他的黑牛站在河坝上，看着远处麦田里的一辆黑色轿车发呆，轿车如一条小船，被麦浪推着向前。

轿车里坐着的是导演，他要拍一部关于苏北平原的纪录片，童年时他来过这儿，对平原上的这个小村庄有着不一样的情感。原本让他的村长姨父作为纪录片男主角，当河坝上出现一人一牛时，导演被这幅画面吸引了。

晚上，马永善就见到了导演，是由导演的姨父杨共和领来的。这两人经过小桥爬上河坝去往马永善家的路上，就吸引来不少目光。

马永善住在河对岸，两间低矮的瓦房缩在河堤上。门对着小河，小河不宽，弯弯曲曲将小官庄绕了一圈，从高处看，小官庄呈碗状，马永善的房子就像是漏出碗外的两颗米粒儿。

导演看到马永善的那一刻，就确定下来了，他说马永善眼睛里有东西，而这个东西正是他想要的。

马永善听不懂，他搓搓手，又揉揉眼睛，好像人家正批评他。他是出了名的闷子，闷子是小官庄人送给他的外号，要不是导演找他拍片子，大概没人会记得河对岸还住着这个人。

导演是三十多岁的年轻人，之前也拍过一两部纪录片，少人问津，像他这样执着于电影却又籍籍无名的导演实在太多了，好在拍纪录片不需要太多经费，只需要大把时间。年轻人有的就是时间，他告诉马永善，他要在小官庄待一段日子，拍摄快要到来的夏收。

不影响你农忙的，你干你的，他拍他的。杨共和补充一句。

事情就这么定下来了，准确地说，是村长杨共和替马永善把事情确定了，他说，马永善，你这个闷子，让你遇上好事了，你就等着在大电视上看自己吧。

2

女演员叫田杏，也曾红过，前不久刚过完四十六岁生日，她已经很久没有拍戏了，这个年龄也不太容易接到戏。在家里待得太久，人容易闷出毛病来，听说有这么一部关于苏北平原的纪录片，毫不犹豫答应了。她不要报酬，反正闲也闲着。

田杏到小官村的第一天，马永善正在打谷场上平整场地，所以没见着。听说她的到来引起小官庄的小小骚动，人们被那张白得发亮的脸皮子吸引住了。很快田杏就进入了角色，换了衣服，穿得跟农妇没什么两样，头发也不披着了，潦草地揪在脑后，脸也不白了，不知怎么就暗淡了下去。

田杏在纪录片里饰演马永善的老婆，而现实中的马永善是没有老婆的，按理说，在农村像马永善这样既不残缺又不懒惰的人不至于打光棍，但马永善却是个例外。年轻时也有人给他介绍过对象，都没相中，再后来，别人也相不中他了。九十年代初，马永善到集市上买了头耕牛，有了牛的马永善觉得自己有了伴。

马永善睡在瓦房里，牛睡在牛棚里，半夜，牛打一声响鼻，马永善就会醒来，声音从窗户钻进来，噼噼啪啪落在他的枕边，马永善翻个身，说一句，黑团吆，快睡觉哦，明天还要早起干活咧。

有时夜里，马永善躺在床板上竖着耳朵听，外面一丝响动都没有。马永善反倒睡不着了，他起身开门，摸索到牛棚。黑团半卧着，马永善说，黑团吆，你好好睡觉哦，明天还要起早干活咧。马永善弯下腰，摸着黑团的脊背慢慢坐下，他将身子靠紧黑团，一股稻草和牲畜混合的气味窜进鼻子里，马永善深吸一口，他喜欢这个气味，浓烈，实在，顿时觉得心口被填满了。

其实，有一段日子黑团也是住在瓦房里的，那时候它还小，睡在灶膛前的草堆里，早上站在门边等马永善开门，门开了，自己跑出去，喝水，撒尿，顺便打个响鼻。有一次，马永善睡过头了，黑团走到他的床边，粗重的气息喷在马永善脸上，痒痒的，马永善故意不理它，黑团就用还没长结实的角轻轻拱着，拱他的胳膊，拱他的腰，拱得马永善咯咯地笑，他摸摸黑团头说，黑团吆，你这么勤快，叫你的主人也懒惰不得哦。黑团长得快，灶膛口很快就容不下它了，马永善才在瓦房边上给黑团盖了间牛棚。

田杏住在马永善的瓦房里，这是她要求的，为了保证拍摄效果，吃住行都和马永善一起。矮瓦房里一下子热闹起来，光他们的衣物就堆了一小角，还有摄像器材等等，只留下一条窄窄的道，好在不影响走路，也不影响拍摄。

比起那些娇气的女演员，田杏似乎敬业得多，她和导演、导演助理在屋子一角收拾出一小片空地，铺上稻草，作为睡觉的地方。马永善要把自己的床让出来，他睡稻草。导演没同意，他说那样就不对了。

人休息时，摄像机是不休息的，一只用于拍固定场景的机器被支在三脚架上，拍摄月光悄悄移动，拍摄灯火虚虚地照着，就连人咳嗽的声音、翻身的响动，都被摄像机捕捉了去。

夜里，田杏不停翻身，稻草窸窣作响，马永善说，丫头哎，地上凉哦。田杏咳嗽一声，说，莫得事，莫得事。再翻身时，马永善便跑出去又抱一捆草来，他说铺厚实了，寒气就不会往身上钻了。

这一夜，马永善没睡踏实，屋子里突然多出的人让他有点不适应。他似乎嗅到一股气味，淡淡的，略带着香气，黑暗中气味游丝一样地飘着。

第二天，马永善照例早早起床，去牛棚看看黑团，等他再回屋时，田杏已经起来了，正在锅边做早饭呢，她对这个“家”倒是没一点生分——麻利地往灶膛里添柴，到锅台上和面，从水缸里舀水……屋子里弥漫着热气，叫人心头暖暖的。

田杏招呼马永善快来吃早饭。从门口到饭桌这短短路程，曲里拐弯的，马永善两腿让着大大小小的包慢慢蹭进去，以往只走四五步，现在要磨碎成七八步。他越来越喜欢这种被塞满的感觉，每个动作都要被什么拖拽一下。

早饭盛上来了，是稀饭汤圆，白白胖胖的汤圆浮在碗面。他多久没有吃过汤圆了，一个人过日子是简单的、潦草的，要吃面食了，就做些面疙瘩。马永善夹了只汤圆送进嘴里，面糯糯的，黏黏的，拖拽住牙齿。就像他在这个屋子里走路一样，挤挤挨挨的东西拖拽住他的腿。他喜欢上了这感觉。

3

麦子秀了，六月的阳光普照着，大地一片灿烂。小官庄的人不说“麦子成熟了”，只说“秀”，跟镰刀上“锈”一样，有了金色和分量。在田埂上走几圈，麦穗上捻一捻，心里便定了收割的日子。日子一到，半夜就要爬起来，打水烧饭，把一天的食物装进篮子里，带到田头，镰刀早就从墙上取下来了，在井边磨得雪亮。

其实，割麦的事是可以交给机器的，拦上一辆从村子经过的收割机，半天光景就能收拾干净。但马永善不屑那样,不就是花点力气吗？他喜欢每一根麦穗儿从手上经过，要不然整个农忙时间都觉得不够踏实。

天蒙蒙亮他们便往麦地去了，草尖正结着露珠，裤脚很快就湿了。马永善牵着牛，黑暗中谁也不说话，好像要攒着力气对付一天的劳作。

黑团走得慢，四蹄缓慢交替，它一天天老了。每天黑团都要和马永善去地里，它知道一头牛的职责在哪里，要是哪天将它拴在牛棚里，它就不乐意了，不吃不喝，好像愧对那几捆青草。马永善心疼黑团，便每天带着它，运柴时，自己肩上多扛点，让牛背上轻一些。

马永善放慢脚步，他和黑团的步调那么一致，这是几十年生活在一起的默契。天空比先前透亮了一些，好像他们并不是走在路上，而是在一点点摆脱黑暗。

田杏还不会割麦，几天前她就向马永善“请教”了，马永善带田杏去割草时教了她几招——握镰刀的姿势，两脚的距离，手的着力点等等，田杏学得快，割起草来很像那么回事了。但草是草，麦秸秆是空心的，草秆是实心的，手里的镰刀是最能感觉得出来。

他们从麦地一头向另一头割过去，一手薅住麦子，一手握住镰刀，一把，又一把，这个动作要重复上十几遍才能挪动一小步。马永善弯着腰，一刻不敢停将下来。雾气很重，头发眉毛被打湿了，汗水将衣服紧紧锁在身上。太阳还没出来，但眼前白亮许多，麦田望不到头，这叫人既欣慰又惧怕。

马永善是干惯了农活的，两人很快就拉开了距离，马永善转身帮田杏割上一阵，待到追上来了，再齐头并进。

如果不是一旁的相机，没人能看出这是在拍摄，更没人能发现这个动作麻利的女人是个演员呢。

马永善直起腰，惯性地看看前方，再看看身后，麦子被收拾得妥帖，躺倒了一片。马永善肚子饿了，他丢下镰刀一边招呼田杏一边往篮子走去。

田杏从篮子里取出食物和水，这是半夜就准备好的，几只烧饼和一锅稀饭，田杏给马永善盛了一碗，自己也盛上一碗狠狠喝一大口。

吃罢早饭，太阳也出来了，被麦芒划过的皮肤又痒又疼，马永善就着水渠洗一把脸又回到麦地里。他问田杏，累不?

累，田杏笑说，牙齿在脸的衬托下显得白亮，最初拍摄时还需要往脸和手臂打油彩，这些天显然不要那么费事了，脸上皴黑很多。她说第一次体会到“谁知盘中餐，粒粒皆辛苦”。

马永善说，去田头歇着吧。田杏摇摇头说这可不行。

这一天的拍摄结束得早，用导演的话说，拍到不少“好东西”。他们又扛着摄像机去补拍了一些场景的空镜头，田杏没什么事做，也不愿先回去，歇了会儿便继续和马永善割麦。田杏问马永善他有多少地?马永善说有三亩七分地。

田杏愣了会儿，她对田亩与产量没有什么概念，便问，够吃不?

够吃，马永善笑笑，说不光够他和黑团吃，就是再加两个黑团也够的。

嗨，黑团，田杏仿佛突然想起什么似的问马永善，年轻的时候怎么没给自己找个老婆?

马永善愣了愣，说，那时……那时候没相中吆。

田杏笑了，说自己年轻时也没有相中的，现在也独身。

停了停，又说，一个人过挺好的，干他们这一行的，独身才是对的，演艺圈里离婚率太高了。有人说是诱惑太多，也有人说是压力太大，很多人都有抑郁症。田杏薅住一把麦子用力割去，她说自己也患过抑郁症……

马永善发现田杏并不需要对话，她在自言自语，也许，她只想倾诉，对他，对着麦子，对着这一眼看不到头的平原。

马永善离田杏不远，当他割到左边时，田杏的声音便小了些，割到右边时，田杏就在他耳边说话。所以马永善总是割着右边的麦子，左边留出一大片。田杏说话的时候，马永善是不需要回应的，就像他与黑团，他对黑团说话时，黑团也无需回应。田杏说自己抑郁症也有几年了，整夜整夜地睡不着，接不到戏的时候会严重一点，不过，现在已经好多了，慢慢走出来了。她说也许跟自己闲着有关，如果每天都像这样割麦，一定倒头就睡着，哪来的抑郁症呢。说完田杏笑起来，笑声在马永善耳边叮当直响。

晚上，田杏胡乱吃两口就睡觉了，她感到浑身酸痛。躺下没一会儿，外面的狗叫声把她吓醒了，她怕狗，叫声似乎就在窗下，还不止一条。马永善朝窗外喊了喊，狗叫得更凶了。田杏尖叫着，把脑袋缩在被子里。马永善说，莫怕，莫怕，是村里的狗。便开门去撵狗。

等狗叫声远了，田杏却不敢继续睡在靠窗的地方，她把铺盖卷挪到马永善床边，紧紧挨着床腿。马永善又要把床让出来。田杏说不要，这样就很好。

田杏很快又睡着了，用她的话说，每天都这么干活，哪来的失眠呢。

马永善反倒睡不着了，田杏细微的呼吸声，就在他的耳边。除了黑牛，他还没有感受过这么近的呼吸。那呼吸声像被风吹起的一根羽毛，离开了地面，又不在高处，偏偏在他的周围轻轻地飘游着、拂动着。马永善直直地躺着，不敢翻身，生怕一丝的响动惊走了这片羽毛。

半夜，牛棚里传来呼噜呼噜的声音，声音与往常不大一样。马永善起身摸出手电去牛棚，田杏也跟着去。黑团的脑袋搁在地上，眼睛微微睁开，马永善舀一勺水递到黑团嘴边，黑团没张开，只用鼻子呼呼喘气。

如果算成人的年纪，黑团已经七八十岁了。马永善想到黑团刚来的时候，还是一个小牛犊，身上的绒毛尚未褪尽，阳光底下金灿灿的，而如今，它老态龙钟了，毛稀疏了。黑团躺在他的眼前，好像那么多日子就这样全部摆在了他的面前。马永善鼻子酸酸的，腿脚顿时没有了力气，他撑住一根木柱慢慢坐下。田杏扶住他，也陪他坐着。手电筒的光暗了下去，电池耗尽了，黑暗中田杏递给他一张纸巾，马永善接过来，将纸巾紧紧攥在手里。

4

整个麦收，到这儿才完成一半，脱粒要在打谷场上进行，东家西家借三五个男丁，记着工日，改日再一一还回去。这就是抢收，从割麦、脱粒、晒麦、扬尘、归仓，一点都不能马虎，但马永善习惯一个人了，他是个闷子，不喜欢与别人多话多事。

现在，有田杏帮着他干活，虽然力气小了点，虽然动作还不熟练，但马永善感觉不一样了。

割下的麦子从前都是由黑团运到打谷场上，现在马永善舍不得黑团再吃劲，他将麦子一捆捆装在板车上，再将板车的纤绳套在自己肩颈上。田间小路坑洼不平，车轮常常陷入泥沼中。田杏便快步跟上，用力推着板车。

有时田杏在前面拉车，马永善在后面推。他的目光从不落在田杏身上，当然，也包括导演，对于一个闷头闷脑的人来说，总是爱低头，每次目光快要靠近谁了，就赶紧弹跳开去。有一次，田杏突然杵在他面前，让他有些措手不及，准确地说，让他的目光措手不及。眼前的这个女人头发随意耷着，脸皮子有些皴黑。他觉得这画面好熟悉啊，好像在哪儿见过，他拼命回忆，却一点也想不起来。

麦子堆到打谷场后，夜里人就不回去了，不是防着小偷，也不是害怕鸟食，或许只是这样才踏实吧。田杏也要留下来，她说自己六岁那年也睡过打谷场，她想重温童年呢。那时跟她的太爷爷一起，太爷爷住在乡下，六岁的孩子记不了太多，只记得麦子堆积如山，她以为那就是山。于是从一侧爬上“山”，再从另一侧滑下来。太爷爷爱喝酒，晚上变戏法似的从草垛里摸出一瓶酒，分金亭，酒瓶淡绿色的，塑料盖子，打开时，瓶盖“啵”的一声。

田杏突然转向马永善，问他爱不爱喝酒？马永善想了会儿，说，年轻的时候，喝过。

田杏咧着嘴笑，说自己年轻时也喝酒，现在很少喝。

夜深了，打谷场上亮着几盏灯，昏黄的灯光打出一个个光圈。后半夜马永善醒了，看着头顶缀着星星的天空发呆，田杏睡在他旁边，中间隔着一两捆麦子，她翻身的声音，轻咳的声音，都让马永善一惊，真像是做梦啊，他屏声静气，连喘气都不敢用力。他木木地看着天空，直到田杏突然喊他的名字才回过神来。田杏喊的是“马永善”，田杏说，哎，马永善，马永善，你也醒啦？马永善一愣，随即应了声。他差点忘记自己的本名了。

田杏伸了个懒腰说好像睡饱了，没想到在麦草上睡得这么香。她说天空太漂亮了，星星竟然有这么多。

马永善清了清嗓子，说是啊，星星多咧。头顶的灯闪了闪，熄灭了，仿佛这漫漫长夜也倦了。灯熄灭后发现天亮了一些，田杏不再睡了，她从草垛上爬起来，穿好鞋，向打谷场西侧的通洋河走去。没一会儿，田杏的声音便从那儿传来，她喊马永善，快来看看，这是什么？

马永善赶过去，发现田杏正站在桥墩下，指着一只白色的鸟问道。

这是鹭鸶。马永善说。

鹭鸶是啥？白鹭对吗？

不是，鹭鸶是鹭鸶。

白鹭是不是比这大，鹭鸶小一些吧？田杏疑惑。

鹭鸶小点，白鹭大点，鹭鸶喜欢站在牛背上，它喜欢和爱吃草的家畜作伴。

哦，原来它也有伴侣——田杏在逗趣。

他们站在桥墩下看鹭鸶，鹭鸶一动不动，灰黑的天空里白色尤其醒目。

田杏弯下腰用河水洗了洗脸，注意力才从鹭鸶转到了河水上。她问这条河叫什么名字，比马永善门前的那条宽多了。

马永善说这是通洋河，他家门前的那条河是它的小河。

通洋河？通往海洋，这名字好。田杏笑起来。

这条河是五十年前开挖的，那时候村里老少都参加了挖河。马永善慢悠悠说道，他说挖河时自己只有十几岁，也去上工了，他是孤儿，平时吃不饱肚子，人瘦，力气小，但大人们都很照顾他，每次都把馒头烧饼省下来给他。一晃五十年过去了……不过，马永善顿了顿继续说，这条河，隔几年就要挖一次，清理河淤，加宽大坝……马永善停了下来，他发觉自己竟然对田杏说了这么多话。

为什么每年挖河？田杏皱着眉头问。

这一带是洼地，地势低，如果发洪水了这里先被淹，通洋河是排洪河，所以，要挖河清淤，把河床加宽，把河堤加固——

田杏看了一眼河堤，说她的太爷爷也挖过河，哪一条河她不知道。她伸着脖子向远处看，又将目光落在脚下的桥墩上，他们便同时发现桥墩下隆起的土坡像一座岛，桥墩连着桥墩，岛连着岛。“岛”上有牛脚印，深深浅浅围着桥墩一圈。

看来黑团也来过这儿，田杏说。

不是黑团，村里除了黑团还有一头耕牛呢。马永善说。

牛脚印里的土凹陷下去，比其他地方潮湿，几株细瘦的油菜像刚刚反应过来，迟开着几朵黄花。田杏掐下一小把，感叹说，一个牛脚印就是一片春天嘛。

天越来越亮，薄雾缥缈，看不远，只看得见脚下的这座“小岛”，他们坐在同一个桥墩下，慢慢悠悠地闲聊着，河水缓缓从身边流过，有一刹那，马永善突然分不清此刻是戏里戏外，哪又是真实与虚幻。导演总叫他“做自己”，可现在他不知道是不是自己了，好像从他的身体里飞出来一个人，那个人是自己，却又不是自己。

5

麦子归仓后，纪录片也快杀青了。经过这样的一番劳作，麦子变得不太一样了，麦子长在地里只能叫农作物，进了谷仓，才能叫粮食。在打谷场上经过扬尘的洁净麦子，堆成锥型小山，每一粒麦子都吸饱了阳光。这一次，马永善仍然没有让黑团拖运，而是自己用板车一袋一袋拉回来。板车麻花辫一样的纤绳嵌在皮肉里，木木地疼，尽管有田杏帮他推车，肩膀还是红肿了起来，他一点都不在乎，感觉身体里有使不完的劲儿。很多时候，马永善也感到不解，身体里怎么比从前多出了力气。

粮食运完的这一天，开始下雨了，苏北平原的雨季来得比往年早了一些，马永善记得小时候梅雨时节正好插秧，天上地上都水盈盈的，现在，不知道是雨季往前赶了，还是秧苗儿生长迟缓了。他们刚把最后一袋麦子卸掉，雨就倒下来了，真的是倒啊，看不清雨珠，只见得天地间白亮亮一片。

再做不了别的事了，于是早早吃了晚饭，尽管都累得不想说话，大家仍然照例在桌子边坐着。电还没到，点着火油灯，火苗将昏黄的光洒在桌子上。马永善倚在墙上，将手伸进衣兜，突然，他触摸到什么——是一小把麦子，脱粒时蹦进去的。他将它们掏出来，放在桌子上。这些脱离队伍的麦子反倒不像是麦子了，它们被置放在桌面时，像在期待着别的用场呢。马永善捻起一小撮，放进嘴里嚼着。

好吃吗？田杏调皮地问。马永善点点头，他说小时候经常嚼麦子，嚼烂后到水里洗一洗，就是泡泡糖了。田杏惊讶地睁大眼睛，好像这是件令人难以置信的事。于是她也抓起一些放进嘴里。

这个晚上，就连一旁的导演也抓了一把麦子放进嘴里认真嚼着，大家都不说话，却专注地动着嘴巴。麦子被嚼碎后黏在一起，在水里冲洗掉麦麸，只剩白净的部分，软而黏，除了甜味欠缺，和泡泡糖没什么两样。田杏饶有兴致地嚼着，像个小女孩。她的热情似乎并不是泡泡糖，而是嚼出泡泡糖的过程。屋内十分安静，除了麦子、舌头和牙齿相互作用的声音外，不再有其他的响动。桌上的火油灯苗偶尔摇曳几下，墙上的影子也忽地晃一晃。马永善一边嚼，一边看着窗户，他想起了很多年前，那时还是孩子的他，坐在灯下嚼泡泡糖的样子，他觉得这样的夜晚竟然勾起自己的回忆，那些快要记不起来的事情都一一来到了眼前。

窗外黑乎乎的，雨点敲击着窗户，风吹过平原，发出浑厚而低沉的哨音。

纪录片终于拍完了，最后一个镜头定格在早晨，那是雨季难得一见的晴日，马永善和田杏走向麦田的背影，太阳已经升起来了，被连日来的雨水洗得发亮，金灿灿的，汇集了所有麦子的光芒。从镜头里看，他们身上像镶了一道金边。

杀青的这晚，导演买来一些食物，鱼，鸡，龙虾，还有当地比较出名的老鹅，小小庆祝了一番，大家喝了一点酒，相互说着真诚又客套的话。导演的姨父杨共和也来了，他比平时多喝了几杯，很感慨，拉着每一个人推心置腹。田杏也喝酒了，脸上很快就有了红晕，她端起酒杯敬导演，说自己很久没有这么轻松自然地拍过片子了。导演说不要感谢他，应该感谢马永善才对。一旁的马永善支支吾吾，说自己不会演戏的。田杏说正是你的不会演戏才让这个角色更真实，她说有几次感到很崩溃，觉得自己没法将角色拿捏到位,但当他看到马永善时,就有了底气,有了方向……

田杏一口气说了很多，借着酒劲又说到小官庄的水，麦地，打谷场，桥墩，还有小官庄特有的土豆，她说这些天吃了那么多土豆，都有感情了，说从来没有吃过这么好吃的土豆，粉粉的，还略带甜味。

马永善认真听着，却感到眼前恍惚，他不知道田杏还是不是电影里的那个人，像是，又不是。

田杏他们已经订好了第二天从市里飞往北京的机票，行李也收拾完毕，大大小小的包裹堆在门口，随时待命，有两个小包总是从包堆上滚出去，好像比它们的主人更要迫不及待地离开。屋里空了不少，曾经拖拽住脚的地方又开阔了。

次日一早，他们就要离开，之所以如此迅疾，是担心路上出现状况，这一夜的雨使人发愁，天像是漏了。每年雨季，从小官村到县城的路就不太好走了。

他们仍是坐的那辆黑色轿车，所有的行李和人都被挤塞进去。车门是杨共和帮忙关上的，因为里面的人实在腾不出手来。田杏的一根衣带卡在车门外,杨共和刚要打开门,被田杏叫住了，她担心打开后再难关上，所以用力地将衣带慢慢抽回去。马永善看着留在车外的衣带一点点缩短，直到消失在门缝里，心里有种说不出来的滋味。

轿车沿着小官庄的土路向前驶去，马永善站在河坝上朝远处看，上一次这样眺望还是两个多月前，那时候还没有收割，满世界都是泛黄的麦子。他还记得轿车行驶在麦浪中的场景，像船行在水面上。而现在，麦子收割了，一切都裸露出来，连轿车飞快的车轮都看得清楚。

6

直到轿车消失不见，马永善才从大坝上下来。

又下雨了，雨滴麦粒一样的纷纷扬扬。他的两条腿像注满了水，重得拎不起脚。马永善刚走到门口，就看见装着土豆的塑料袋了。那是他一天前新挖的土豆，打算给田杏带走的，但田杏勉为其难地拿了一只，说，一个就好，留个纪念。她挑了一只乒乓球一样滚圆的小土豆放在手心里。那一天，她一直玩弄着“乒乓球”，导演打趣说，快要盘出包浆了。现在，马永善看见那枚留作纪念的土豆正躺在塑料袋旁边。田杏没有带走。

从桥墩下采回来的油菜花也早蔫了，它们还没来得及完全盛开。马永善还记得田杏摘下花时说的话，她说一个牛脚印就是一个春天。是啊，那时候还有晚春的气息，很多花草还没有开够。

他去牛棚里坐了会儿，紧紧地依着黑团，他觉得幸亏还有黑团，还有黑团没有离开他。

几只牛蝇憩在牛腿上，黑团无动于衷，它已经老得甩不动尾巴了。他为黑团赶走牛蝇，五根紫甘薯一样的手指抚摸着它的脊背。黑团的毛稀稀拉拉，皮变得硬而疲沓，皮和肉分离出来,好像用力一拎,就能将整张皮从身上揭下来。

他将脸靠上去，黑团特有的气味钻进鼻子，在这种气味的安抚下，他睡着了，睡得很香，还做了几个梦，梦里他变成孩子，骑在黑团身上，黑团驮着他向麦地走去。牛背一耸一耸的，他在牛背上前后摇晃。

醒来后他呆愣很久，梦里的一切多真切啊，再看看躺在地上的黑团，分不清哪个才是梦。

他在黑团额头抚摩一阵，起身走出牛棚。他去了打谷场，再从打谷场到三湾口，又从三湾口走到小岔路……好像一时间找不到事做,广袤的平原上已经没有一株麦子了,满眼望去,只剩一片麦茬。他觉得心里也空得很,和这麦田一般空空荡荡。

马永善缓慢走着,脚步来到了桥墩。雨已经停了,毛茸茸的河面平静了。那天看到的牛脚印里的草已经不见了,倒是在别的地方冒出了一些新芽。他看着河水发呆,浅灰的天空倒映在河水里,显得天空更加深远。一个小石块不小心被踢了出去,跌跌撞撞弹跳着,石头跌进河里,瞬间就沉入河底,不见了,可刚刚还很平静的河面却泛起了涟漪,如同有了心事,一圈一圈地,似乎永不停歇地波动着。

从桥墩上下来,他走不动了,立在田野里,平原多么辽阔,又多么荒凉。向东看,是一道地平线,向西看,是地平线,向南看,是地平线,向北看,还是地平线,除了地平线,还是地平线,他觉得自己被这几道地平线牢固地框住了。

7

马永善回到村子的时候,田杏他们也回来了,是的,马永善没有听错,他们又开着那辆黑色轿车回到了小官村。

从小官村到县城必经的一座桥被冲坏了，其实桥面还是好好的，只是一根桥桩被水冲断。考虑到危险，乡政府派人将桥两头拦住，禁止车辆和行人通过。田杏他们向拦在桥头的人恳请，交涉，斡旋，直到傍晚，都没被放行。

他们不得不又回到了小官庄。

这一次，他们没有住到马永善家，而是住在导演的姨父杨共和家。毕竟，拍摄工作已经结束了。

第二天，马永善一直没出门干活，他担心导演和田杏过来而找不到他。然而，他们没有来，傍晚，马永善拎着那袋土豆去了杨共和家，远远的就看见那辆黑色轿车停在杨共和家的槐树下,杨共和正在猪圈前喂食,看见马永善,喊了一声，手上拎的啥好东西啊?

马永善说是土豆，给、给、给他们的。

杨共和皱起眉，说，土豆又不是什么好东西。说完接过袋子往猪圈栅栏上一勾。

马永善和杨共和站在猪圈前看猪哼哼唧唧吃食，半晌也不见导演和田杏出来,马永善没问,倒是杨共和开口了,他说几个人都在睡觉，下午睡到现在还没起，城里人就爱睡觉。

天空飘过几粒雨，远处响起雷声。马永善说他得回去了，晒在外面的豆子还没收。

夜里马永善睡在牛棚里，好像有预感一样，黑牛在天亮前断了气。

第二天，村里几个力气大的帮忙将黑团抬到大坝上去埋了。马永善往挖好的坑里填了一些草，有人说你垫草干什么，牛都死了，还费这事。马永善不说话，将草铺得蓬蓬松松。一锹锹的土往黑团身上覆盖去，先是脚，头，再是脊背，当黑色看不见了，马永善的心也空了。他用沾满泥的手揉了揉眼睛，站在渐渐隆起的土坡前一动不动。

从大坝回来时，他走在最后头，心里沉沉的，脚步软软的。一连两天马永善都没有出门，坐在黑团睡觉的牛棚里发愣，他多么希望有人能跟他说说话，或者发出一点声音也好。黑团不在，田杏不在，导演也不在，好像他们还在熟睡。

雨一日不停地下着，无穷的水要从天上倒下来，原先的麦地里早已蓄满了水，再过些时候，秧苗儿长高了，就得插秧了。水田里有机器在耕耘，机器后面一根细瘦的烟囱在突突突地吐着黑烟，原本黑牛干的活都交给了它们。

傍晚时候，雨小了，马永善去地里干活，突然看见不远处的田杏,似乎正在来马永善家的路上。她并没有继续走，而是立在路边，打电话。田杏穿了件米色裙子，跟从前农妇的形象简直换了个人。马永善不知道自己该不该过去，他觉得她是田杏，又不是田杏。

这么想着的时候他已经来到田杏身旁了，田杏的电话刚刚挂断，她朝他点了点头，马永善支支吾吾刚要说话，刚要告诉她黑团死了，田杏手里的手机又响了。

马永善只好慢慢往前走，等他转身回来时，田杏已经不见了。

天黑前，马永善又去了杨共和家，槐树下的黑色轿车不见了，他心里一紧，问杨共和，对方说开去桥口了，去看看啥时候能够通行。

而田杏正在卧室里，因为马永善听见她打电话的声音了。她的情绪不太好，声音时高时低，有时会突然吼一声，惊得马永善和杨共和不约而同往她的窗口看去。后来，大概电话打完了，卧室里没有了声音。马永善竖着耳朵听，一边与杨共和说话，还故意咳嗽，加大嗓门，他多么希望田杏听见他的声音能从卧室走出来。很久过去了，门里仍是静悄悄的，杨共和看了一眼紧闭的门，说，怕是又睡着了。

一切都改变了，一切又好像没有改变，那些从前和黑团说的话现在不知道对谁说了。一天，马永善遇见杨共和，说想问他一个问题，杨共和等了半天，马永善也没说出个话来，杨共和快要离开了，马永善才支支吾吾问——你说，是不是梦？杨共和被问得云里雾里，回说，哎呀，你这个闷子——

马永善愣在路上，他很久没有听过这个名字了，也快忘记自己还有这样一个名字。

他看见那簇蔫了的油菜花又开了几朵，金灿灿的，简直像耀眼的灯光。他把油菜花插到了黑团坟上，回来路上，弯道去桥墩下洗手，当他刚要从水边站起来时，听见了田杏的声音。千真万确，他听见了，田杏的声音像雨滴落在河面上。

河水淙淙，向远处流去。

黄昏博物馆

1

第三个黄昏。屏幕显示。

马洛坐在椅子上，戴上耳麦，将探头传感器夹在左手拇指上。屏幕是黑的，显得十分深邃，屏幕下方有一些按钮和指示灯，有点儿像电台主持。这是第二次坐在这儿，马洛已有经验，他将身体微微前倾，双肘支在扶手上。他喜欢这个姿势，有点儿推心置腹或促膝长谈的意思。而后，他抬起手，轻咳了下，屏幕上立即出现几粒光斑，当进入叙述状态时，光斑便变得密集、闪烁、流动。由于屏幕的透视效果，眼前如同一条向前跑动的履带，又像是银河，星星点点。他想起小时候奶奶的织布机，梭子左右来回，花纹随布匹一点点出现。

他觉得自己也是织布机，每说一句话，都变成向前伸展的布匹。

光斑在布匹上跳动，如同无数的小蝌蚪。他在黑暗中深深地吸了口气，看着光斑发呆，有一瞬间，他突然停止叙述，恍惚又回到1991年秋天的黄昏，沙丘延绵，重重叠叠。这是他进入沙漠的第三天，体力消耗太大，整个人处于虚脱状态，沙丘上歪歪斜斜的脚印，恍如水波。他弯下腰，用手舀“水”，“水”从指缝窸窸窣窣溜走，于是他干脆趴在地上，直到嘴里糊满热烫烫的沙子，才觉醒过来。烈日炙烤，大地灼烫，在黄昏中沉睡的沙丘，永恒与无限般宁静。

马洛长长舒了口气，觉得刚刚的叙述有些语无伦次，甚至有点儿颠三倒四。这没关系。第三个黄昏录入完，他瘫坐在椅子上，筋疲力尽，光斑还在跳动，慢慢向远处跑去，淡出屏幕。

从椅子上起来，工作人员送来水和毛巾，他擦了擦汗，走出门外。穿过一条长长的走廊，走廊尽头是一扇对开门，出了门，便是马路。

他没有坐车，而是慢慢往自己的住处走，刚刚的叙述似乎搜刮尽了所有力气。

2

1981 年之前的马洛叫王之源，1991 年后，改名马洛。1981 年至 1991 年，马洛只有代号。

1981 年，马洛 20 岁，和他母亲住在离仙城不远的汉镇上，他们是 11 年前搬来的，准确地说，他是随母亲改嫁而来的。继父比母亲大 18 岁，是个跛子，也是酒鬼，在玩具福利厂做流水线工人。马洛不知道母亲看中继父什么，大概是他有一份旱涝保收的工作吧。

继父长得丑，眼睛大而外凸，给人一副对什么都很惊讶又不屑的表情。嘴唇长年是黑色，像刚吃完桑葚，牙也是黑的，年轻时磕掉了两颗，一直没有补上，露出一小截罩着口水的亮盈盈舌头。马洛小时候最讨厌继父的这张嘴，除了睡觉时它从不闲着，吃饭、喝酒，以及咒骂。缺牙并不影响继父喝酒和骂人，对于相貌，他似乎已经放弃采取任何补救措施。而母亲长得很周正，甚至可以用如花似玉来形容。继父比母亲矮一个头，并且越来越矮，好像地心引力在他一个人身上加重了。母亲很害怕继父，至少马洛这么认为，每次被父亲辱骂时，她从不还嘴，躲到一边捂着脸哭。

母亲和继父一直没有孩子，不知道是母亲不愿生还是生不出，有几年，继父酗酒很凶，每次醉醺醺回来都要对母亲拳打脚踢，一开始，马洛只会抱着母亲哭，或者用身体护着母亲，后来有一次，他突然从地上操起一块板砖堵到继父跟前。两个人都被这一举动吓住了，包括马洛自己。短暂的沉默后，继父问道，你想干吗？你要干吗？

我要杀了你。马洛喘着粗气，齿缝里蹦出几个字来，说完，他并未真的动手，而是被母亲拉到了一边。

这一年马洛 14 岁，蹿了个儿，像个小大人了。那之后，继父在外喝酒时总要把马洛要杀他的话搬出来，妈的，小野种，小赤佬，继父张着缺牙的黑嘴逢人便说，嘿，他要杀我呢！

18 岁那年，马洛高中毕业，没有继续读书，而是跟镇上的人去建筑工地，他学的是瓦工，墙砌得好，不需要弹线也能横平竖直。三年后第一次回来，俨然是个小伙子了，他身子颀长，皮肤黝黑，胳膊上有两块红薯一样结实的肌肉。

那年春节前，马洛从窑厂买来一车红砖，想赶在小年夜前给家里砌上院墙。院墙很高，有两个大门垛，据说门垛有一米见方。

十年后，也就是1991年，马洛再次回到汉镇，那时母亲和继父早就不在了，房顶塌了个大洞，椽子和屋脊成了鸟的栖居地，但院墙还在，除了一米见方的门垛被敲掉了，其他墙体都完好如初，牢固地逶迤在屋子四周。

门垛只剩下根基，敲掉的乱砖散落着，未被人偷走，砖缝里长出一簇簇巴泥草和风信子，很招摇。马洛也不知道自己那时候为什么要砌两个如此粗壮的门垛，是显得阔气、霸道，还是什么？他记得村里人谈论这个门垛时，打了个比方，马洛至今记得自己听到那句话时的战栗。人们说，真像两口竖起的棺材。

3

第四个黄昏。屏幕显示。

马洛在椅子上坐好，一切就绪，他吐了口气，光斑在屏幕上一闪，像黑暗河面上的鱼跃。他像往常那样将身体前倾着，仿佛黑暗中有个人要开始聆听。

沙漠里的第四个黄昏。关于落日。很圆。这是马洛有生以来第一次看见如此广博的圆，他的目光沿着圆周划过一圈。太阳失去白天的热度，不再是白炽的，而是红润，这是目之所及除沙漠之外的另一种颜色。太阳慢慢下坠，像薄薄的纸片，慢慢地，一点一点地，甚至毫无察觉地插入远处的沙丘之中。

马洛越发感到精疲力竭，每一个字，每一个音节，都需要从身体里剥脱出来。他调整了坐姿，身体像被什么牵引着弓向前方，有一刻，马洛觉得自己是一只蜘蛛，或一只蚕，慢慢吐丝，在前方织成布匹。他的语速、情绪、脑波、心律，以及身体里瞬间的细胞分裂和重组都会转化成眼前的光斑，再通过一部叫 AKCI 的机器，提炼出场景数字代码,利用光波干涉法同时记录物光波的振幅和相位的原理，在三维空间里投射出黄昏的三维立体影像。

——这些是黄昏博物馆的人对他说的，他并不太懂，也不需要懂，他只关心自己那七个已经过去 30 多年的“黄昏”，当然，很多东西已经忘记，他的记忆越来越差，像沙漏一样慢慢流失。不过，这没关系，在录入过程中会进行修复，像对待拼图缺失的那一小片，对四周的线条、图像以及色彩进行计算，填补上最准确的过渡部分。或许，这一点正是马洛此刻坐在这儿的原因之一。

他从椅子上下来，大汗淋漓，在窗口站了会儿。外面什么也看不清，这是由高标号混凝土和净化板建成的房子，圆形顶棚是用驳接爪固定的双层夹胶钢化玻璃，如果在夜晚，透过玻璃顶可以看见月亮或星星；如果是在黄昏，玻璃则具有镜面作用，将夕阳以及四周的树影反射在弧形顶棚上，马洛好几次在叙述过程中停顿下来，仰着脑袋出神地看着夕阳。

完成录入后，他没有立即离开，而是像一名游客一样在黄昏博物馆里慢慢观看。

黄昏博物馆，这是一个新鲜的词，他的嘴角微微动了下。他曾去过这个城市最繁华的地方，那些被称为商场的大楼却不见购物店，倒是有各种体验馆、互动展厅、沉浸式影院等，这一切对他来说多么陌生，世界在飞速前进，日新月异，而他却像个逆行的人。

他住在城市之郊的一个小角落里，生活俭朴，如果不是必要的添置食物，他很少出门。黄昏博物馆也建在仙城郊区，好像有意要避开嘈杂的人群。他记得第一次看见黄昏博物馆时，也正是在黄昏，鹅黄的光在墙壁上如水般流淌，马洛好像受了什么蛊惑，走了进来。

黄昏是对白日的救赎！——他记得贴在墙上的那句标语。他久久地立在那儿，好像被这句话莫名其妙地打动了，眼泪在脸上纵横交错地铺陈出一片水光。他逐渐喜欢这里，尽管回忆有时令他格外痛苦。

海上的黄昏，草原上的黄昏，山顶上的黄昏，海底的黄昏……每个黄昏下面都有捐赠者的名字，马洛的除外。到目前为止，博物馆共收藏了 180 块黄昏——工作人员用了一个量词“块”，这是采用最先进的沉浸式交互感知技术——马洛不知道别人为什么如此迷恋黄昏这一时刻和这一时刻的光影构成的特定场景。用他们的话说，是对黄昏重要价值的重塑。那些在黄昏光线里移动的尘屑，在金色的光线中舞蹈，它们的舞蹈就是我们的舞蹈，而我们鲜少用心倾听我们内在的音乐，鲜少随它起舞。黄昏总是被赋予了迟暮或者行将就木的含义，而被我们略过了黄昏里固有的意境与将会带来的感受。当然，黄昏也是一天中非常奇妙的部分，它连接着白天和黑夜，却不同于白天黑夜，更不同于清晨，黄昏充满诗意却稍纵即逝，它是生命的某种隐喻——

他走到自己的“第一个黄昏”前，“黄昏”早已修复完好，正在展出。

参观者在“沙漠黄昏”里慢慢走动，沙漠的辽阔不同于草原，也不同于大海，它的无边无际带着一种绝望。沉浸在“沙漠黄昏”中的人有时蹲下来，似乎要触摸地上的细沙，手指轻轻捻着，又合拢，宛若要将沙子努力握进手心；也有人将两只手抬起来，在眉骨的地方搭成凉棚，一定是黄昏的阳光刺到他们眼睛了，虽然光线柔和了很多，但是突然面对时，仍被低垂的阳光撞个满怀。人们怔怔地立着，仿佛感知到什么，又或者受到某种启发，他们的神情黯淡抑或嘴角上扬，每个动作都因为黄昏这一时刻而变得神圣和哀恸。

马洛也戴上功能眼镜，顿时，眼睛潮湿了，虽然展览出的黄昏只有场景，没有人物，但马洛知道在这场景下发生的细节。他触景生情了，仿佛又回到 1991 年，塔克拉玛干的黄昏，沙漠的辽远和苍凉让他感到自由与恐慌。泪水沿着镜框流出来，没有人注意到这些，更不会知道这个离他们不远的花甲老人，正是这块黄昏的捐赠者。

4

1981 年至 1991 年的马洛，代号是 D191，为莎车监狱 D 区囚犯。罪行是故意杀人罪，判处无期徒刑，剥夺政治权利终身，法官在判决书上说他罪行重大，死有余辜。的确如此，他杀死了他的继父，手段凶残，并将尸体砌进了墙中，也就是那个如同站立棺材的门垛里。如果谁还能记得那一天的《仙城日报》，有关马洛的判决当时是地方报纸的头条新闻，与美国第 40 任总统里根遇刺、世界最大的巡洋战舰“基洛夫号”试航、南斯拉夫一客机撞山坠毁 178 人丧生等新闻出现在同一版面上。不过如今这些都已成为过去。

马洛没料到自己那么快被捕，在仙城监狱服刑一年半后，1983 年冬天，马洛和另外 600 名囚犯一起，被荷枪实弹的武警押送登上专列，一路西去，前往莎车监狱。

莎车监狱位于西南边陲，昆仑山北麓，帕米尔高原南侧，在塔克拉玛干沙漠西部地带。服刑的前三年，马洛一直为自己申诉。说实话，监狱里每个犯人都声称自己是无辜的，被冤枉的，他们只是碰上了铁石心肠的法官、无能的律师和刑讯逼供的警察。

马洛内向，乖僻，不苟言笑，喜欢读书，即使同一个监区的人都很少听到他说话。和别的囚犯相比，马洛显得过于文静了。刚来的那两年也没少挨揍，但马洛从不还手，像个文弱书生一样隐忍着。后来，他三番五次写申请，希望调到伙房和储藏室干活儿，那里接触的人少，劳动也少。当然，最主要的是，可以腾出更多时间用来看书。

莎车监狱每年都有囚犯逃跑的事发生，一般利用去戈壁开荒伺机逃脱，但周围分布着武警站岗，戈壁平坦辽阔，一览无余。逃犯几乎是昼伏夜出，天黑之后又很容易迷路，一旦迷路死多活少，还有的囚犯跑出去一两个礼拜了，以为跑了很远很远，结果天亮以后居然又听到犯人的出操声和口令声，原来又跑回监狱门口了。

也不是说没有更好的逃跑机会了，比如去巴扎购物。

马洛的文静和安分守己获得了狱警们一致的信任，他常常得到和狱警去 100 公里外的巴扎购物的机会，但他却老老实实回来了，从没有逃跑。当所有人都认定马洛已经心甘情愿在监狱度过自己后半辈子时，马洛却越狱了。

那是 1991 年秋天，马洛入狱第十年，他越狱的方式是挖地道，与几年后一部被人津津乐道的电影里描述的一样，只是电影里的主人公用了 20 年，而马洛只用了 10 年。他从伙房的柴堆下打洞进入隔壁空监舍，再挖 100 多米地道直通监区围墙外。

马洛是在第二天凌晨逃出莎车监狱的，当然，他没有像电影里的主人公那样对着天空张开手臂，而是在一堆梭梭柴里一动不动藏了两夜三天。以他打探来的信息，一旦有囚犯逃跑，立即会有狱警和武警进行追捕，武警们会在深入沙漠两三公里处停止，守上两三天便撤岗，因为再往沙漠里走就会十分危险，极大程度是迷路、饿死或渴死。

估计追捕的武警该撤岗了，马洛才从隐秘的柴堆里小心翼翼走出来。

监狱通向外界唯一的公路在北面；西面则是边境；往南，几百公里外是哈拉斯坦河。马洛没有选择边境的方向和容易暴露目标的公路，他决定铤而走险向东南方向前进。

5

每次从黄昏博物馆回来，马洛都要在小阁楼里躺一阵，仿佛记忆是流动的液体，只有静止不动，才能不使它们流失。黄昏博物馆原本与他约定每个礼拜录入一次，七个黄昏，正好七七四十九天。但马洛觉得时间太长了，他等不了那么久。他想更快完成，所以，现在每隔四天就要过去一趟。

他记得录入第一个黄昏时，自己在椅子上瘫坐了很久，光斑闪烁，由光斑织成的“布匹”在他脑海里挥之不去。修复的缘故，那一天的记忆变得越发清晰——他从梭梭柴里走出来，远处不再有围墙遮挡，天地辽阔，那是他 10 年来第一次感受到自由的气息。凌晨，东方露出书本上所描写的那种鱼肚白，他确定好方向，头也不回地往东南角走去。

马洛行走了很久，当他再一次回头看向监狱方向时，心里一惊——远处的沙丘上出现一个小黑点。他盯着黑点琢磨半晌，一边琢磨一边倒退着前进，他不敢停下脚步。当断定那个黑点不是一棵树也不是一只动物而是一个人的时候，已经是正午了。由此说明，那个人与他的距离正在缩短。马洛再一次地警觉，他不能确定那个人是狱警还是附近村庄赶路的人（后一种可能性很小），抑或，是个和他一样越狱的囚犯。不过，他认为囚犯的可能性大过狱警，因为追捕他的狱警不会是形单影只。

马洛脑海里顿时闪过一个念头，他想，要不要等一等，在沙漠里结伴而行是最好不过的了。当然，这个念头也只是一闪而已。

整整一个下午，马洛都没有甩掉这个人，他感到精疲力竭。辽阔的沙漠，却无藏身之地，没法为自己找到遮挡物，更不可能将自己埋进沙地。

当马洛断定追赶他的是一名狱警时，时间已经接近黄昏。他实在太累了，两条腿早已失去知觉，机械地、一点点地向前挪移。

太阳有气无力地悬吊在西边，似乎稍不留神便会跌入沙丘之中。他不知道这个狱警怎么有这么多的力气。若干年后的今天，马洛已经记不清那一天狱警是骑着马，骑着骆驼，还是步行过来的，当他的记忆再次连接上去时，已经被对方摁在沙堆里了。

马洛的脸几乎埋进灼烫的沙里。好在对方没有枪，也没有刀，有的只是所剩无几的蛮劲。

你往哪儿逃，狱警说。这不是问句，而是俘获之后的一种得意，他用膝盖抵住马洛的后背。马洛想喘气，但鼻子、嘴里、耳朵里，都塞满了细沙。

D191。他说出马洛的编号。这是要逃跑吗？呵呵，逃不掉的，他又说了几句。

马洛发现对方每个字之间会有一阵粗重的呼吸，可见力气在他身体里的荒芜。他就这样摁着马洛，没有多余力气来进行下一个动作。

马洛没有反抗，他太累了，整整一天都在赶路。他知道与对方这样耗着也并非下策，因为对方没有枪，没有办法将他押回监狱，除非干掉自己……

这时，狱警开始解马洛身上的水壶，仰头喝了一口，差点儿被水里的腥味呛住，他将水壶口扣好，打算系在自己腰上。这是马洛逃跑前精心准备的，用羊肚子做成，装满水后呈水滴形，很结实，储水量大。藏在柴堆里的三天三夜，马洛只喝了一点点，考虑到沙漠里的逃亡，他必须计划喝水。

马洛趁对方给水壶打结的空当，上身猛地一挺，手臂撑住，再用力一个翻转，钩住对方右腿。他也不知道自己哪里来的力量，当他听到水顺着对方喉咙咕咕下坠的时候，无比愤怒。他等对方将壶口扣好，不至于让水流失，再进行反击。

两个人扭打在一起，像两片软当当的膏药扭抱着又支棱着，从坡上一直滚到谷底，沙地软软的，像海绵，吸走他们的力气。此时，两个人心里都明白得很，最好的结局只有一个，那就是干掉对方！

6

狱警是一年前从皮恰卡监狱调来的，暂且叫他阿里吧。马洛见过他几次，最近的一次是在两个礼拜前的中秋活动中，阿里和另外三名狱警负责维持D监区秩序。

阿里30多岁，和马洛差不多年纪，平头，国字脸，算不上英俊，却也轮廓分明。身材高挑，眉毛压得很低，眉下是一双单眼皮的眼睛，有种坚定和单纯混合的神情。他一个月前去皮恰卡监狱,在路上救了一只受伤的野骆驼，骆驼只有三、四个月的样子，他把它带回监狱饲养起来。马洛从梭梭柴堆里跑出来的那天,骆驼也不见了,天微微亮，阿里在监狱方圆几里外寻找时，突然发现远处的小黑点，阿里把将要消失在地平线上的马洛当作他的小骆驼了。

现在阿里坐在离马洛七八丈开外的沙丘上，看着西边暗沉的天空发呆，夕阳已急不可待地坠入地下，沙漠由刚刚的金色变成深灰。太阳落山前他们一直扭打在一起，像两块磁铁，一会儿被推出去，一会儿又吸到一起。马洛的牙掉了一颗，和满嘴的沙子一同被吐出来。阿里的耳朵撕开一个口子，马洛咬的。他们实在没有多余力气在对方身上发挥更大作用。

一个要往监狱方向，一个要往哈拉斯坦河方向；一个要逃离，一个要将另一个押回监狱。

太阳隐去的刹那，两个人不约而同地看向西边，身体里的那股劲泄了。他们都知道，夜晚的到来将意味着什么。

黑暗仿佛是轰然倒塌的，眼前什么也看不清。为了不至于迷路，他们都不再前进，蜷在沙丘底下。白天炙热的沙地，现在透着阵阵寒凉，风从四面八方而来，搜刮身体里残余的温度。

他们都不敢入睡，任何短暂的睡眠都带有极大危险。马洛的眼睛盯着不远处的阿里，他想起天黑之前看见阿里独坐在沙丘上，脖颈儿的姿态中显示出一种怪异的冷峻和一种说不出的孩童般的倔强。马洛不知道还有谁才能把这两种神色统一在一张脸上。他觉得自己遇到对手了。

与此同时，阿里的目光也落在他眼皮底下的马洛身上，黑暗中虽只看得见笼统的一团，但那团浓浓黑色分明是坚硬的，好像内部支棱着无数棱角。莎车监狱里马洛大概是第一个给阿里留下深刻印象的人，他身子瘦长，脑袋习惯性耷拉着，下巴和前胸之间形成一个锐角。打个比方吧，就像霜打过的茄子。阿里觉得马洛并不好对付，蔫茄子似的身体里藏着一股狠劲。

亥时过后，云层薄了，天上竟出现了一两颗星星，阿里觉得自己刚刚睡着了，被一个寒噤打醒，他慢慢挪移一下上半身，突然发现，几米外的那团黑色不见了，他迅速摸了摸水壶，幸好，还在。

他看看四周，黑暗一如既往。他不担心囚犯会逃走，因为在沙漠里没有水只会必死无疑。但是，这一夜，不太好对付。

阿里又打了个盹儿，当他再次醒来是在一股外力作用之下，他的脖子被勒住了。是马洛的衣服，从后面攻击，他无法还手。他挣扎着，脖子被衣服拉得越来越紧。他本能地用手抠进衣服，但这是徒劳。脚下在打滑，沙子被踢得飞散。阿里的脸鼓胀起来，力气逐渐被抽空，身子越来越软。

突然，脖子上的衣服松开了，氧气像冲开闸门的洪水一样涌入。他呛了几口，不住地咳嗽。马洛立在一侧，那件刚刚差点儿要了阿里命的衣服被扔在了地上。

我不想杀你，我不想杀你。我没有杀过人，我没有杀过人。马洛蹲下来喃喃着。你走吧，我不想杀你。他捂着脸说。

这时阿里反扑上去，拳头重重地砸中马洛，一边揍一边骂，你怎么不杀我了？你不是想杀我吗？来啊！啊？你不是想杀我吗？阿里歇斯底里地叫着，马洛并不还手，身体蜷成一团。

拳打脚踢了一阵，阿里停下来，拳头杵在空中，好像一个人的表演并不能使他尽兴。他知道如果自己杀了马洛，就能立功。当然，如果是马洛杀了他，马洛就可以逃掉。

你刚刚为什么不杀了我？半晌，阿里突然问道。

就像你没有杀掉我一样，马洛回答。

风无边无际，黑暗无边无际。

7

第五个黄昏。屏幕显示。

马洛坐在椅子上，一切就绪，他习惯性地将身子前倾，然后对着前方的黑暗长长舒了口气。像开场白。

第五个黄昏很漫长，仿佛是他这辈子经历的最长的黄昏，太阳一直悬吊在西边，忘了履行它的职责。这个黄昏里，他不再赶路，所有的精力都用来寻找水源。因为太阳的炙烤，人快虚脱了，羊肚子做的水壶早就干瘪，被烈日晒得皱缩起来。蒸腾的热气吸入身体，鼻腔、咽喉、胸腔，都是灼烫的。早在正午时分，他就不得不停止赶路，在一个沙丘的下面（太阳的直射，没有任何背阴处）用手刨出一个20

厘米深、人体长度的坑，将身子躺进去，稍息，脊背逐渐有了一丝凉意。在沙漠里，这是最好的降温方法，每挖下15厘米深，温度便能下降10摄氏度。

马洛躺在沙坑里，闭上眼睛，他第一次领教到沙漠的炎热，脚踝处早已烫出燎泡，眼睛红肿，眼珠像要暴出来。有一阵，马洛发觉沙漠呈银色，一些亮闪闪的物质隐藏其间。他想到了石英石、金子，当然，即使是钻石，马洛也不会为此停留。

他情不自禁地想起了第二个黄昏，那是唯一没有太阳的日子。前一夜他想逃走，因为水壶又折回来，他脱下衣服勒住阿里脖子，但在紧要关头松手了，他不想杀人。

你杀了你继父？他记得平息之后阿里在黑暗中问他。

不，不是我杀的。马洛回答。

你用撬棒敲碎了他脑袋？阿里继续追问。

没有，不是我干的，我什么都没有做。马洛大声反驳。

又将尸体砌进了砖墙？阿里步步逼近。

不是我，这一切都不是我干的，我说了不是我干的，我没有杀他，我没有杀他……但是，没有人相信。马洛的声音低沉下来，他说继父再坏也不至于该死，小的时候看父亲极不顺眼，继父打牌，打人，满口脏话。所以，每当继父暴打母亲时，他都想杀了继父。不过，那只是一个少年说出的狠话。当自己长大，在外打工，却理解了继父的不容易，至少那个跟他毫无血缘关系的人能供他吃喝供他读书。

马洛缓慢地讲述着，他认为继父是被赌徒杀掉的，继父的嘴实在太坏了，再加上放高利贷给那些赌徒，要债手段心狠手辣，很多人对他恨之入骨。但当时为了尽快结案，不管从作案手段、马洛的砌墙水平，还是继父每逢喝酒必说的那野种要杀了他，马洛都是最有嫌疑的人了。

一阵风从脑后刮来，马洛低下头，身上没有热气，他用下颌抵住膝盖。

这时，阿里将手中的水壶递给马洛，在马洛伸手接住时，水壶绳迅速绕住马洛手腕，再一个反身，绳子从马洛脖子将其手反锁。

马洛显然没有提防，眼睛上立即受了一拳。

你以为我信你了是吗？阿里吼叫着，蠢货，你以为我会信你，我怎么会信你，蠢货。

我……不……需要……你……相信，马洛断断续续地说，我……自己……

一拳又挥过来，中断了马洛说话。

绳子越勒越紧，马洛干呕着。突然，咯嗒一声，绳子断了。喘着了气的马洛并未还手，他蜷作一团，似乎还沉浸在刚刚的叙述中。

拳头一次次砸来，一拳比一拳力气微薄。每一拳都用尽了阿里的力气，他分明感到，赤手空拳干掉一个人，非常不易。

你要逃跑，啊？要逃跑？啊？蠢货，挖十年地洞逃跑吗，啊，蠢货。阿里上气不接下气地骂着。

马洛一动不动，像一堆烂泥任由对方踢打。

你为什么不还手？啊，你不是要逃跑吗？阿里怒了，他冲着黑暗咆哮。

我不想杀人，我没有杀过人，我不想杀人。马洛的声音虚弱无力。

阿里挥着拳头骂道，你逃啊，你不是要逃跑吗？你干掉我啊——

马洛双肩抱着头，嘴里喃喃，我不会杀人的，我不会杀人的。

阿里停止挥拳，倒在沙子上，大口喘气。

你为什么不杀我？这次是马洛在问，你杀了我，至少可以立功。

如果你杀了我，你也可以逃跑。阿里说。

两人都不再说话，风贴着地面前行，万籁俱寂。

8

后半夜，阿里不再打盹儿，而是目不转睛地盯着马洛，马洛也关注着阿里。他们既不前进，也不返回，没有星月的夜空无法辨别方向，走错一步，便谬以千里。

阿里感到饿了，肚子咕咕作响，上一顿离现在已经过去 30 小时，而这 30 小时里体力消耗极大。他翻了个身，将膝盖抵在腹部。他看着茫茫黑夜，突然想念那只走失的小骆驼了。那是只野双峰驼，驼峰比家骆驼的小而尖，躯体比家骆驼的细长，脚也略小。阿里发现它时，它正困于荆棘丛中，右后腿骨折。野双峰驼喜欢成对或结成小群，他猜不透小骆驼怎么就落单了。

这时，马洛突然向阿里走来，阿里立即调整姿势，他可不想再次被对方暗袭。马洛在离他三尺远处停下，扔来个东西，又转身回到原处。

是一条风干牛肉。阿里塞进嘴里，用力咀嚼，肉味顺着嗓子口率先到达胃囊，精神立马抖擞了。

他看看无尽的沙漠，又看看马洛。头顶乌云遮蔽，纱幔一样被风驱逐。

良久，阿里突然问马洛，家里还有人吗？

哦？马洛愣了一下，显然他正在走神。

我问家里还有人吗？

不知道。马洛回答。

没有联系吗？

之前有联系。

现在断了？

是，马洛顿了顿，补充说，最后一封信是1989年春天写来的。

谁写的？

我母亲。

她住在哪里？

镇上，镇上的疯人院，继父死后，母亲就半疯了。

疯了怎么写信？阿里问。

也有状态好的时候，马洛解释，他觉得母亲并没有疯，或许是以这样的方式逃避现实吧。他说坐牢的前几年，母亲还到处申诉，直到两年前，母亲的信断了。马洛从腰间解下一个小包裹，他递给阿里。

里面都是信？

都是我母亲的信，马洛补充道。

两年后就不再写信来了？

两年后，不再收到她的信。

这就是你逃亡的原因？阿里问。

马洛没回答，他说入狱的前几年自己一直在申诉，但毫无结果，在找到真正凶手之前，所有人都希望他坐牢，除了他母亲。继父的死亡和他的入狱，对母亲打击太大了。他没有机会见到母亲，没有机会亲口告诉她，她的儿子不是杀人犯。

马洛说母亲去县里申诉，无人受理，又去省里申诉，仍然被拒之门外。有人劝母亲去信访办，或者去政府大院……能出的主意都出了一遍，母亲跑了很多地方，人家问一句，证据呢？你要提供证据。这句话把母亲问蒙了，因为她申诉的唯一理由就是她不相信儿子是杀人犯。

马洛躺在沙丘上，看着头顶的无尽虚空——10 年来，没有人愿意听我讲这些。他们总喜欢问一句话，你改过自新了吗？我不知道怎么回答。没有人愿意听真话，因为真话会让很多事情变得复杂，也没有人愿意听我说这些，你是第一个。

那一刻马洛没有将阿里当作一名狱警，这里没有围墙，没有制度，没有等级，在茫茫沙漠中，他们是两个相同的渺小生命而已。

沉默半晌，阿里开始说话，他说自己是一个孤儿，父母去世后就给邻居家放牛，白天躺在草地上看牛吃草，晚上睡在牛圈里听牛反刍，他没有朋友，牛是他的朋友。后来镇上人下来征兵，在村里来回播着喇叭，他也跟在人群后面跑。他问当兵有没有吃的。跟他一起跑的人回答，当了兵，每顿可以吃到撑。他就这样稀里糊涂当上了兵，入伍不久就被送去北方的森林，偌大的森林就他一人，连个说话的也没有，每个月配送物资的车辆进来，也只停留几十分钟，卸了货就走。三年后，退伍了，被分配到皮恰卡监狱，每天站在警亭里看守，茫茫沙漠一眼望不到边，后来，再到莎车监狱，还是守着警亭，等调到 D 区监管时，他发现自己不会说话了，于是，他又申请回到警亭，每天盯着空无一物的沙漠……阿里说自己这一辈子都没能逃脱这种荒凉的鬼地方。

夜越来越寒，风在沙丘上奔走，身体像坠入冰窖。天上出现了几颗星星，可以辨得方向。

阿里站起来，裹紧衣服。他提议继续赶路，这样待在沙漠里只有死路一条。

他们朝着东南方向前进，脚印在身后很快被风抚平。

我不是帮你逃跑，阿里突然说了一句，我只想活命，所以必须尽快走出沙漠，往前走，一天半就能到哈拉斯坦河。往回走，以现在的体力，至少两三天才能回到莎车。

9

次日，没有太阳，虽说少了炙热，但无法辨别方向。一开始他们试图根据风向寻找，却发现风像一个不正经的人，从四面八方包抄而来；后来又以沙丘的形态确定方向，但走着走着，居然看见了两串模糊的类似脚印的痕迹，以为是遇见人或动物了，很是激动，后来才发现，是自己的，他们陷入了某种循环之中。

没有方向，也不知道时间，约莫一天过半的时候，马洛将仅剩的一点儿水递给阿里。阿里接过喝了一小口递回去。马洛摇了摇羊肚壶，听水量忍住了，舔了舔唇，他将水壶扣好，背在肩上。

阿里说沙漠剑羚可以在130摄氏度的地方不喝水；狒狒可以116天不喝水；长颈鹿可以9天不喝水，如果在有树叶的情况下，它可以一年不喝水……而人呢，7天不喝水就会死，人在沙漠里，时间会更短，没有人在超过3天不喝水的情况下走出来。他说在沙漠腹地，阿克苏境内，还有个叫卡尔东的农场，面积不到10平方公里，是一个与世隔绝的小绿洲，在塔里木河和羌河交汇处。农场从东汉时就是关押犯人和战俘的地方,那里没有高墙和铁丝网，也没有持枪的警卫，只有四周数百公里的戈壁和沙漠，没有人能活着逃出去。管教人员要做的就是看好水和粮食。据说新中国成立之前，曾进行了一场沙漠逃亡体验赛：一声枪响，几十个囚犯顿作鸟兽散，又似无头苍蝇，向沙漠里逃去，第三天，绝大多数都折返了。场长安排人在农场附近点起狼烟，为迷途者导向，有的人跑得太远，未能找到，有的在很久以后找到时，早已被晒成了木乃伊。

他们继续前行，一整天都是昏暗的，傍晚时，忽然起了沙暴，先是万籁寂静，沙暴来临前世界出奇地宁静，慢慢地，仿佛幽灵在天空合唱，一座座沙包在风中融化，黄色沙子洪水般一波一波向前涌动，顿时，风尖叫而过，眼前瞬间变成橙黄。

卧倒，遮脸——阿里喊道，最后一个字还没说完，两个人都被掀倒在地。风越来越猖狂，越来越放肆，浩浩荡荡，风卷起沙石抛向高空，头顶旋起一团黄色，不断向前延伸，变大，变宽，像一堵墙一样遮住了苍穹。

昏天暗地，天地没有了分别，浑然一体。阿里向前一个踉跄，一脚踩空，从沙梁上翻滚下去，伴随而来的是他的一声嘶叫。马洛向阿里奔去，准确地说，是滚了过去。

风张牙舞爪，沙丘在鼓胀，削平，挪移，仿佛有无穷的力量在里面涌动。王之源——马洛听见阿里叫唤自己的名字，却睁不开眼，他向前方伸出胳膊，希望能抓住阿里。

不知过去了多久，风吹着哨子逐渐远去，沙石落定。马洛从黄沙中将阿里拽出来。阿里的脚扭伤了，脚踝处明显瘀青。

妈的，这鬼天气。阿里一边倒着耳朵里的沙一边骂道。他说对生活在沙漠中的罗布泊人来说，荒芜和干渴不可怕，路途艰难和遥远也不可惧，怕的是这鬼魅的使人犹如堕入地狱的沙暴。

他们看着彼此头发、眼窝、耳朵、鼻孔里的沙子，忍不住笑起来。这时，马洛才意识到了什么，他系在腰上装着水和食物的袋子不见了，只剩下一沓书信。环顾四周，不见踪迹，不知被沙暴埋至何处了。

阿里的脚伤严重，马洛不得不背着他前进。

你可以撒手不管的，伏在马洛背上的阿里说。

马洛不接茬儿，继续赶路。

你为什么要管我呢？阿里又问一遍，像个得不到答案不罢休的孩子。

马洛仍然低头走路，阿里却不肯向前了，拖拽着受伤的脚坐下来。

马洛说，我不会不管你的。

为什么？阿里追问。

因为，马洛抬起头，白沙反射的光晃得眼睛生疼，他微闭着眼睛说，因为你也放了我一条生路。

10

沙漠中的第三天，断了水和粮食。

他们选择黄昏和夜晚赶路，而白天尽量减少消耗，尤其是正午时候，不得不刨出沙坑，将身体躺进去，以此消暑。

头顶没有一丝云，太阳像火球，将整个天空燃烧。沙漠如翻滚的热浪，在远处虚化了。

你母亲或许还活着吧，阿里突然对马洛说。他们原本并不打算说话，都深知在沙漠里要存储能量，然而，在没有水和食物的这天，两个人却聊了很多。

马洛说，我也不知道她是否还活着。他说母亲最后一封来信，地址是仙城疯人院，信是找人代写的，很短，只说了她很想回家，也很想念小官庄。她恨自己，说如果没有改嫁，如果没有搬到汉镇，就不会有后来的事，她的儿子也不会坐牢。她觉得一切责任都在自己。收到信后，马洛很久没有回信，他并非记恨母亲，怎么能怪罪母亲呢?可是,有一阵,他竟希望时间倒流,希望人生能重新来一次。那封信他拖了很久才回复,然而,他却没有收到母亲的回信,再也没有。他写信到仙城疯人院去问，信寄出去后，也杳无音信。一天夜里，他做了个梦，梦里母亲正坐在院子里，她的膝盖上搁着一只竹匾,匾里装着豆子,母亲正在挑豆子。她的脑袋低垂着，像要把自己埋进去一样。马洛背着包从外面回来，他好像阔别很久才回来，院子里的一切既熟悉又陌生。他喊了一声“妈妈”，声音哑在嗓子里，他不知道为什么在梦里自己却发不出声音。这时，母亲似乎发现有人来了，迟钝地抬起头。马洛吃了一惊，心狠狠地抽动了一下,因为他看见母亲的眼睛深深凹陷下去,准确地说,母亲的眼睛变成了两个深深的黑洞。他惊醒了，但这个梦让他一连几天精神都萎靡不振。他把母亲的信放在一个小包裹里，那里一共有母亲的 16 封信。这 16 封信，是他的 10 年牢狱生活，也是母亲肝肠寸断的 10 年。

阿里说他没见过自己的阿妈，小时候和爷爷生活，他喜欢吃红糖,那时爷爷身体还算硬朗,他把阿里背在后背上,做事的闲当就用食指蘸点红糖伸过去，手指还没越过肩膀，一张小嘴儿就粘上了。所以，有一次，阿里问爷爷自己有没有妈妈的时候，爷爷就把那根食指在他面前晃了晃，说，这个，就是你阿妈呀。等阿里再大一点儿的时候，知道他的妈妈不是这根食指了。阿妈应该是一个“人”，一个女人，就跟村里的女哑巴一样。一次，阿里站在河岸上问女哑巴，她——是不是——他的妈妈。哑巴大概是听懂了，丢下手上的背篓就过来了，她把阿里抱在怀里，还用河水把他的小脏脸洗了洗。阿里说自己从没有感受过“母爱”，但从哑巴身上感受到了，后来他悄悄去过几次哑巴家，哑巴给过他一个苹果，还为他煮过绿豆茶。不过，哑巴很快就死了，被河水淹死的，她不会水，又不会喊。尸体浮上来是三、四天后，涨得衣服都破了，人们将她捞上来，埋到了小平岗上，阿里也在哑巴的坟前磕过头。他一丝不苟地跪着，眼皮低低的，他觉得四周光秃秃的土堆向远方连绵而去。

阿里和马洛分别躺在沙坑里，回忆着各自的童年、少年。风阵阵吹来，卷着沙尘舞向天空，遮住了日头。

阿里说他刚来莎车监狱时就听说了马洛这个人，那时马洛在伙房干活，做事有条理，还在墙上画了分类图。马洛说这些都是受母亲影响，母亲做事很有条理，东西总是分门别类地放着，家里特别整洁。他说母亲不光这方面胜于别人，在做菜方面也是得到赞赏的。包饺子，炸馓子，拧麻花，搓圆子，每一项都能看出她的心灵手巧来。

此时阿里闭上眼睛，将下巴抬起来，直直地对着烈日，张开嘴。你知道吗，我小时候放羊，肚子饿的时候，就这样把嘴张开对着太阳，阳光像一根根炸得酥脆的糖面棍，嚼起来还能听到嘎嘣嘎嘣的声音，很香。

马洛咧开唇笑了，也照阿里的样子张开嘴，阳光火辣辣的，灼烫着双唇。

什么味道？阿里偏过脑袋问，单眼皮眼睛里映着阳光。

很酥，很甜，像妈妈过年做的油馓子。

你总是把话题绕到你母亲身上。阿里说，然后继续闭着眼睛认真咀嚼。

后来，他们又聊到关于逃亡的事。马洛说 A 监区有个囚犯，逃亡到沙漠，饥饿难耐时，发现一只死骆驼，骆驼肚子烂了个大洞，居然从胃囊里掏出一小把还没完全腐烂的食物。咽下食物，他还想带点骆驼肉上路，没有刀，只能用牙齿一点点咬断。又跑了几天几夜，终于，看见一个村庄，他太激动了，还以为是海市蜃楼，揉揉眼，发现是真的。那是住在沙漠里的罗布泊人，世界上最偏僻的村庄。不过，罗布泊人有祖先留下来的法律，谁偷了他们的骆驼，放生的野骆驼也算，就要切断一根指头，如果骆驼死了，那就要切断一只胳膊再流放到沙漠。这个囚犯怎么解释都没用，结果又不得不逃亡到监狱，而且还少了一只胳膊。

马洛和阿里不约而同地笑起来，好像很久没有听过这么好笑的笑话了，笑得两人的肚子一阵咕咕叫。

黄昏，他们开始赶路，温度下降了一些，橙黄色的晚霞在天空中均匀涂抹，太阳的余晖洒向沙漠的每个角落。低沉的天空在流逝的日光中泛着白，人也因为时间的流转而陷入某种昏沉。在翻过一道沙梁时，马洛突然叫起来，指着前方对阿里说，你看，前面有村庄。

他们停下脚步，看看，良久，再摇摇头。前面仍是一望无际的沙漠，但两个人都笑了，说我们还没遇到一只死骆驼呢。

阿里提议歇一歇，在这种环境里，人在极度疲惫下容易看见海市蜃楼。

随着阳光渐渐隐去，天空变成了柔和的淡色调，在空洞放大效应的作用下，寒风正在迫近。不过，他们已有对付寒冷的方法了，那就是最古老、最朴素的方式，找一处避风的沙梁，两个人蜷着，紧紧地挤在一起。

上半夜还能头靠头小憩一会儿，到下半夜就冻得牙齿咯咯响。为了不使彼此睡过去，他们有一搭没一搭地说话。

说说你母亲吧，阿里对马洛说。

母亲手巧，马洛打开话匣子，什么手工活儿母亲看一眼就会，有的不需要看，也能琢磨出来。她很善良，行乞的人到了我家门前，母亲会多给几把米，遇上饭点了，还会叫进屋，给他们盛上热乎乎的饭菜。母亲不识字，但是很贤良。不过，她的不识字也闹过笑话呢。

马洛情不自禁笑起来，他说母亲知道儿子爱看书，常常省吃俭用攒下零花钱给他买书。有一次，她去街上，半路捡得一本“书”，“书”上写满密密麻麻的字，母亲很开心，她想儿子一定会喜欢，到家拿给马洛一看，原来是记账本。

马洛再次笑起来。

你——很喜欢读书？阿里问马洛。

也没什么书可看，马洛答非所问。

阿里说，自由活动的时候你都在看书，我看见过几次。

阿里说以色列当兵的人，包里都有三样东西——衣物、来复枪、一本诗集。也不知道为什么，自己不喜欢读书，看见密密麻麻的字会头晕眼花，不过，倒是喜欢听书，在皮恰卡的时候可以用收音机收听一档节目，叫《夜色温柔》，听这名字还以为是交友节目什么的，其实是读书节目。听了一晚上，居然被它吸引住了，很有意思。但到了莎车监狱，收不到电台了，收音机里只有沙沙的电流声。还想再听听那本书，挺惦念呢。

马洛问书名是什么。

《漫长的告别》，阿里回答。

11

1991年后马洛不再叫王之源，他改成和阿里所说的书中主人翁的名字，马洛。那本书的内容，阿里断断续续讲给马洛听过，关于一个叫马洛的侦探和一个叫特里的男人之间的情谊。马洛后来也买来书仔细阅读，发现很多地方和阿里讲的不一样。可是，又有什么关系呢，至少，在沙漠里，马洛也被阿里的讲述深深打动过。

马洛没有住到汉镇或仙城，他四处逃亡，对一个逃犯来说，居无定所才是理所应当的。那个收留他母亲的疯人院早就搬走了，铁栅栏里一片荒芜，留下空房子等着拆建。而他的母亲也早在他越狱前两年去世，马洛并没有见到她最后一眼。

马洛再次回到仙城已是老态龙钟，身体每况愈下，他觉得自己留在世上的日子不多了。他在离疯人院不远的地方租了间屋子，以度过剩余不多的时日。从他的窗口可以看到疯人院的旧址，有一天，突然来了两辆推土机，将残存的砖块瓦砾推平。泥土被翻上来，带着一种久违的新绿。

录入完第六个黄昏，马洛是由工作人员从椅子上搀扶下来的。每次离开黄昏博物馆，他都像病了一样，随着回忆的频繁进行，马洛越发感到身体的虚弱。

沙漠里的第六个黄昏，马洛和阿里精疲力竭，他们已经三天没有进食或补充水分了，这一天，前进得很慢，沙子像无数双强劲的手，拖拽着腿和脚。身体也缺少平衡，像插在沙丘上的朽木，微风拂过，能栽倒下去。天地间一片浑茫，谁也不敢去想离沙漠尽头还有多远，他们怀疑走错了方向，或者一直在兜圈，那条呈 Y 形的哈拉斯坦河不知道藏在何处。两个人也试过望梅止渴，准确地说，是思梅止渴，把所有能使唾液分泌的食物都想了个遍，一开始舌下还能涌出一点儿口水，再后来，舌头都僵硬了，连最简单的伸缩都十分吃力。

马洛躺在一个斜坡上，张着嘴喘气，他觉得脑袋像被什么一击，眼前一片金花，沙漠朝他竖了起来，整个世界变得轻飘飘。

阿里也一动不动地躺着，脸色红黑，嗓子里像有一条火龙，一直燃烧至胸腔。

马洛慢慢解开腰上的包裹，拿出一封信，展开，随即撕成两半，一半递给阿里。

吃了，马洛命令道，自己也将另一半塞进嘴里。

阿里拿着半页纸，迟迟不肯送进嘴里。这是你……阿里才说了几个字便被马洛打断，吃了吧，这也许是我母亲用这样的方式帮助我呢。

马洛又拿出一封，纸上的蓝色字迹游动起来，汇聚，分散，而此时的他，已经流不出泪来。

这些家书帮他们恢复了一丝体力，至少向东南方向又前进了几公里。

天黑之前，他们倒在沙丘上，周围是死一般的寂静，阿里曾说在沙漠中死亡的人，常常不是缺水少食，而是幽灵的长翱。它们在天空聚集，那种寂静震耳欲聋，即使生活在沙漠中的骆驼和其他一些动物，天生就敏感和恐惧它们，也常因为被夺走的灵魂而发狂致死。

现在，马洛觉得幽灵们已聚集在他们头顶，等着最后时刻俯冲下来。他睁开眼睛，太阳已慢慢西移，这六天来，看得最多的大概就是这日升日落了，他觉得太阳才是最邪恶的幽灵，每天都在一圈圈地写下魔咒，将他们困住，捆绑在无尽的时间里。

马洛也不止一次地想到死亡，他艰难地启动牙齿，如果，我死了……

不要说——阿里总是阻止他说下去。

我死后——

给我闭嘴——

马洛抓起一把沙子塞进嘴里咀嚼起来，他胃里感到难受。阿里叫道，吐出来。他见马洛不但没吐又抓起一把往嘴里塞，阿里扑了上去，两个人像两团棉花纠缠在一起，棉花轻飘飘的，在沙梁上翻滚，直到被另一道沙梁挡住才停下来。他们再也没有力气了，盯着远处连绵不断的沙丘发呆。

突然，阿里惊叫，他指着前方凹陷的沙地，快看，快看——

马洛揉着眼睛，并没有发现什么。

你看颜色、颜色，阿里说，颜色、颜色比其他地方深。

马洛不知道阿里想说什么，这些天他们睁开眼就是沙地，闭上眼脑子里还是沙地。

颜色深说明它的近处有地下水，阿里一边说着一边蹒跚地往凹地走去。

他用双手刨掉一层层黄沙，果真，越往下沙子越潮湿，阿里怀疑这也许就是消失的哈拉斯坦河，他摊开自己的衣服，将潮湿的沙子放里面，再用力绞紧衣服，舌头伸过去，便能舔到一点点湿润气味。

12

第七个黄昏。屏幕显示。

马洛自坐在椅子上的那一刻，就像被抽空了，身体里的每一根骨头仿佛都被敲碎，支撑不起自己的肉身。他依旧向前倾着,整个上半身伏在屏幕上,陷入深深的回忆之中，30 多年前的往事像巨石压在身上。马洛闭上眼睛，两串冰凉的泪水划过脸颊。

第六个黄昏。他们在凹地里吮吸水源。毫不夸张地说，这是马洛这辈子品尝过最甘甜、最纯正的水。

天黑之后，他们开始赶路，不能贪恋这片沙地而停滞不前，所以最好的办法是将自己的衣服打湿，口渴时将衣角放在嘴里咀嚼。因为补充了水，这一夜他们走了很远。似乎逃过了一劫，两个人都不再像前一天那般沮丧，马洛也不说“如果我死了”之类的丧气话。

第二天早晨，他们在沙地上发现一条蛇，这种蛇善于伪装，藏在沙地里很难发现，阿里说这种蛇肉并不好吃，很老，卷在木棍上用火烤，蛇肉如同木棍一样难以咀嚼。蛇游进黄沙里就不见了，只留下地上浅浅的印迹。不过，他们很快就发现了两只砂鱼蜥，并捉住它们，这小东西长得像蜥蜴，耐高温。马洛清理掉内脏后，让阿里一口吞进肚里。

到中午时，他们捡到两段朽木，吃掉朽木里的几根蚯蚓一样的红树虫。这让马洛和阿里心情愉悦很多，愉悦不仅仅是因为补充了食物，更是因为朽木的出现预示离胡杨林不远了。

果真，黄昏时分，他们就看见远处的沙棘树，矮矮的，像地表上的痦子。这个黄昏，他们吃了树干里的蜜蜂、沙漠速蚁、蚂蚱、蜗牛、屎壳郎等，只要不会致死的东西都被填进了胃囊。他们慢慢恢复了体力，身子也轻松起来，有一阵，阿里竟然讲起了笑话，两个人笑得前俯后仰，几天前的濒死绝望远去了，沙漠里的风变得和煦。

离天黑还有一会儿，阳光照耀得每一株植物都泛起银白的光，沙棘树叶打着卷儿，为了减少水分蒸发，这是沙漠植物的生存智慧。

阿里提议连夜赶路，因为不出意外的话，明天凌晨就能到达有人烟的地方。

继续向东南方向前进，暮色越来越浓，他们并排走着，像猎人一样环顾着四周。突然，两人的腿一沉，脚下失去了支撑，跌进流沙之中。

马洛还没反应过来，已被阿里迅速推了出去，马洛匍匐在流沙上，往边缘快速爬去，他揪住前方的一株草，使身体放平，增加与流沙的接触面积。而与此同时，阿里的身体陷得更深，流沙掩埋到腰际。

千万别过来，阿里对马洛说。陷入流沙除了自救没有更好的办法，阿里深知如果一个人的下半身完全陷入的话，即使以每秒一厘米的速度拉出，大约需要 10 万牛顿的力，相当于抬起一辆 10 吨的汽车。

当然，也不能挣扎，那会增加流沙的黏性，只会使自己越陷越深。阿里张开嘴，深呼吸，他感到身子在继续下沉。

马洛慌了，他跪下来，一点点向阿里挪近。每靠近一点儿，阿里则怒吼一句，不要过来！没必要两个人都搭进去。他的嘶吼让他陷得更快。

暮色降临，沙地上一团团黑色如鬼魅一般。阿里的身子逐渐下沉，他屏住呼吸，变得十分冷静。他叫马洛不要救他，那只会是徒劳，保存体力，走出沙漠才是最重要的。

你看，我这一辈子，都将陷在这荒凉的地方，阿里苦笑着说，这是命。

马洛说不出话来，嗓子口被什么堵着，这比前一天濒临死亡时还让他感到绝望和恐慌，他不愿就此罢休，但每向阿里挪动一步，阿里便下沉一点儿。

不要过来，不要过来，你就这样和我说说话吧，我这辈子还没说过这么多的话，你和我说说你的母亲。阿里的声音逐渐减弱。

马洛一遍遍地叫着阿里，眼泪狂流，直到声音喑哑，他觉得自己体内的所有水分都从眼眶里溢出。暮色中他看不清阿里的脸,只有一团黑色飘浮在白色流沙之上,渐渐地，黑色变小、变淡，直至消失。

13

黄昏博物馆里的灯光亮着，使得这半圆形的建筑像一个发光体，从远处看，犹如即将坠落的夕阳。

展厅里有人正在参观，轮廓、阴影、光线，以及光与影的作用，都十分独特。有的黄昏是雪天，天地一色，黄昏那一刻显得含混不清；有的黄昏在巷子里，巷口正对着夕阳，欲言又止，仿佛给人某种启示……人们像站在一幅幅名画前那样安静，沉思。

沙漠黄昏，吸引很多人的到来，仿佛地平线上是白天，地平线下则是黑夜，而黄昏的作用，是将白天黑夜进行翻转。有人忍不住念出那句古老的诗句——大漠孤烟直，长河落日圆。参观者身临其境地感受这种壮阔场景，黄沙莽莽，无边无际。沙丘像被无穷复制，形状相近，有时鼓起一阵风，风裹挟着黄沙，抽打在脸上。这时，人们弯下腰，捂住脸。等风停了，大漠寂静，太阳红艳艳的，像被沙石磨薄了，几近透明，无可奈何地向地平线下滑落而去。

一个小男孩突然哭起来，他的声音有些短促、沙哑，又似乎十分无助。他站在“黄昏”前面一动不动，像是被什么施了魔法，或许是看到了什么令他伤感的画面。他的母亲赶紧走上前，帮他摘下眼镜，然后轻轻地抱着他，拍着他的后背。男孩抽噎着，也搂着他母亲，似乎还沉浸在刚刚的悲伤之中，除了哭泣，他已说不出话来，眼泪和鼻涕肆虐地流着。没有人知道男孩为什么哭泣。马洛站在一侧，眼睛里漫出泪来，那一刻仿佛自己与那个男孩相通了，他觉得哭泣的男孩正是自己，他正紧紧地抱着自己的母亲。

从黄昏博物馆出来，马洛沿着一条不太宽的石子路往前走，他的动作缓慢，近乎蹒跚。如果把一生用一天来比画，马洛想，此时自己不正处黄昏吗？

他向城市的边缘走去，穿过四个十字路口、一个广场、两个巷子，还经过自己的住处，经过那个废弃的疯人院，他曾想象，那些年母亲坐在窗口呆呆地看着外面的四季轮回。

他第一次发现这个小城并不大，沿着一条直线走下去，很快就能看见一片荒地。一路上他遇见若干的人，每一个迎面而来的人都镶了一道金光，黄昏的光线铺洒在每一张脸上，显得格外庄重和神圣。黄昏博物馆的建立，让这个城市里的人变得有些与众不同，对时间和自然充满了敬畏。他们更珍惜黄昏，庄重地度过这一刻，每个黄昏都显得弥足珍贵，人们在行走、奔忙，或坐在黄昏里若有所思。

马洛感到那个叫死亡的幽灵正紧随其后，有时快触碰到他肩膀了，有时在他耳边发出低语。他像一个风化的土块，随时都有倒塌和粉碎的可能。他挪着双腿，脚越来越沉，喘着气，一步也不想停。

他没有明确目标，只有不停行走，穿越黄昏，才感到某种安慰。有一阵，他很恍惚，此刻、刚刚坐在黄昏博物馆椅子上的叙述，以及 1991 年在沙漠里的最后一个黄昏，越来越分不清了。

关于黄昏的记忆变得孱弱，没有比这更好的告别方式了。

他记得最后一次录入时，屏幕上一遍遍提示，是否确认修改？马洛不假思索地摁下确认按钮，他调整呼吸，将探头传感器重新夹紧。

第七个黄昏。他对着黑暗说话，光斑闪闪烁烁，像鱼群游弋——第七个黄昏，马洛和阿里到达了胡杨林，他们在一棵树下休息。此时他们都恢复了一些力气，他们已经能在荒漠里找到一点儿食物和水了。

马洛给阿里讲了关于他和母亲的一段经历，那是和母亲从小官庄搬到汉镇的那天，母亲将所有的东西装进一个蛇皮袋，母亲背着蛇皮袋走在前面，他在后面用手托着。蛇皮袋差不多有母亲两个大小。下坡的时候，母亲身体向后倾着，猛一看，像是被蛇皮袋给劫持了似的。

阿里也给马洛讲了一段经历，还讲了个笑话，马洛记不清是什么笑话了，总之，两人笑了很久，直至笑出泪来。他们离得很近，只有一棵树的距离，还能看到彼此眼里闪烁的阳光。

夕阳正浓，涂抹在他们脸上，耳边很安静，只听见风吹过草尖的声音。

太阳快要隐没时，他们又有了精神，再次出发，但改变了方向，不再是东南角度。所以，他们并没有经过那片沼泽，而是向着东方。

是的，没错，是正东方，因为不久之后他们就能看见亮着灯火的村子了，以及远处路上一个个移动的亮点，他们伏在柴草上，像孩子一样数着，每一颗明亮的点都代表着那条路上正在行走的生命。

黄昏快要被黑夜代替，昼夜即将翻转，马洛转身看向阿里，最后一抹琥珀色阳光永恒般地照在阿里的脸上。

月笼田野

一

冬天的苏北平原，麦子是主角，从秋天到来年夏天，麦子几乎铺满了大地，只留下一些孤零零的村落。整个漫长的冬日，它们并不顾及人们对它的期盼，仿佛停止了生长。

绿色的麦田平铺直叙，伸向远方，大地平坦得像一块熨烫过的布，如果遇上阴天，天空灰暗低垂，就像另一块灰布，这灰布越压越低，与大地无限接近，好像稍不留意就要贴合到一起。在这样的天气里，人的视线自然就会落在那一排瘦高的电线杆上，电线杆笔直地站立，仿佛正努力阻止着两块布的接近。它们有序地排列，然而，到远处也力不从心了，瑟缩成火柴棒大小，随着麦田次第往天边去了。

电线杆是水泥的，一头大一头小，顶端横着一根短木，木头两端立着瓷瓶。两根电线将电线杆虚虚地连着，像是怕它们走丢，就用线牵着，顺便给出一个笔直的路径来。近处，还能看见电线以及上面停歇的小鸟，再远，连电线杆也看不清了，早与天地交融到了一处。

这平原上一共有多少根电线杆，谁也说不清楚，怕是连栽电线杆的人也不能说出个准确数字来。

扁豆坐在田埂上，看着电线杆发呆，他已经数到十九了，他只会数到这，往下的数字还不会。他用土坷垃在电线杆上写下一个“9”，一个“1”，个位和十位颠倒了，“1”歪歪扭扭，“9”字像只熟得坠落在地的果子。

扁豆七岁，话还没说周全，何况数数。他结巴。奶奶常一遍遍示范，筷子。扁豆说，外子。奶奶说，篮子。扁豆说，尼子。奶奶说，你要是说不好话，就没有人跟你玩了。扁豆心想，反正自己都是一个人玩；奶奶说，你要是个结巴子的话，长大了讨不到老婆。扁豆鼻子哼一哼气，他才不要老婆呢；奶奶又说，你要是不把话说好，你爸爸就不回来看你了。扁豆的眼眶里便汪出了两汪水。

土坷垃在扁豆手里碎成齑粉，烟一样地飘了。扁豆又看一眼电线杆上的数字，挺满意。他将手在衣服上擦擦，继续向前。一根，两根，三根，他又开始数数，嘴里小声地念着，脚下也变得坚定，他想，只要顺着电线杆走下去，就能找到爸爸了。

扁豆的爸爸是栽电线杆的。

扁豆很久没有看到爸爸了，他问奶奶，奶奶总是用手往门外虚虚地一指，说，栽电线杆去了。扁豆的眼睛便随着奶奶的手指看出去，目光跃过矮矮的院墙，越过灰色的屋顶，飞过蓬勃繁茂的树叶，一直落到一根电线杆上。电线杆只露出顶端一点点，像一个戴着礼帽的人藏在繁枝茂叶后面。到了隆冬，树叶都掉光了，电线杆便裸露出来，这才发现电线杆有些歪斜，像个瘦高的人，正侧下身子，要不是两根电线杆拽着，就要向他走来了。

此时的地里看不见人，整个田野显得十分空寂，太阳隐没在云层后面。天际辽远，风不知道从何处吹来，吹过麦地，吹过头发，吹过牙齿。扁豆少了门牙的嘴里，丝丝地冷。门牙掉了后，奶奶说这下好了，跟她这个老太婆一样了，说话漏风咯。扁豆觉得没有门牙不仅漏风，还漏口水，任何一个吃食在脑海里一过，口水就会流出来。奶奶剪出一块狭长的布条缝在扁豆肩膀上，流口水的时候就用布条擦一擦。奶奶说，怕是又想馒头片片了吧。扁豆就使劲摇摇头，他不知道自己究竟是想馒头还是想爸爸。

扁豆的爸爸栽电线杆是没有休息日的，一个萝卜一个坑，只有在过年时才回来一趟，平常他会托人带点馒头和花卷回来。扁豆正在长身体，总说吃不饱。他盛饭的碗比奶奶的还大，吃了一海碗后，奶奶问，饱了吗？扁豆便皱皱眉，好像这个问题需要狠狠思索，片刻后他小声说，还要。

奶奶把扁豆爸爸托人带回来的馒头掰碎了，掺在稀粥锅里，或者，切成一小片一小片，晒干，装进密封的瓦罐里。扁豆每天都将小手伸进去，在里面摸出两片大的，装在口袋里当零食。他将馒头片咬下一块，含在嘴里，也不嚼，用舌头压紧。

电线凌空高悬着，仿佛蛊惑他向前。扁豆循着电线杆，走过一根又一根。风在麦地里狂奔，撒欢，像巨人一样摇晃着双臂。每遇到一个隆起的土坡——堆在田头还未散开的肥堆——扁豆便站上去，向四野眺望。云压得很低，潭水一样碧蓝而宁静的天空低垂下来，村庄远去了，灰墙黑瓦的房子变成虚淡的远景。

他走得越来越快，几乎不停下来休息，只有在遇到一只水牛时停了会儿。水牛卧在地里，正在反刍，扁豆蹲下来，认真看着，他不知道水牛在吃什么，吃得那么香，怎么也咀嚼不尽似的。他向水牛靠近，水牛毫无表情地看着他，下唇仍在绕圈，左右摆动，扁豆看了好一会儿，直到饿了，才起身离开。

麦田里横着一条小河，流水滔滔，仿佛一边叽喳着说话一边赶赴远方。扁豆怔怔地看着河水，心里问，你们要去哪里呀？河水毫不理睬，向远方流淌。扁豆突然想起自己的事情来，立即起身赶路。他要去找爸爸了。

沿着河岸又走了一阵，河水曲折了两道弯，将小桥支得远远的。桥不过是两根卧着的树干，大半躺在水里，一根上面长满苔藓，一根树皮都没了，扁豆小心翼翼从上面经过。

上得岸来，仰头看了老半天，扁豆才找准了方向。幸好，他没有弄丢电线杆，电线为他指着路。很快，他经过一个村庄。这村子不过三五户人家，几间矮矮的房子卧在树下。一条狗不知从哪儿冲出来，狂吠几声也就偃旗息鼓了，还温顺地跟着扁豆走了好长一段路。扁豆不怕狗，他喜欢狗。家里曾来过一条黄狗，奶奶说，狗来富，猫来穷，她说这是吉兆。黄狗每天跟在扁豆后面，或者扁豆每天跟在黄狗后面，它是扁豆唯一的朋友。扁豆带它去田野里玩，黄狗带他钻草垛。一次大雪，扁豆带了火柴进了草垛，结果可想而知，他们从草垛里落荒而逃，火烧得草垛肚子通红。正好在家的扁豆爸爸让扁豆跪在地上，问扁豆为什么要玩火。扁豆说他怕狗冷。扁豆爸爸抡起的手便慢慢落下来，拐个弯，落到了扁豆的屁股上。然后，摸着扁豆的脸。

现在，扁豆多么想念那双大手，像一片阔大的梧桐叶子，包住了他大半个脸，摩挲得脸皮子又痒又疼。

过了村庄，又是辽阔的麦地，风声浑厚，刮着耳朵像唱歌。地里扎着吓唬麻雀的稻草人，风吹着它僵直的胳膊一动一动。扁豆小跑起来，可他的棉裤腰总是松垮下来，不得不用一只手提着。远处的电线杆浓缩成一小竖，像他用土坷垃写在墙上的虚淡的“1”。扁豆告诉自己，如果走到前面最远处的“1”那儿，就能看见爸爸了。他一步也不敢停，拎着棉裤，脚指头钳住鞋底使劲地奔跑，可是，当那一小竖变成眼前瘦高的电线杆时，在更远的地方，又出现了无数个“1”。这个下午，他就这样不断告诉自己，就这样一截一截地向前奔跑。

黄昏时分，远处又出现了一个村落。一根根烟囱里溅出的火星映在蓝黑的天空上。麦浪一望无际。电线杆像个固执的人，再一次跨向田野。他步子好大呀。

扁豆继续奔跑，土坷垃被鞋踢出去，麦子被冲出一条线。在麦田里走路太累了。扁豆越过麦田，跨上田埂，松软的泥土沾满了鞋底，腿越来越沉。突然，扁豆停住了脚，怔怔地站住了——前方没有电线杆了。

二

电线在头顶戛然而止，扁豆在最后一根电线杆旁杵着。

他没有看到爸爸。

电线杆像一个休止符立在田野。扁豆向前走几步，又转过来向后走。他围着电线杆打转。夜好像来得比平日要早，天上寥落着几颗星星，它们像在清廓无边的大海里游泳的孩子，不愿意再游了，游不动了，就那样懒散地浮在海面。

他坐在地上，背靠着电线杆，四野茫茫，黑暗像棉被一样裹来。他吸了吸鼻子，凉凉的风从牙缝里钻进去，他闭上嘴，泪水却从眼眶里溢出来。

回去时明显走得慢了，浑身的力气都耗在了来时的路上。月亮爬上来了，很亮，照得麦田如同盈盈碧水。扁豆不时地抬头看看电线，跟着电线走，他发觉电线不仅是牵着电线杆，也正牵着自己呢。每经过一根电线杆，扁豆都会停下片刻，想说什么却又没说，然后咬住嘴唇继续赶路。

他又到达了那座小桥，在河边停了下来。河水淙淙向前。扁豆脱下鞋，他想把鞋底的泥刮掉。这双鞋算是奶奶和爸爸合做的，奶奶眼睛不好，只能褙袼褙，爸爸负责裁剪、纳线，然而这不是男人干得了的细活，针脚很粗，歪歪扭扭，鞋跟都是敞跟，兜不住，走起路来趿拉趿拉响，他不得不用脚指头使劲地抠住鞋底。奶奶似乎热衷于做鞋这件事，她说要把扁豆到十八岁的鞋底都做好了，即使哪一天她归天了，扁豆也——后面的话奶奶没有说完。一进冬门，奶奶每天都要褙袼褙，她在和时间赛跑。晴天的时候奶奶便将门板卸下来，横担在两只凳子上，将那些缀满补丁的衣服一片片剪下，用糨糊刷在门板上，糊好的袼褙要晒上很久，等干透了，才能揭下来做鞋面或鞋底。扁豆见过爸爸纳鞋底的样子，腰弓着，头向前勾，锥子在手里并不太听使唤——他哪里干得了这些细活呢，总是一副急匆匆的样子。是啊，他要去栽电线杆呢。

尽管如此，扁豆还是很喜欢爸爸纳的鞋底。他找来一根树枝，用力铲着鞋底的泥。月亮停憩在头顶，月光水银般铺洒下来。远处有虫鸣，像是人在唱歌，咿咿呀呀，被平阔的田野拉得无限悠长。鞋底薄了，扁豆重新穿上鞋，走上小桥，河水反射出莹莹波光，像打碎了一整块镜子，直晃眼睛。扁豆将一只脚探向水面，借助河水将鞋底清洗一下，他看见自己在水中的倒影，也是由无数的碎片组成。他还看见了一根电线，在水中折成无数段，扁豆心中隐隐有些难过，再抬头看天空，发现原来那不是电线，而是一截枯枝横在头顶。扁豆咧开嘴笑了，鼻涕顺势滑下，连忙吸吸鼻子，敛住，脚下却突然一滑，“咕咚”掉进河里。

河水比他想象中的还深、还凉，先前松垮的棉裤反倒裹紧了，拽着他的两条腿向着河底而去，他感到鞋离开了他的脚。鞋跑了，它自己要去赶路。扁豆叫起来，叫的什么也不知道，河水从空洞的牙缝间毫无遮挡地涌向喉咙，凉凉的。他双手乱捞，却什么也捞不到，天地间全是水。扁豆的耳边响起了歌声，他想起了爸爸，想念爸爸粗糙的手在脸上刮得生疼的感觉，他的眼泪融入河水……

扁豆被捞上来时，肚子鼓得像冬瓜一样。有人牵来了一只水牛，将扁豆横放在牛背上，牛颤颤悠悠向前走。不知谁给了一鞭子，水牛小跑起来，颠得牛背上的扁豆吐出一摊又一摊水。

这些都是别人后来说的。救他的是本村的老马和邻村的大黑，他俩正好路过河边，听到了喊声。都说若是再耽搁片刻，这伢子怕就没命了。

一整天，扁豆躺在奶奶裱袼褙的门板上，脑袋晕沉沉的，浑身没有一点力气。他将脸贴在门板上，糨糊的味道钻进鼻子里，很香，像馒头片的味道。这一天像是一个梦。他微微侧过头，眼睛看着门外，地里愈发萧索。

三

过了一天，扁豆早晨照常起来了，脸色比前一天好了许多，脑袋不疼了，身上也有了力气。他没有去田野里玩，而是找了个砖块在墙上写字，除了写简单的数字，他还不会写别的。扁豆想，等爸爸回来了，让爸爸教自己写名字。

他在墙上写下数字——1、2、3、4、5、6、7、8、9……每当写到“9”的时候，他都会停下来，似乎又看见了田野上无穷无尽的电线杆。扁豆在墙上又写下“1”，并将它向下延长，他第一次发现，“1”多么像电线杆啊，于是又写下一个，再一个，最后不得不停下来。这是墙壁的尽头，他没处写了。

他想是不是因为自己还不会说完整的话，爸爸才不回来。想到这，他生气地用牙齿咬住嘴唇。突然，扁豆的舌尖触碰到了什么——小小的、米粒大小的食物残渣，他习惯地嚼了嚼，咽了。

可他突然觉察到刚刚咽下去的东西非同寻常，有一种淡淡的、奇异的、难以描述的香味。他卷起舌头在嘴里找，舌尖果然又触碰到一粒，再一粒，他将它们剔到手指上。

原来是两粒芝麻。

扁豆疑惑地皱皱眉，对着两粒芝麻发怔了几秒，便快速跑回去，推开了院门。奶奶正在太阳下切馒头片呢。他似乎全都明白了，但还是将两粒芝麻放在掌心，朝奶奶伸过去。

是的，扁豆的爸爸昨夜回来过了。不知是扁豆落水还是顺着电线杆找他这事传到了他耳朵里，他连夜赶回家，又连夜赶了回去。他带回了一些省下来的馒头，肯定还有什么撒了芝麻的东西。扁豆是半夜被爸爸从被窝里拉起来吃东西的，他太困了，以至于什么都不知道，吃的什么、怎么吃的他全不知道。他问奶奶，是烧饼还是麻团？奶奶笑笑却不说话，像是故意逗他似的。

扁豆看着芝麻，芝麻仿佛也看着他。他不知道这芝麻是从什么东西上面掉下来的，是来自一块烧饼还是一只麻团？扁豆有点难过，难过自己稀里糊涂、昏昏沉沉就那样吃下去了。他都没有能够慢慢地嚼。

最难过的是他没有看见爸爸。爸爸可是搂着他喂他吃的呀。

他又将那两粒芝麻放进嘴里，却舍不得吃掉，芝麻在舌尖与牙齿间来回游走，它们像捉迷藏似的躲开舌头，又在不经意间被舌尖捉住。两粒芝麻消磨掉了所有日光，一整天他都闷闷不乐，跟自己生气。奶奶以为他身子不舒服，递给他一块馒头片。依旧，扁豆将它含在嘴里，用舌头压住。慢慢地，馒头片化开了，舌头稍一动，化开的馒头像砂糖一样缓缓流进了喉咙。

扁豆努力回忆昨夜的事，自己是如何吃掉那只烧饼的——也有可能是麻团——是坐在爸爸腿上，还是躺在他的怀里？他被这两个姿势弄得脑瓜子疼。最终，他确定他是躺在爸爸怀里的，一只手臂伸向爸爸的后背，紧紧地搂着他。

他闭上眼睛，鼓起腮帮子，装作满嘴是烧饼或者麻团的样子。突然，芝麻破了。真香啊，这么小的东西里竟藏着如此多的香味。

这一天因为两粒芝麻过得缓慢又幸福。晚上，月亮孤静地挂在天上，奶奶点起火油灯，灯光努力地亮着，却使得屋里的阴影部分更加浓重。有时灯火会自己忽闪起来，伴着“叭叭”的干响，似乎有什么东西在炸裂。扁豆看着那闪烁的火苗，像个梦中惊哭的婴儿那样渐渐稳住了神。他把火柴盒里仅剩的几根火柴拿出来，一根根等间距地插在桌缝里。他问奶奶这像不像电线杆。奶奶抬头看他一下，又看一眼窗外——她的眼睛总是勉力地睁着，使眉毛耸上去，离开了原来的位置。奶奶说，别把火柴弄断了哦。又说，今晚，有凉月儿咯——

扁豆把火柴一根根收进火柴盒，爬上床躺下，看着屋顶发呆。不知道风从何处的罅隙里挤进来，摇得灯影在头顶上忽忽地动。很长时间过去了，他伸出脑袋看一眼还在裱袼褙的奶奶，灯影里奶奶像一只放久了的梨，正一点一点地萎陷下去。他喊了一声“奶奶”，声音在屋子里绕了一圈又回到他耳边。奶奶没有听见。然而，黑暗中一切却变得有些怪异，似乎屋里的缸啊罐啊都嗡嗡地回响起来。

奶奶吹灭了火油灯，摸索着爬上了床。

月亮爬过一个窗格，扁豆悄悄从被子里钻出来。奶奶咳嗽一声，扁豆忙说去尿尿。

门“吱呀”一声打开了。月色很亮，满世界都像落了霜。扁豆站在瓦砾上，月光将他的影子球一样地缩在脚下，他看看自己的尿柱，又看看头顶的凉月儿。尿完尿，扁豆没有回屋，他趿拉着鞋跑向麦地。

田野上立着一排电线杆，水泥杆在月光照耀下发着银光。扁豆奔向最近的一根电线杆，他觉得要不是有两根电线拽着，那电线杆一定也会向他跑过来。

他仰头看着瘦高的电线杆，迟疑地、羞怯地抱了上去。滚圆的水泥柱结结实实地将他的臂弯撑开，填满了他的胸膛。

像是有蜜蜂飞来，扁豆听到了嗡嗡的声音。他感到怀中的电线杆轻微却雄浑地颤动着。嗡嗡嗡嗡——像是一个人在小声地说话，如同爸爸藏在电线杆里一样。他将脸贴上去，耳朵紧紧地贴着。嗡嗡的响声在耳边絮叨。

明月高悬，照耀着辽阔的麦田。

蓝色冰河

一

坐落在赞斯卡河岸上的查村，四季都是安静的，尤其到了冬天，一场雪接着一场雪，万物被覆盖在厚厚的白雪之下，连犬吠声都传不远。雪抹平了所有棱角，村庄变得柔和起来，炊烟被阳光映照成蓝色，缓慢地、慵懒地缠绕在村庄上空。

索朗老人一早就去了铁悬桥，他要去看看河面的冰冻情况。一夜过后，冰又厚了一层。这条冰河是查村通往县城的唯一途径，由于地处喜马拉雅山下，属于极寒地带，一年四分之三的时间都处于冰封状态。要是在夏季，河面冰开，人们可以划着羊皮筏子，顺流而下。不过，返回时就要费力了，得把羊皮筏子扛在肩上，在齐腰齐膝的冰川融水里走上十来天。而另外几个季节，河水会结成冰层，人可以在冰上行走。当然，你可千万要小心，因为当你伸一只脚试探时，冰会表现得极其牢固和诚恳，可当你整个人走上去，脚下会立即传来咔咔的声音，咔咔，咔咔——就是这样，仿佛不怀好意的笑声。人还没回过神来，便掉到冰河里去了。

每年都有被冲进冰层之下的人，每年都有死于冰河的人。好在，查村的人并非一定要经过它，并非一定要去往县城。

很多人一辈子都没离开过村庄，多吉就是。虽然他的一辈子才只有七年，七岁的多吉总喜欢学着爷爷说自己这辈子如何如何——

唔，我这辈子还没吃过蜂蜜呢。

唔，我这辈子还没见过长着四条腿的人呢。

唔，我这辈子还没捉到一只蝴蝶呢。

……

多吉是个老实又腼腆的男孩，只有和爷爷在一起时才会有许多话要讲。爷爷总是说“我的小多吉啊”，多吉也学着爷爷说“我的索朗爷爷啊”，好像不这么叫他们就不属于彼此似的。

索朗老人从河谷上来，就定了出发的日子。他先去了趟达瓦家，通知他们明天出发，达瓦父亲去寺庙祈福了，只有达瓦的母亲在家。这个脸皮黢黑的女人正在给达瓦缝补靴子，她抬起眼看着索朗老人，因为脸的颜色，显得一双眼白特亮。从她脸上看不出喜悦还是悲伤，只有两块暗藏在黑色中的高原红，突兀又无辜似的面面相觑。达瓦母亲把索朗老人一直送到门口，告诉索朗老人，她已经念过经了，她会每天念经的，祈求三宝保佑。

从达瓦家出来，索朗老人又提着一壶酒、一把松枝、几根哈达，踩着积雪爬上山顶寺庙。把哈达献给佛祖，又虔诚地添了供灯。僧人用竹笔蘸着金粉，把名字写在一张细长的红纸上，再到佛祖前金灯上焚烧。做完这些，索朗老人走到院里，把松柏枝放进煨桑炉，火苗霍地挺出来，瞬间将松柏枝条化为霭霭烟雾。

他在佛祖前认真磕了头，又去转了林廓，花去的时间比任何一次都长。当索朗老人从山顶下来，太阳已经歪到一边去了。

他在羊圈旁遇到了多吉。“唔，我的小多吉啊，明早我们就出发啦。”索朗老人喊道。他的声音哑哑的，像被风沙打磨过。

多吉从矮墙上跳下来，眉头皱着，好像阳光刺着了眼睛，他歪着脑袋，想了想，说，可是——

多吉喜欢说“可是”，“可是”后面的话却没有了。当一件事想不通或不情愿的时候，他就会说“可是”。为了表示程度之强烈，会连着说几个，可是可是……

这个词多吉是和一个徒步到查村的年轻人学来的。因为天气不好，年轻人不得不在查村逗留几天。年轻人喜欢说这个词，每次说它的时候总要把舌头卷起来，很好听，也很奇特，仿佛这个词不属于查村，不属于这片土地贫瘠、颜色单调的山坳坳。

二

第二天，太阳还没出来，他们就动身了。索朗老人、多吉、达瓦、达瓦父亲，四个人组成一支队伍，此行目的是将多吉和达瓦送到县城的学校去。学校还有十一天就开学了，如果路上顺利，需要步行十天，这样正好能在开学前赶到。

他们要沿着山脚下的赞斯卡河谷徒步前行，河谷里的光线还不太好，两侧高高的山峦遮挡了阳光。这里的日照时间短，太阳出来没多久，就会被另一侧的山峰挡住。没有阳光时，四周十分寒冷，宽阔的河面只剩下窄窄的一道，水流奔袭，水流涌动处可以看到冰的厚度，足足有一尺多厚。冰封锁住流水，流水冲破冰层。水的两种状态在较量。

四个人排成一队，当头的是达瓦父亲，两个孩子在中间，索朗老人在最后。他们都戴着雪镜，说是雪镜，不过是用墨汁涂抹在眼镜上而已。大风四起，狂风夹杂着雪珠，平地又升起一片白雾，无法看清脚下。在冰河上行走，每一步都暗藏险情。他们身上背着几十斤重的行李——十天的干粮、木柴、铝锅、水壶、碗、帐篷，蹚水的靴子，以及孩子们的衣物。肩上的背包压得他们喘不过气来，脚下打滑，尤其是在有坡度的雪上，每走几步就会摔倒一次，滑出很远。每当这时，达瓦的父亲就会笑起来，两个孩子也跟着一阵笑。

不久前的一场雪覆盖大地，又结成一道薄薄的浮冰，脚踩上去，嘎吱一声，落在另一层冰面上。鞋底很快便沾上了冰块，厚厚的，像唱戏的官靴，得用力跺一脚，或者坐下来使劲敲掉。为了保持体力，四个人并不说话，山谷静悄悄的，耳边只有冰碴破裂的清脆声。

多吉小声数着脚下的声音，嘎吱、嘎吱，可每数到一百九十九就乱了。索朗老人说，我的小多吉啊，快赶路吧，到了那儿你就会数数啦。

我的索朗爷爷，可是……多吉皱了皱眉说。

孩子们这一去不知几年才能回来，县城离查村有三百多公里，那里有一个福利学校，是一个虔诚的佛教徒捐赠的。查村附近没有学校，当然，查村的孩子大多是不读书的，他们一辈子在山坳里放羊、割草，过着繁重又简单的生活。几年前，一些开明的父母把孩子送到福利学校去，希望他们学习知识，而非一辈子困在查村放牧。去福利学校的孩子无法每学期回家，因为路上耽搁的时间太久，且危险四伏。孩子们这一去便是三五年，最长的一个七年后才回来，都已经初中毕业了。那个孩子是查村第一个去县城读书的人，也是查村识字最多的人。

休息的时候，两个孩子便坐到一起窃窃私语。达瓦今年九岁，比多吉大两岁，正在换牙，说话时嘴里总是漏气，他用舌头舔着牙洞，满腹心思地看着远方。多吉问达瓦，你想去上学吗？达瓦摇了摇头，又点点头。达瓦很想做村里的孩子王，他以为今年不去上学，这样自己就成为村里年龄较大的那一个了。达瓦也问多吉，想去上学吗？多吉想了会儿，点了点头，又摇摇头。多吉内心是复杂的，他多么想去县城啊，可又害怕离开查村。

多吉问索朗老人，什么时候可以回来？

唔，我的小多吉啊，索朗老人一边整理背包一边说，还没有到那儿就想着回来咯。

我会想念我的羊。多吉低着头说。

唔，到那儿你就不会想念啦。

可是……多吉皱了皱眉，顺便把快要流出来的鼻涕用袖子擦掉。

他们继续上路了，多吉走在索朗老人前面，他放慢脚步，对索朗老人说，我还没和我的羊道别呢。

唔，羊儿们知道我们的小多吉去读书啦。

母羊快要产子了。多吉又转过头说。

唔，我的小多吉啊，别担心，佛祖会保佑它们的。

三

积雪还在加深，覆盖着山川大地。风吹着冰口，发出尖啸之声。在赞斯卡河谷的北边，是喀喇昆仑山脉南侧的拉达克山，南边是喜马拉雅山脉西缘，东邻西藏阿里地区，西接兴都库什山脉。这里近乎与世隔绝，地貌风光呈现出一种野性与荒凉。

傍晚，他们经过一处宽阔的河面，脚下的冰一踩一个坑，冰冷的河水瞬间涌出，多吉和达瓦的靴子很快被河水浸湿，看来达瓦母亲的修补并没有起到多大作用。他们不得不停下来，坐在一块干燥的石头上。索朗老人帮多吉脱下靴子，倒出许多雪水，又使劲拧干袜子。达瓦的小脚丫也被冻得通红，人也开始打哆嗦。达瓦的父亲赶紧生起一小堆火，给他们烤干袜子和鞋，毕竟这才是出发的第一天，接下来还有更艰难的路要走。

达瓦和多吉说，他们会顺利到达县城的，因为他的阿妈向佛祖祈求过了。他褪下一只手套，从脖子里拽出一串念珠给多吉看，这是他的阿妈从山顶寺庙里求回来的。

多吉也脱掉手套，红通通的小手在念珠上摩挲一阵。多吉没有阿妈，他的阿妈在他出生时就死了。他也没有喝过阿妈的奶水，索朗老人用羊奶喂他。等多吉学会说话了，他问爷爷，他的阿妈呢？索朗老人便指着一只母羊告诉他，我的小多吉啊，母羊就是你的阿妈咯。

从此多吉便喜欢上了母羊，他待在母羊身边，和它说话，给它抱来干草，看着母羊用舌头将干草一点点卷进嘴里。后来母羊老了，常常躺在羊圈里，有一天等多吉从山坡放牧回来，看见镇上收羊羔的马车正驮着病恹恹的母羊离开。索朗老人告诉他，这只羊既不产子也不产奶，所以得将它卖了。多吉哭着追了很远，没有人知道这个小羊倌对一只母羊的感情。

多吉也很久没有看到阿爸了，索朗老人说，阿爸去冰河上做背夫了。

那是县城到列镇的那一段，不知道是哪个旅行家第一个发现了它的美丽，于是每月会有一两个队伍徒步而来。做一名背夫，除了要灵敏有力气，还要对冰河的情况十分熟悉。徒步的人并不多，做背夫的更是少之又少。

多吉问爷爷，他会在路上遇见阿爸吗？

索朗老人迟疑了下，说，我的小多吉啊，但愿佛祖保佑你。

多吉用下牙紧紧地咬住上唇，这是他表示高兴或兴奋的方式。他想起那个在查村逗留的年轻人。他问年轻人，你在冰河上遇见我的阿爸了吗？

年轻人说他在冰河上没有看见任何人，又问多吉他的阿爸叫什么，他回去的时候如果遇见了倒是可以帮他捎个信儿。

甲央旺堆。多吉说。

年轻人便掏出一个小本子记下来，甲——央——旺——堆，他一边写一边默念。合上本子的时候，一张照片从里面缓缓飘了下来。

这是什么？多吉看着纸片问道。

是照片，蝴蝶的照片，这叫蓝色闪蝶。年轻人捡起来递给多吉，说是几年前在非洲拍的。

照片里蝴蝶很大，具有金属般的蓝色光泽，硕大的翅膀使它们在天空像轻盈的鸟一样翱翔。年轻人把照片送给了多吉。非洲在哪里？非洲离这儿远吗？多吉问年轻人。

哦，年轻人想了想，指着冰河说，得先从这儿走出去才行。

四

流水一路奔袭，巨大的冰川遥遥相望。冬日里的赞斯卡山谷，即使在白天，温度也会在零下二十度以下，四个人的睫毛和帽檐上都凝结了白霜，他们在天黑前到达峭石湾。这里，冰层被冲开，只在与峭壁相连的地方镶着窄窄的一道。冰面有十几米长，如果不能通过，他们将要原路返回。

水很深，很急，峭壁凸向河面，和冰面之间只有几十厘米距离，给行走造成极大难度。看来只能匍匐前进了，达瓦的父亲趴在冰面上，谨慎地试了试。人和背包不得不分开，背包由达瓦父亲一趟趟送到对面。索朗老人最后一个经过，他的一条腿不太好，几个月前摔了一跤，他给这条坏腿多裹了两层布，即便如此，这条腿此刻也不听使唤。

他匍匐在冰面上，突然想起儿子甲央旺堆了。两年前，甲央旺堆和村里的另一个男人去做背夫了，虽然他们常常几个月都等不到一支徒步队伍，但他们从不气馁，并且相信好日子很快就会到来的。

河水汹涌，撞击着冰层，在耳边发出轰轰响声。索朗老人用力挪着身体，脸贴向冰面，这一刻，他觉得自己离儿子很近。

过了这段，他们打算就地休息，四个人走了一整天，现在又饿又累。他们找到一个背风处，决定在这里安营扎寨。孩子们帮忙撑起帐篷，捡来大石块；索朗老人架起干柴，燃起火堆，火上再架上铝锅。

大家围坐着，看着火苗舔着锅底。索朗老人从布袋里倒出一些面粉，用温水和好，揪成一片片的，丢进沸水中。这种面片汤很快就驱散寒意，使身体暖和起来，大家围着残余的火堆又烤了会儿。等到火堆燃尽，扫去灰烬，地面还是热烫的，再将帐篷移到火堆的位置，铺上自制的睡袋，紧紧挨在一起。夜里气温骤降到零下三十多度，索朗老人会在临睡前将帐篷拆下，当作被子盖在睡袋上。多吉还睡不着觉，伸出半个脑袋看着头顶的天空，夜空中繁星点点，他已经认识天狼星和老人星了。最亮的那颗是天狼星，找到位于正南方的天狼星，再向下看，在地平线上方就可以找到老人星。

多吉的眼前突然闪过一颗蓝色的东西，啊，是蓝色闪蝶。多吉还没叫出声来，蓝色就不见了，他不知道是自己眼花了还是真的看见闪蝶了。他皱了皱眉，轻轻叹了口气。

多吉，多吉，达瓦转过脸对着多吉，他小声问道，你在想什么？

达瓦，多吉也把脸转向达瓦，这样他们就脸靠着脸了，多吉问达瓦，你见过蓝色的蝴蝶吗？

达瓦在睡袋里摇了摇头，他说自己见过白色的蝴蝶，还见过蜜蜂，却没有见过蓝色蝴蝶。你见过蓝色蝴蝶吗？他问多吉。

多吉摇摇头，又点点头。他说自己见过的，不过是在照片里。他告诉达瓦蓝色闪蝶它们生活在非洲。

非洲在哪里？达瓦好奇地问。

嗯，离这儿不多远。多吉肯定地说。

他们把脑袋又靠近了点，鼻息几乎吹着鼻息，多吉问达瓦，你知道“同学”是什么意思吗？多吉想起那个年轻人曾问他为什么一个人玩？多吉皱了皱眉，年轻人又问他有没有上学？多吉摇头，年轻人便说，你要是上学了就会有很多同学的。多吉不知道同学是什么意思，他没有问年轻人，只是抿了抿嘴，羞涩地笑了。这个问题一直困扰着多吉，他问过索朗老人，同学是什么？索朗老人说，我的小多吉啊，你的问题像草籽儿一样多，当你到了县里，所有的问题你都会有答案了。

同学应该是个好东西。达瓦斩钉截铁地说。他在黑暗中又掏出那串念珠给多吉看，说，就像这个念珠，会是个好东西。

嗯嗯。多吉附和着，并用力地点了点头。

五

第二天，天刚蒙蒙亮，他们就起来赶路了，两个孩子不停地打哈欠，即使吃了糌粑酥油早饭，都没能打起精神来。太阳一直没露脸，路况愈来愈差，这样的天气真是糟糕透了，要是再遇上一场雪将会十分危险。每个人都不再说话，好像字句都被冻结在嗓子里。这一天，他们经过克什米尔山，远远看见山顶处几座石头垒成的房子，这里海拔五千多米，寒冷加剧，河水裹挟着冰块奔流向前。没有冰路可走，大家只能冒险攀登峭壁，沿着山腰一点点向前挪动。

过了这段峭壁，迎接他们的是一段水路，好在河水很浅，大人们穿着靴子可以通过。达瓦父亲与索朗老人分别背起孩子，蹚着冰水慢慢行走。河底乱石嶙峋，湍流裹挟着冰块撞击着脚踝，索朗老人走得很慢、很小心，如果不慎跌入水中，将会很麻烦。七岁的多吉虽然瘦小，也有四五十斤了。索朗老人想到他的背夫儿子甲央旺堆，甲央旺堆说每一趟行李都要重达八九十斤，腰必须弓着才能保持平衡。干背夫这一行，既辛苦又危险，但甲央旺堆总安慰说，我们很快就会过上好日子的。

一连两天，太阳都没有出现，灰蒙蒙的天空使人的眼睛看不远，他们握紧拐杖，在雪地里缓慢前进。好在到了第三天，头顶浓重的乌云开始变得稀薄，它们慢慢地被撕裂，露出一点一点的淡蓝来。

蓝色，蓝色。多吉指着天空告诉达瓦。这样的天空对于生活在赞斯卡河谷的人来说是司空见惯的，但这时候蓝色的出现，让多吉感到十分欣喜。

雪山冰川晶莹剔透，几十米厚的冰层已经古老了千万年。南边雪山倒映在一片幽蓝色的高山堰塞湖中，湖面冰层下气泡形成的冰葡萄如梦如幻；西边雪山下边的冰塔林像钻石一样折射着太阳的光芒，冰体下暗流奔涌。

他们停下来歇歇，仿佛为了庆祝这消失已久的蓝天。

达瓦想看一看多吉的蓝色闪蝶照片，多吉便解开背包找出来，他们的目光立即被粘连住了，目不转睛地盯着那片金属一样的蓝色。

一个问：它有手掌这么大吗？

一个回答：是的。

一个又问：它能飞很远吗？

一个又回答：是的。

一个再问：它也能飞很高吗？

一个再回答：是的。

他们就这样一问一答，或一答一问，直到索朗老人催促上路了，才停止了对话。

向前走了一段路后，多吉问索朗老人，县城里有蝴蝶吗？

索朗老人说，我的小多吉啊，快赶路吧，县城里什么都有。

有蓝颜色吗？

唔，县城里什么颜色都有。

多吉闭上眼睛，眼前便出现一只蓝色闪蝶，他深深地吸了口气，下牙紧紧地咬住上唇。

经过一个弯道，便看见山崖上的悬空寺了，说明已经走完了一半路程。山腰上挂着风马旗，猎猎飘扬。河滩上卧着巨大的岩石，达瓦父亲用河水把脸和手洗净，再将大家背包里的哈达收集去，攀上岩石，将哈达系上，祈福这一趟行程里孩子们不要落水，不要受伤。

阳光白花花的，刺得人们睁不开眼睛。多吉的目光不时往查村方向望去，却被山峰给挡了回来。他不知道他的羊儿们会不会想念他，他也不知道自己何时才能回到查村。

六

这天结束得比以往都早，太阳刚刚隐去，索朗老人就要求停下过夜。此处是一个急弯，河水轰轰而过，两岸既没有山洞，也没有平坦地面，并不是扎营的首选之地。达瓦父亲没有多问，他知道索朗老人一定有他的理由。孩子们对于休息正求之不得，迫不及待把自己的小包卸下来。

这一晚，索朗老人早早躺下，接连几天的奔波，让他的体力透支太大。河水奔腾不息，像是要赶赴远方。他默默地倾听河水的声音，感受着身下地表的微颤。它们要去哪里呀？他记得多吉曾问他。是啊，索朗老人回答道，河水也要离开查村咯。

他轻轻地翻了个身，脸贴向坑洼不平的地面，这样便觉得自己离儿子甲央旺堆很近，几乎重叠在一起。黑暗中他似乎听到甲央旺堆的喘息，听到他蹚过冰水的声音。他的靴子漏水了，穿与不穿几乎没什么区别，脚在冰水里打滑，身上的背包太重了，压得他喘不上气来。他的脚趾在痉挛，抠不住地面，有几秒钟他一动不动地立在原地，河水从他腿间流过。突然，脚跟被什么刺痛，或许是别的什么原因，他身子一斜，整个人被激流冲走了。

如果没有弄错的话，就是在这个河湾。

这些索朗老人也是听别人说的，那个和甲央旺堆一起做背夫的同乡带回甲央旺堆的一只鞋和几件衣服。

这是一年前的事了，索朗老人望着河面，河水仍在奔流，一刻也不停。他混浊的眼里堆起哀伤，松垮发黑的嘴唇在黑暗中微微颤动。

达瓦的父亲正在教两个孩子唱歌，喜马拉雅的歌谣，两串干净又稚气的童声在河水的伴奏下轻轻吟唱：如果血液流过我们的身体，疲惫爬上马背，我们可以像夜晚的星星一样在一起……

是啊，我们可以像夜晚的星星一样在一起。索朗老人慢慢翻转身子，看着黑色帷幕般的天空，繁星闪烁，像无数的眼睛，他就这样看了一会儿，困倦地合上眼睛。

第二天，仍然很早出发，如果晚一点出发的话，阳光会更少,气温更低。这一天的路将是整个行程里的最后一段，也是最艰难的一段。

出发前，索朗老人不停地拍着那只坏腿，像是对它嘱咐，拜托它能顺利走完这一程。

很快便到达必须蹚水的地方了，河水很深，他们担心裤子被河水浸湿，不得不脱掉厚的棉裤，卷起衬裤。达瓦父亲先将大家的行李送过去，再返回和索朗老人一起背上孩子。走到河水深处，穿不穿长靴已经无所谓了，因为河水早已漫过膝盖，没有完全融化的冰层浮在水面。冰川融水像是另一种灼烧感，两条腿都似针扎一般疼，双腿冻得发红肿胀。再后来，似乎已感觉不到疼痛，风旋起雪花，迷离了双眼。有一阵，索朗老人的腿似乎失去了知觉，怎么也抬不动，他怔怔地立着，想到这流过甲央旺堆的河水此刻正流经自己。

多吉一动不动地伏在索朗老人的身上，鼻涕在鼻孔口结成冰碴，很痒，但他不敢动弹。出发前，索朗老人曾对多吉说，我的小多吉啊，你要好好读书咯。多吉问为什么要读书？索朗老人说，读了书就能过上好日子了。多吉撇着嘴说，我的索朗爷爷，我们现在就过着好日子啊。索朗老人笑了，他不会告诉多吉自己的担忧，他的身体越来越差，他们的好日子怕是快到头了。他摸了摸多吉的脑袋说，我的小多吉，读了书那会让日子更好过啊。

多吉用力皱着眉头，说，可是……

河水慢慢被冰封，冰仿佛是软的，一踩一个深坑。大家都不再说话，好像憋着一股劲儿赶路。索朗老人裤脚滑落下来，但腾不出手来卷它，裤腿湿沉沉的，等跨过冰河，已经变成刀一般的坚硬。

到达岸上，他们立即生起火堆，腿和衬裤紧紧地冰冻在一起，脱下时有种撕裂的疼。四个人围着火堆，好一会儿都不能回过神来。

过了这段，就好了，我们很快就要走上山路了。达瓦父亲缓慢地讲话，顿挫有力，好像要咬碎一个冰块才能讲出一个字。

七

远处的河上出现了一座桥，山腰上能够看见有车辆经过。他们走完最后一段冰面，从河谷爬上堤岸，沿着一条隐约可见的山路向上走。当他们再次回过头来，冰河已经像一条蓝色布带蜿蜒在山谷里。

索朗老人对多吉说，不要轻信任何人说，这里有一条路可以到达那里。每个人都得自己走。

多吉似懂非懂，但他仍然小鸡啄米似的点点头。

四个人就这样朝着赞斯卡冰河注目了一会儿，阳光低垂，他们整了整背包，继续上路了。

很快他们便搭上一辆皮卡，土路很颠簸，车子不断晃荡。达瓦母亲给达瓦的念珠被他挂在衣服外面，这会儿正在他胸口跳来荡去。车尾的尘土有时猛地反扑过来，将他们裹住，眼睛、嘴里尽是沙尘。

经过一个四千多米海拔的垭口后，就是一路下坡了，仍然是碎石路，但两侧村庄不断，还能看见一座白墙红顶的寺庙，据说那是赞斯卡历史上最悠久的古寺。索朗老人虔诚地合起手掌。

下车后，路过一家商店，从它的玻璃窗口多吉看到自己的模样，除了转动的白眼珠外，从头到脚被黄土裹住。经过打听，他们找到河边一处地方，各自洗刷干净。

索朗老人问多吉累不累？多吉这次没有说“可是”，而是摇了摇头。

他们找到了学校，顺利办理了入学手续。校园里有不少孩子，穿着酒红色的校服，也有像多吉和达瓦穿着自己衣服的，显而易见是新生。多吉不敢像达瓦那样东张西望，而是一步不离地跟着索朗老人，像贴在他身上的一块膏药。

索朗老人从怀里掏出一张写满字的纸递给多吉，这是他很久前捡到的。虽然不知道纸上写着什么，但上面密密麻麻的字让他觉得很珍贵。

多吉皱着眉头问这是什么？

索朗老人说，我的小多吉啊，等你认得字了，你就知道上面写的是什么了。

多吉又点了点头。

一切妥当后，索朗老人和达瓦父亲不得不立即返程，他们担心路上情况，冰河每天都在变化。

多吉和达瓦也要开始新的生活了，多吉又听见了“同学”这个词，虽然他还不懂这是什么意思，但他相信等他认识更多的字后就会明白。他也相信，如达瓦所说，这一定是个好东西。

多吉坐在教室里，四周有许多高高矮矮的孩子，他们和他一样来自偏远的地方。下课时，多吉没有离开座位，而是伏在书桌上轻轻地啜泣。他突然很想念查村，想念羊儿，想念他的索朗爷爷。

此时的索朗老人正行走在冰河上，白色冰面下有很多气泡，大大小小，一串一串，像镶嵌在冰下的珍珠。索朗老人的腿越来越坏，常常不听使唤，他把背包放在冰上拖行，僵硬的坏腿已经失去知觉。

多吉抬起头，发现自己的书被泪水打湿了，连忙用袖子揩掉。他想起夹在书页里的照片，赶紧抽出来，幸好，泪水并没有弄湿它。

索朗老人站在冰上，冰下是蓝色的河水，他用棍子敲了敲自己的坏腿，告诉达瓦父亲，这条腿总算被他用废啦。他的背包正由达瓦父亲背着，这个和甲央旺堆一样年纪一样善良的男人，正弓着腰缓慢前行。索朗老人觉得此刻自己的身子很轻松，当然，轻松的不止是身体。他看着前面的人说，甲央旺堆啊，我把我们的多吉送去上学啦，要是等到明年，怕是我都走不了冰河啦。他把达瓦的父亲当作甲央旺堆了。

索朗老人用拐杖撑住身体，那只坏腿在冰上划出一道弧线，他每走一步都要使上浑身力气。突然，脚下传来咔嚓一声，身子往下一沉。

多吉感到手里的照片也轻轻地一沉，眼睛被什么刺痛了一下，他揉了揉眼睛，看见蓝色闪蝶从照片里挣脱出来。它扑动着翅膀，轻盈起舞，在阳光照耀下，如此莹亮，那是如同冰河一样的纯净蓝色。

麦子秀了

1

一个瘦高的男人被母亲领了回来。这是母亲一大早去小官村桥头上挑的，说是挑，其实也只剩下这一个了。那些看起来精壮有力的早就被别人抢去。我能想象得出，站在桥头上的母亲畏缩而迟疑的样子，她在人群里会腼腆怯懦，一说话脸就红，这与她三十多岁的年纪不太相符。等别人挑剩了，母亲才会鼓起勇气走上前说一句“割麦吧”，声音细得像蚊子叫。

那个领回来的麦客很瘦，一副文文弱弱的样子，个头挺高，可对于割麦插秧这类弯腰的活计，个头高反倒不讨巧的，动作幅度要比别人大，自然也累得多。古话说，“高子门前站，不做都好看；矮子矮冬瓜，做死了无人夸。”这话是说个高的人比个矮的看着舒服、体面，另一层意思也指个子高的往往不及个头矮的人能干。这道理母亲自然也懂，但实际情况由不得她挑选。母亲不愿意再等，地里的麦子等不得。蚕老一时，麦黄一晌，一晌午工夫麦子就黄了，要是晚收几天，没准儿麦穗全炸裂在地里。

六月的麦田像六月的阳光，金灿灿的，密密匝匝的麦芒宛如丝丝缕缕的阳光刺得人眼睛生疼。麦子秀了，我们小官村的人不说“麦子成熟了”，而说“秀”，跟镰刀上的“锈”一样，有了金色和分量。布谷鸟叫头遍时，母亲就开始变得沉默寡言，一种即将收获的喜悦与劳作的焦虑同时交织在脸上，她整日抿着嘴唇，像是要憋出一股劲来。那一眼望不到边的麦田，叫庄稼人既欣慰又惧怕。你若在南方的乡村待过，一定知道夏收比秋收辛苦得多，割麦、脱粒、翻晒、归仓、播种、插秧，一刻都耽搁不得，夏收掉层皮，岂止是一层皮哩。

这一年，一群北方的麦客来到我们小官村。其实，以往也有过的，附近庄上的，少，两三个，割完一两家就没下家了。小官村的人是不请麦客的，而是村户之间进行换工，你帮我家几天，我帮你家几天，他们希望每株麦子都从自己手上经过，这样心里才踏实。当然，最主要的原因是舍不得那一点工钱。今年小官村不少人家都请了麦客，不知是手上宽裕了，还是北方来的麦客工钱更廉了。

小官村的人是不太愿意和我母亲换工的，母亲不是个干活的好手，她只会做一些缝缝补补之类的活计，力气小，做事慢，每当母亲下田，就会有人跟她开一开玩笑，嗨，杨桂芬，你又在地里绣花啦。母亲便不好意思地笑笑，像是做了什么亏心事。

那些年我不知道父亲去了哪里，每次问起母亲，她好半天都不说话。我不停追问，母亲才说，没了。

没了是什么？

走了。

走了是什么？

反正走了。

走到哪里去了？

……

我穷追不舍，母亲愣在一旁，像一个逃兵被我逼退到角落。她的脸色十分难看，五官慢慢扭曲。突然，母亲哭起来，蹲在地上，肩膀抖得厉害，身子很轻薄，如同一片纸贴在墙上。她张大嘴，为了不使声音发出来，竭力克制着，然后便不停打嗝儿，肚子里仿佛有无数气泡，一个追着一个往上涌。我吓坏了，小心翼翼靠过去，母亲一把将我搂住，脑袋埋在我的肩窝处。之后，我再也没问过父亲的问题，我害怕母亲一声接一声地打嗝儿。

2

母亲只舍得请一个麦客。那个被挑剩的男人正跟在母亲身后。

母亲给男人下了碗面便将他带到地里，眼前的麦田连绵起伏、层层叠叠，金色蔓延到河岸和坡地，简直要把小官村也要淹没了似的。男人顺着母亲指出的方向，认真地看着，仿佛用目光划出边界来。然后从腰上取下镰刀，立刻埋头割麦。

一亩地二十块钱，这是给麦客的工钱，也是事先谈好的。既然包给了麦客，小官村的人就不再插手了，麦客负责割麦，主人只管拉运、脱粒。而母亲不同，她还有些不习惯，无所事事地站在田头使她有点儿难为情，似乎不摸一摸镰刀，哪儿都不对劲哩，于是母亲也取出镰刀，弯腰割起来。

让我来割吧。男人转过脸对母亲说。

放心吧，工钱不会少的。母亲擦一擦汗。

男人支支吾吾，说不是这个意思，不是这个意思哩。

那就放心割吧。母亲头也不抬地说。

男人便不再说话了，他把所有的力气都用在对付这一捆捆的麦子上。他干起活来虽不及别的麦客泼辣，却很细致，割出的麦茬又矮又齐，捆出的麦把也很紧实，麦穗儿齐整整的，没有一根倒穗。

麦子被割倒在地，一片一片的土地裸露出原色，麦地又连成空旷的田野，广袤无际呐。母亲直起腰，看向前方，麦秸秆散发出的那种浓烈的呛人的气味，使她喘不上气来，她看着眼前这个陌生的身影正在麦浪里缓缓移动。母亲怔怔地立着，这一切使她有些恍惚，也有些感动。

傍晚时分，母亲收起镰刀先回去做饭，麦客的吃住是由主家负责的，午饭相对简单一点儿，由主家送到田里，一锅粥，几块饼。那时我已经七岁，能做一些力所能及的事了，送饭的事自然交给我。我到地里时，母亲也正收起镰刀，她想喊男人吃饭，张开嘴，却迟疑着，不知道喊什么才好。是啊，我们还不知道他的名字。母亲差我过去，我嘟着嘴，想了好一会儿才喊道，割麦子的叔叔。男人一愣，抬起头，眼角渗出一波笑意。他将镰刀放好，刀口朝下，跨过麦茬随我来到田埂上。男人坐下来，顺手从地边蒿草上折两段草棍当筷子。我也学他折一段草棍，他看见又笑了，挑出一根又直又粗的，将两根草棍来回摩擦，磨去毛刺后递给我。

吃完他又立即下田，母亲让他歇一歇，他便听话地站着，手却也不停闲，拢把干草，将镰刀擦了又擦。

晚上，母亲特意割了一斤肉。饭还没好，男人站在我家院子里，离开麦田他有些不知所措。他也是内向的人，话少，除了几句寒暄他和母亲都不知道说什么了。他在井边坐下，不知从哪儿翻出一块磨刀石，将镰刀在磨刀石上仔仔细细地趟。井旁放着一盆水，月亮倒映在水里，似另一把镰刀。每隔一会儿他将镰刀伸进盆里，没在水中，水面一晃，月亮便被镰刀割得碎碎的。月牙形的磨刀石上汪着水，却发现，这水里也汪出一个月亮哩。树影倾覆下来，灯光透过窗口落在他脊背上，“嚯哧”“嚯哧”，刀片与磨刀石发出的声音,以及屋里锅铲在铁锅里跳跃的哧啦声……每一股声音交织在一起，在小院里回旋着。

割麦子的叔叔，你的家在哪儿？我怯怯地问道。

很远很远哩，他说，又用手向北方一指，指完手掌并没有落下来，却在我的脑袋上摸了摸，问我多大了。我伸出一只左手，又将右手的食指和大拇指数出来。

七岁啦，他说，又说他家也有一个小女孩，跟我一样大哩。

也七岁哦，母亲小声地接话。

他点点头，说是哩，这是最小的一个娃。说起孩子，他的话明显多了一些，一共有三个孩子，最大的是男孩，叫平儿，今年已经十一岁了。说完他停顿了下，目光落在母亲身上，仿佛该轮到母亲说话了。母亲正在装饭，右手上的饭勺在碗尖上压了压，压实了才小声说道，三个孩子哦？

是哩，三个孩子，一个男孩，两个女孩。他对母亲说，又说老大叫平儿，很懂事，平儿除了学习不好，其他方面倒是很灵光哩。逮鱼、捉知了、采蜂巢，都是一等一的，村里的孩子没人比得过他。

这让我十分崇拜，便顺嘴地也称平儿哥，问平儿哥会不会打弹弓。他说，会哩，他自己做弹弓，用轮胎皮做，可有劲了，一打一个准。

晚上他睡在麦地里，这是他要求的，麦客一般都是睡在主人家的厢房或者堂屋的地铺上，但他坚持睡在麦地，说是正好看麦子哩。

几天后，我家的麦子收割完了，他没有立即赶往下一家，而是帮母亲把麦把一车车运到打谷场。他拉着板车，母亲在后头推着，也不说话。最后一趟，我跟在后面，他把我抱到车顶，让我坐得高高的，云彩离我近了，大片的田野尽收眼底。田野里只剩几个默默劳作的身影，路上没什么人，四周寂静。一截草梗卡在车轮上，旋转着，一路发出“吱吱呀呀”“吱吱呀呀”的叫声。

3

第二年麦子秀时，麦客们像候鸟一样准时到来，他也在其中。这一次，母亲没去挑人，他就自己来了，像是事先约定好的。

他带给我一只弹弓，说是平儿哥送给我的，我爱不释手，用绳子系着挂在脖子上。我说谢谢割麦子的叔叔。

我起初叫他割麦子的叔叔，后来简化成割麦叔叔，最后，就只剩两个字了——叔叔。

这是他第二次出来做麦客，孩子们越来越大，都等着用钱。麦客们在五月头上从老家扒火车一路南下，从江苏、山东、河北、山西，一路往回割麦，麦客是踩着金风走的，由南往北，自阳而阴，始终赶上开镰的日子。割到家门口时，自家的麦子也熟了。

叔叔少言寡语，放下蛇皮袋就开始割麦。母亲照例拿把镰刀跟在后面，她割得慢，像绣花针一样在地里一针一线来回缝着。两个内向的人很少说话，做累的时候便蹲在田埂上歇一歇。这时，他们其中之一会找出话题，简单聊两句，但也仅此两句。比如叔叔对母亲说，这块地不错哦。母亲便点点头说，是哩，不错哦。半晌，母亲说一句，北方很远哦。他也附和着，是哩，很远哦。

他们一列一列地向前割麦，从右到左，割上十几把才能前进一小步，他总是帮母亲的这列割去一点，使得两人能并肩前进。但母亲割得慢，很快又拉开距离。他割到头了，没有重新起一列，而是从母亲的对面往回割，他们相向而行，镰刀与麦秸秆发出的声音逐渐交汇在一起，“嚓嚓”“嚓嚓”，有了欢快的意思。

他们一点点地靠近，只剩瘦瘦的一行麦子横在他们之间了，镰刀像是探路者，最终，两把镰刀巧妙地错开。他将最后一把麦子割完，用力捆紧。两人之间变得空空荡荡，与整个大地连接成一片。母亲抬起头，她的腰已经累得直不起来，汗水将衣服糊在身上，她又被麦秸秆浓烈的气味呛得喘不上气来了。

晚饭时候，我们坐在桌子的三面，另一面靠墙。增添一个人，以及桌上多出的菜，突然显得拥挤且隆重多了。叔叔把肉往我碗里夹，说，正是长个子的时候。又往自己碗里倒上苋菜汤，汤汁裹住每一粒米，红艳艳的。他说北方没有这个菜，也很少吃米饭，红汤米饭怪好吃的。我偶尔问叔叔一个问题，都是关于平儿哥的。会爬树吗？会呢，爬很高。会做风筝吗？会呢，用报纸糊哩……这时母亲便打断我，先好好吃饭，吃完再问。

饭后，母亲刷碗，叔叔被我缠着折纸，他把纸铺在桌上，又收起来，说，上面字多着呢，这纸得用来认字。他去灶塘口抽出一小把麦秸秆，将它们剪齐。很多年后，我常常会回忆起那个场景，如同电影的近景镜头，镜头里是男人粗黑却灵巧的手在麦秸秆上翻腾，像变魔术似的一只蜻蜓便从那双手里飞出来。我捏着蜻蜓在屋子里飞得横冲直撞，蜻蜓头部因多次撞击硬物而瘪进去。我将蜻蜓递给他，在他翻飞的手指间蜻蜓不见了，瞬间又跳出一只虾。我又将桌面当作河面让虾缓缓游动，从上游到下游，从此岸到彼岸，最后，我又将虾停在叔叔手边。

夏收很快就结束了，与上次一样，只有短短的五天时间。我用了“短短的”几个字，的确，至少在我看来是这样。我也不再看到母亲脸上焦灼的神情了。麦子收割后，麦客们离开了，我们也要插秧了，插秧不像割麦那样要抢天时，母亲可以不紧不慢地像绣花针那样慢慢地干活了。

4

又一年夏收，麦子快要在地里炸裂了，麦客们却迟迟未来。小官村的人四下打听，毫无消息。人们聚在村口，或者围在梧桐树下，议论着，猜测着。有的人家已经拿出镰刀，磨了又磨，打算亲自对付这一眼望不到边的麦子。

没有人比母亲更焦急了，她整日将眉头锁在一起，嘴唇紧闭。她已经习惯把割麦的事交给别人了，习惯有人陪她一起度过难挨的夏收。

学校里这一年也放了忙假，仿佛体恤大人的不容易，让孩子回去帮忙做点力所能及的事。我们把书包背回去的那个傍晚，觉察出村庄里有一些异样，聚在村口的人不见了，村庄极其安静。我爬上大堤，一望无际的麦田跳入眼帘，原来人们都来到这里，麦田热闹起来，割麦的、捆把的、运输的、脱粒的，忙得不亦乐乎。

是麦客们回来了。

叔叔也来了，正在我家的麦地里割麦呢，地里除了他和母亲，还有一个十几岁的男孩，瘦瘦的，也正在割麦。男孩看见我，眯着眼睛打量一阵后，向我嗤嗤地笑，像个小大人似的说，嗨，这就是果儿吧。说着便丢下镰刀，向我走来，然后张开双臂大方地抱了抱我。

男孩正是平儿哥，个头比我略高，黑黑的脸上泛着红光，头发是卷曲的，如同一只钢丝球顶在脑袋上。这一年，他也做了麦客，跟着他父亲南下割麦，母亲要多付点儿工钱，叔叔不肯，说这孩子做事毛糙，割的麦子像被狗啃了似的，你不扣工钱已经算是对他的仁慈了。

阳光炙热，空气被成熟的麦子搅动得七零八落，四面滚动。我跟在平儿哥后面拾麦穗，他时不时扭头朝我笑笑，努努嘴示意我麦穗掉落的地方。他割麦的动作很快，像上足了发条似的，镰刀在麦秸秆上发出"嚓嚓"的清脆之声。

傍晚母亲早早回去，照旧打了肉，做了一大碗红烧肉，炖了蛋，烧了豆腐，还做了叔叔说"怪好吃的"苋菜汤。我们将方桌从墙边拉出来（只有过节才会这样），四个人填满方桌四个边，我的左边是母亲，右边是叔叔，对面是平儿哥。每当我抬头夹菜，都发现平儿哥正对我挤眼睛。他的眉毛离眼睛有点儿远，加上爱扬眉，总给人一副对一切都感到惊奇的模样。叔叔往我碗里夹肉，母亲也一个劲往平儿哥碗里夹肉，平儿哥又往我碗里夹肉，筷子在空中交错，我第一次发现吃饭原来也可以这么热闹。

晚上，平儿哥和叔叔睡在麦田里，我也要跟过去，母亲先是不允许，经不住我的软磨硬泡，母亲才勉强同意。

平儿哥对母亲说，放心吧，把果儿交给我放心吧。

我们用麦捆堆出一座“山”，再铺出一级级台阶，顺着台阶爬上去，躺在“山”顶。月色很好，照得麦秸秆莹莹发亮，星星硕大无比，仿佛伸手就能够着。鼻腔里是醇厚的草叶香气，耳边有阵阵蛙鸣，风在不远处的树梢上回旋，树叶发出“哗啦”“哗啦”流水一样的声音。

我们数着不同的声音，风声、蛙鸣、鸟叫，还有一种我说不出名字的昆虫。平儿哥说这是蝼蛄在叫呢。又说他们老家称蝼蛄为“兔兔狗”，别看这名字里又是兔又是狗的，其实不过一两个指甲盖大，跟蝈蝈差不多呢。“兔兔狗”常常钻进地里，地面会留下一个火柴棒粗的小洞眼。

我听得兴奋，问怎样才能将它弄出洞来。平儿哥说，用麦芒就可以，把麦芒伸进洞里，一边搅动，一边喊，“兔兔狗”啊，快上来吧，你妈妈喊你回家了。

“兔兔狗”能听懂人的话吗？我好奇地问。

当然能，平儿哥说，不过，要是它听得懂，出了洞一看，原来是被人活捉了，不知要多伤心呢，嗨，我们怎么能拿它的妈妈欺骗它呢，我情愿它听不懂人话。平儿哥皱了皱眉，继续说，所以我钓“兔兔狗”时从来不喊，钓上来后再把它放回洞里。

我央求平儿哥明天带我钓一次，我保证会将它再放回洞里的。

嗨，你听，平儿哥突然叫我别说话，听一种鸟叫声，他说这是躁鹃，叫声像是“我饿，我饿”，又像“可恶，可恶”，这是它在求偶呢，鹃占雀巢，可是个狠角色呢。

我饿，我饿——我学着叫起来。

可恶，可恶——平儿哥也叫道。

我们一边叫一边傻笑，又突然止住声音，竖起耳朵听着，鸟叫声渐渐没入在密林里。

麦地里也有别的麦客，有人小声地说话，也有人在哼唱，音调拖得长长的，从麦秸秆上一路溜过来——昨个儿祭镰今个儿走，关中道上赶场口。大麦黄了二麦黄，一年一恓惶——

我们又躺下来，平儿哥从身下抽出几根麦秸秆，若有所思地衔在嘴里。半晌，他说，麦秸秆真是好东西，青的时候可以当哨子吹，黄了之后有了韧劲，可以编各种玩具。说着他将麦秸秆掐去头尾，留下中间光洁的部分，两根一组，十字交叉，一头对折，压住另一组，再添上两根，再对折，压住。麦秸秆听话乖顺地扭动、旋转、飞舞，长长的麦秸秆在平儿哥手里一点点缩短。这双手多么特别，和叔叔的手一样神奇。

平儿哥让我伸出手来，他将编好的东西轻轻放在我手心。

天啦，是一座小宝塔。结实、精巧、玲珑，我将它托在掌心，借着月光细细端详。

平儿哥又用麦秸秆做了好多玩意——扇子、勺子、蝈蝈笼……麦秸秆在他手中像被施了魔法。

四下渐渐寂静，蛙声停了，月亮穿过云层，风歇在树梢。

五天的抢收结束了，麦子从地里到打谷场，再到粮仓。叔叔和平儿哥帮我们干完这些才离开小官村。临行前，我问母亲，平儿哥明年还会来吗？母亲还没来得及回答，平儿哥抢先道，当然会来，我现在也是一个麦客了。

5

春节过后，我就期盼着天气热起来，桃花开了，梨花开了，油菜花开了，杨花也飘飘扬扬。阳光一天比一天炙热，太阳照耀着逐渐颗粒饱满的麦穗，先黄了麦芒，再一点点往下，最后连麦秆也黄了。

我常常拿着一本书坐在晚春的屋檐下，书上印有一幅地图，曲折又细长的线条勾勒出一个个地名，阳光落在上面，金灿灿的。我猜测着麦客们到哪里了，他们可是跟着太阳走呢，日脚落在哪里，哪里的麦子就黄了吧。我的小手指随着阳光在缓慢移动，书上被我摩挲出一小块一小块的黑印。

端午节这天，麦客们来啦。这一天，还有四辆收割机也来到小官村，收割机从村庄的西头浩浩荡荡驶进来，车轮碾下的轱辘印，如同两道铁轨，一直延伸到麦田。人们踩着铁轨般的车轱辘印涌了过去，那些摸惯了牛背和镰刀的大手，落在收割机坚硬的铁质外壳上。

其实去年就有收割机来到我们这一带了，几户爱赶时髦的人家请了收割机，原本需要干一天的活，收割机一个钟头就完成，而且还省去了脱粒这道工序。

我们小官村的人都承认了收割机的省事和划算，队长家、王国权家、李二狗家、万三家……到中午的时候，已经有几十家预订了收割机，一台收割机每天可以收割一百亩地，四台收割机则能割四百亩，小官村的人想都不敢想，四百亩，要让麦客们弯腰驼背割多少天哩。

麦客们坐在河岸的一边，河岸另一边是一排收割机，仿佛对峙。收割机排成小队，它们的主人正在加水。河岸那边的麦客，他们刚刚走了很远的路，一副风尘仆仆的样子，腰上挂着的镰刀，散发着莹亮的光，意气风发。

因为还没有活儿可干，叔叔和其他麦客坐在一起，他们百无聊赖又万分焦急地等待着。

平儿哥给我送来一个小玩意，一只拳头大的玻璃瓶，这是他亲手做的，刚刚过去的春天，平儿哥在一家玻璃小作坊里干活。玻璃瓶呈水滴状，头部是黑的，有一点渐变。平儿哥说这个可以用来装萤火虫，玻璃薄，很透光，是一个小夜灯呢。瓶儿，平儿，有寓意吧。他还是很爱笑，眉毛高扬，仍然一副对一切都无比惊奇的样子。

这一年平儿哥蹿了个子，裤子明显短了，裤脚在小腿肚上悬着。人更瘦了，好像原本的骨骼和皮肉并没有生长，而是整个人被拉长了。

生产队长给母亲做了主，将我家的麦地包给了收割机，因为整个生产队的田亩户户相接，一起打包会划算一些。生产队长说村里几乎没有人愿意请麦客了，毕竟那样太费时又费事。母亲不说话，牙齿紧紧咬着嘴唇。

对于我家在河岸边的那一亩麦地，收割机提出要加价，因为地形不好，弯弯绕绕，很费工。母亲不同意加价，不但不愿加价，而且还要求降价。我第一次看到母亲倔强又固执的一面，她并不多说什么，只是咬着牙，坚持自己提出的那个数字。队长来调和，说这部分费用他来补，母亲直摇头，她说不是这个意思，不是这个意思。没人知道她究竟是什么意思，她把目光落在收割机上，仿佛是那个大机器惹恼了母亲。

最终，收割机不得不放弃那一亩地，河岸上的麦田只能人工收割。母亲长长舒口气，瘫坐在田埂上。

6

雨是在端午节那天下的，就在收割机和麦客准备下田的时候，先是飘过一点雨丝，大家没当回事，天气预报并没有说有雨，然而，雨丝越来越密，越来越重，很快就倾盆而下。

多数麦客已经离开小官村，他们要前往下一个地方，耗在此处也是白费工夫。叔叔和平儿哥留下来了，母亲的那一亩地还需要他们。下雨麦地里睡不得，母亲在堂屋给他们打了地铺，晚上我常常跳到平儿哥身边，囫囵着躺下，像两只开心的小麻雀，叽叽喳喳地有着说不尽的话。

叔叔和母亲也不去地里了，雨天无事可做。叔叔将镰刀磨了又磨，母亲则坐在缝纫机前，给平儿哥做裤子。我们坐在屋子里折纸玩，捉迷藏，讲笑话，母亲和叔叔并不参与，他们只是默默地看着，有时被我们逗笑了，“噗嗤”一声笑出来，似乎又觉得不合时宜，立即收起笑容，将眉头皱起。傍晚，透过雨帘看向外面，一个个烟囱里冒出蓝蓝的炊烟，艰难地向灰蒙的天空渗透，令人觉得空虚和不安，夜晚比平日更早一些到来，屋外暗了，青蛙没心没肺地叫，一阵追着一阵。我们迫不及待地跳到床上，仿佛只要尽快睡着，新的一天就会很快到来。

到了第三天，雨渐渐停了，一觉醒来，外面一片寂静，雨停了，却还是阴着，天空像一块吸满水的海绵，缀得极低，有种试探人的意思。豆苗抽发，韭菜一夜过来长出好高。屋檐的草，湿漉漉的，整日整夜地滴滴答答。叔叔把我们家漏水的屋面修了，又找出堆在厢房里的麻丝来，仔细地搓着麻绳。

我和平儿哥都憋不住了，趿上凉鞋奔向外面。我们先是去了大堤，雨后的把根草上尽是水珠，裤子很快就湿了。当我们转身回看小官村时，村子像是沉下去了。

平儿哥折下一截草递给我，说这可是他从前的玩具，叫节节草，学名叫木贼。可以将它的草茎拽下来，一节一节地重新变换位置呢。

我也试了试，的确，它的草茎竟是活动的。平儿哥伸手从一棵树上摘了几个花生米大的果子给我。这是朴树的果子，可以用它来做玩具枪，我们叫它普拉果儿。平儿哥说。

我们继续往前，一条小路撇开我们，往茂林深处而去，我和平儿哥也走入树林，树又高又密，爬山虎沿着树干一直爬到树顶，很壮观，也很神奇。我在小官村生活了十年，竟是第一次发现这些，蔷薇、金银花、覆盆子、紫穗槐……每遇见一株新奇的植物，平儿哥都要大声地向它们打招呼哩。我认识了很多奇奇怪怪的植物，知道了麦草有稗子，有麦家公，有野燕麦，还有猪殃殃。猪殃殃又叫“猪哼哼”，就是猪吃了会哼哼直叫，不是快乐得哼哼，而是疼得哼哼，因为草上有细细的芒刺哩。我还学会用菜籽荚做小剪刀，会用两粒菜籽捻出耳洞。

我们从树林钻出来时已是中午，但一点都感觉不到饿，平儿哥摘了许多覆盆子，酸酸甜甜，十分爽口。我们沿着电线杆在田埂上走，每遇到一根电线杆，平儿哥都叫我贴上去听一听，电线杆里有嗡嗡叫声，仿佛有人在里面念经。下午，我们又来到大堤下的水渠边，水渠蓄了水，几条黑灰脊背的鲫鱼在欢快游着。平儿哥让我帮他打一个水坝，从两头将水拦住，又找来一只坏塑料盆往外舀水。水渐渐浅了，个头大的鱼快要搁浅，平儿哥让我从一头慢慢往前赶，他从另一头往前赶。一条尺把长的鲫鱼伺机想冲出包围，在它扭动身体逃跑之时，平儿哥迅速扑上去，泥水溅得我们浑身都是。我睁不开眼，一边揉眼睛，一边问平儿哥，摁住大鱼了吗？平儿哥不说话，扬起眉毛朝我笑，他眯起眼睛，装作一副失意的样子，在我准备起身离开时，突然，他将那条大鱼杵到我面前。大鱼甩着尾巴，为了不使它逃脱，四只小手同时捉住它，泥水甩在眼睛里，甩进嘴里，我们咧开嘴大声笑着。

傍晚，我们回到家，叔叔仍在搓麻绳，仿佛我们离开到现在的时间并不存在。白白的麻丝和搓好的麻绳，像泡沫一样堆在脚边，要把人淹没了似的。

7

太阳晒了大半天，地面就干了，四台收割机同时驶向麦地，细长的烟囱冒出滚滚黑烟，在明净的天空里划出一道虚淡的黑线。小官村的人站在田埂上看着，脸上露出喜悦又惊讶的神色，他们这辈子都没见过这么大的机器，没见过这么大的车轮。驾驶收割机的人坐在高高的驾驶座上，对麦田有种审视的意味，半分钟前还长在地里的麦子，半分钟后已经脱粒完成，装进蛇皮袋。叔叔和母亲也站在人群中，被几个挤进来的脑袋分隔得很远。母亲微张着嘴，像是对什么表示不理解，欲言又止的样子，眼皮上毛细血管清晰可见，眼角处几根细细的皱纹蜿蜒着。叔叔也一动不动地立在田埂上，他的背驼了一点儿，像被什么重物往下一压。这个沉默寡言的人依然紧闭着嘴唇，目光跟随着收割机来来回回。

他们从人群中走出来，来到河岸上的那亩麦地。麦地呈C形，像一个臂弯将他们揽在其中。母亲割得很慢，仿佛握在她手里的不是镰刀，而真是一枚绣花针。叔叔依旧一丝不苟，一小把一小把收拾得干干净净。麦秸秆按部就班地归顺在他手中，他将割下的部分轻轻放在地上，将倒穗的掉过头来，一条腿半跪在地上，另一条屈膝压住麦把，他的动作认真得有点儿过分，仿佛要把每个动作掰成几部分来完成。

风浑厚又清澈地响着，麦田里吓唬麻雀的稻草人，僵直的胳膊被风吹得一动一动。白色蝴蝶飞过来，在稻草人额前恋恋地飞一会儿，又不得已似的，倏地飞开去，飞远了。河岸上的野花灼灼地盛开，顾影自怜着。几头吃草的耕牛，悠闲地甩动尾巴，收割机发出的轰鸣声引起了它们的注意，正在吃草的脑袋突然抬起，惊惶地望了过来。

这亩地足足花了我们两天时间，每个路过的人都会发出阵阵惊叹——麦茬短短的，齐齐的，像是用尺量过。地里干干净净，没有一根麦穗。麦把一样大小，齐整整地码在一角。需要花费多少时间和汗水，才能将麦田收拾得如此熨帖。

此时，麦田都已经收割完了，地里空了，让人心里也感到空落落的。

叔叔照例帮我们把麦把运到打谷场，推来脱粒机，使得麦粒与秸秆分离。天黑之前，一切都妥当了，麦草堆成草垛，麦子装进蛇皮袋。一袋袋麦子又被装上板车，叔叔拉车，母亲在后面推着，他们默不作声地走了一趟又一趟。

他们将最后一车麦子运回来，刚进村，却听见鞭炮“噼里啪啦”作响，原来村里有新娘子回门了。农忙时候成亲也真是罕见，若不是肚子大得遮不住谁会赶在这时候呢。几个刚从打谷场回来的人，将手上的农具杵在地上，静静地站在一旁看。因为要让道，我们的板车也不得不停下来，靠向一侧。

新娘双腿并拢，侧坐在自行车后座上，身子斜斜地探出去，似乎这么坐有利于观望前方。后座有放置脚的脚踏，但新娘没有踩上去，而将两只穿着红皮鞋的脚高高翘着，仿佛那不是脚，而是一对振翅欲飞的小鸟。

回门的队伍很长，又走得慢，好一会儿才从身边慢慢经过，他们每走一小段距离，便燃一串鞭炮，鞭炮声逐渐远去，母亲才回过神来。

叔叔继续拉车，起身时，一根坚硬的树枝故意作对似的划破了袋子，瞬间，麦子从袋子里飞泻而下。母亲赶紧用手去堵，可哪里堵得上，这时的麦子如同流水。叔叔也连忙上前，他们想揪住洞口，四只手慌乱地对付着，越施力，麦子流得越湍急。从来没有见过这么蛮犟的麦子，简直是在挑衅。

麦子流动时发出"噗——"的声音，像是谁在叹气。

他们伸出的手不知所措地杵在半空，四只眼睛茫然地望着这一切。直到袋子瘪了，水流才止住。

晚上母亲做了饼，正是用的那些麦子，她先将麦子洗净，倒进石臼里，舂掉麦皮，压成麦片，做这种饼只能用没有经过暴晒的麦子。

我和平儿哥负责烧火，叔叔舂麦，母亲做饼，每个人都主动担起一项任务。我们坐在灶膛口，两个小脑袋靠在一起，火光将我们脸上映照得红艳艳的。

麦片里和了面粉，打上两个鸡蛋，放些盐，再往锅里浇一圈油，油热之后，将麦饼摊上，等一面焦黄后翻个身，用锅铲压扁。饼煎好后，母亲用锅铲铲起，另一只手食指和中指指尖轻轻压住。我们先是分食了一块儿，咸淡适中。一面继续烧火一面伸长脖子往锅里瞧。

母亲将做好的饼分装在两只盘子里，她说一盘是给平儿哥和叔叔带在路上吃的。母亲的这句话才让我意识到他们就要离开了。是啊，那年我刚满十岁，对离别还没有太深的感触，当第二天清晨东方泛白，叔叔和平儿哥就动身了。我睡眼蒙眬地跟在母亲后面，送他们到村口。太阳还没出来，雾气很大，所有的景物都肿胀起来，比平时大了许多，像梦哩。

叔叔和平儿哥瘦瘦的身影却在雾气里越来越小，越来越淡。我突然想起什么，大声问道，明年——还会来吗？

没有人回答我，声音在四面回旋，我看见母亲立在白白的雾中，风把雾吹得一团一团的。

红鬃烈马

1

他们离开时，把马留了下来，拴在我的窗台下。我说的他们，是白天在草场割草的牧民。

马棕红色，毛很光亮，每块肌肉都柔和健美，蕴藏着某种力量。白天我就注意到它了，一直在低头吃草，风吹得鬃毛飞扬，阳光在马背上打出一道明丽的曲线。牧民离开不久便下雨了，那时天刚黑，先是细细的针似的雨丝，很快雨声渐强，落在草上沙沙作响。

我不知道下雨了马怎么办，淋雨要不要紧？我对此毫无经验，虽然这匹马和我没有任何关系，但此刻它就在我的窗台下，我不能视而不见。四周没有供马躲雨的地方，这是一片山坡，坡上长满牧草，也就是马主人的草场，草场大约八九亩地，用半人高的钢丝网圈着。草场旁是老巴的客栈，依坡而建，几间木屋供客人住宿。我所住的这间就在草场边上。

我去找老巴。老巴的女人和欧珠都在，老巴正在刨木头，盖木屋用的。两个女人在挑柳桦菜，这是北山红桦林里才有的一种野菜，只长在枯死的红桦树上。客栈不忙的时候，她们就伏在矮桌上专心挑拣。

老巴问，有什么事哦？说话时手上的刨子停了下来，两个女人也齐刷刷地看向我。

我说白天割草的人把马留下来了，现在下雨马咋办？

老巴说，没得事哦。欧珠也跟着说，没得事的。

虽然他们认为马淋雨没事，但还是跟我去了草场，我们借着手电光打开钢丝网门，走到那匹马身边。雨密密地落着，欧珠很体贴地在我头上撑了把雨伞。老巴在马背上摸摸，马抬起头，缰绳绷得笔直。老巴说自己也是牧民，放了大半辈子牛羊，下雨没事哦。没得事，没得事，这个雨没得事哦。他拍拍马背，像是安慰马，又像是安慰我。

从草场出来，他们把我送到木屋前，但没进去，在台阶上刮了刮脚上的泥就回去了。其实，我们什么也没做，马仍然在淋雨，我觉得他们刚刚的行为只是对我这个房客的尊重或顺从。我打开窗，黑漆漆的山坡偶尔传来马的一两声响鼻，我发现自己并没有因为“没得事”而减少担忧。

这一夜没睡好，淅沥的雨声让睡眠变得漂浮而不踏实。天亮后，立即跑出去，雨停了，草叶上覆着一层细细的雨雾。马精神抖擞地立在原地，看到有人来，两只前蹄交替着踢踏。

洗漱完去餐厅吃早饭，餐厅连着厨房，在另一个山坡上，并不太远。老巴出去了，开着他的小奥拓去捡客，他每天早上和傍晚都要到山口，看看是否能碰上打算住在山里的游客。当初我就是这样被他“捡”来的。

早饭是土豆和馍馍，土豆有拳头大小，连皮蒸熟，有时在火炉上烤一烤，欧珠会先给我倒一杯奶茶，递上蘸土豆的盐巴。

吃饭时他们也不说话，可能顾及我听不懂方言。几个人围着一张矮矮的木桌，凳子较高，这样上半身得弓着，脑袋凹陷在脖颈里，很虔诚的姿势。热烫烫的土豆在两只手掌里小心翻滚着，搓揉着，脸伸过去，呵着气，居然吃出了一点禅意来。

但今早不同，因为前一晚的事。大家似乎找到了一点谈资。欧珠问我早晨看见马了吧，是不是好好的？我说是的。欧珠笑起来，说，马不怕淋雨的。

我也笑笑，我想她不会明白我的担忧。欧珠大约十二三岁，头发很稀疏，在脑后编成一条细细的麻花，笑起来眼睛弯弯的，手臂上有一块扁长的疤，从颜色和形状上看，应该没过去太久。她看我目光落在上面，也歪着脑袋看了看，恍若沉思，转而问我要不要辣椒？

我点点头，她便迅速将辣椒碟子推过来。因为她和我口味都偏辣，所以便觉得与我之间有了某种亲近，每次开饭时，她会悄悄将辣椒推过来，冲我会心一笑。

开始我以为她是老巴的女儿，后来才知道是附近山里的，放假就过来帮忙，我问她老巴给多少工钱时，欧珠支支吾吾，说，她不要的。但做起事来一点都不马虎，我想她大概是为了逃避上山放羊罢了。

老巴的女人坐在矮桌的最外边，往往我们开吃了才慢慢走过来，慢慢拉出凳子，慢慢拿起土豆，再慢慢撕着皮，吃两口，又回到厨房，几乎所有醒着的时间她都在厨房里默不作声且慢慢干活，她好像有无穷无尽的活计，我想这跟她动作迟缓有很大关系。她瘦瘦小小，皮肤黝黑，像一块没发酵起来的荞面疙瘩，既不会讲普通话也听不懂普通话，所以她和我之间的对话都要别人翻译，当然，她也很少说话，只有在吃饭时才用欧珠教她的普通话对我说“次，次”，仅此而已。

早饭后，老巴回来了，一无所获。他这做法有点像打鱼，我这么想的时候仿佛看到老巴手中提着一张无形的网，正水淋淋地从河里爬上岸。他的客栈在北山深处，属于天池村，一共七、八户人家，散落在山坡上。来这里住的人极少，即使有，也都是自己开着车，看完风景又开着车出去，并不需要住宿，如果没有老巴每天去山口守株待兔，估计这些小木屋常年都是空的。尤其是气温下降，在山口能“捡”客的机会少之又少。我就是那少之又少中的一个。

现在，我是这里唯一的客人，这种感觉奇怪又微妙，好像我的存在才使他们所做的一切具有意义。我发现他们对我有种超乎寻常的热情和周到，这种热情里带有怯懦和一种不知如何是好的紧张。按照以往经验，这个时候应该还有客人入住，再过一个月，山里下雪了，那时真的就不会有人来了。雪越下越厚，直到来年五月才融化，所以客栈也就在五月至十月经营。

2

这一天的写作很不顺利，写了194个字，删掉227个字，得了个负数。陆非发信息来，说扬城南绕城的高架暂时无法通行了，高速口封了，现在能进城的只有蔬菜运输车，他说他联系到一个山东司机，问我愿不愿意跟他的蔬菜车混进来。我的脑袋浮现出一幅画面——我坐在土豆茄子南瓜西红柿堆里，我和蔬菜相依为伴。还没来得及回答陆非，他又发信息说不行不行，司机回复说带不了，时间上不凑巧。陆非骂了一句，真是操蛋，又说自己上个礼拜还能开车到各地送货，这周就被困在家里了。说完他停顿下来，突然而至的情况让我们都措手不及，我没有说话，的确，不知道再说点什么，但我们都没有挂断电话，可能忘记了，反正有大把大把的时间用于沉默。

我是来青海出差，准备回去时，交通受阻。城市摁下暂停键。既然不能回去，不如找个省钱又省心的地方呆着。我在百度上搜看附近的牧场，然后就来到了北山。我并不喜欢山，觉得山遮挡了视线，不能远眺，而喜欢辽阔的海，沙漠，或草原。以为北山只是牧场名字，没想到北山果真是山，重重叠叠。

老巴说，这也是牧场嘛，这儿的人都是牧民，山牧民。牧草长在山坡上，牛羊就在山坡上吃草。他说山牧民辛苦多了，比草原牧民辛苦得多，收入也低得多。

有一年山体滑坡，牧草被泥石流覆盖了，第二年草长得不好，牛羊都要赶到几十里外的山上吃草，受大罪了。到第三年他就学着别人搞起客栈，建几间木屋，木屋不大，很简陋，只有一张床和简易卫生间，以及一根树干做的衣架。房费也低，四十元一晚，加上白天的三餐伙食费十元，共计五十元。这对困在此处的我来说，已经十分仁慈。

晚饭时，老巴告诉大家一则从山下传来的消息。他用的是方言，声音很小，但我仍能从一些字音和他们脸上泛起的某种难以言说的表情猜出一二——有一群美术学院的学生将来山里写生几天。

确定是来天池村吗？欧珠小心翼翼地问。

是的，老巴回答。

五十几个人？

老巴又点点头。

很快他们便忧虑起来，这么多人怎么入住？他们说以前也有过，当然没这么多人，学生们要求打地铺，几个人挤在一间木屋，这样还可以节约费用。给他们铺上干净的牧草，夜里就不至于太冷。但现在人数多了，除去我住的那间，还剩六间，六、七个人挤一间木屋里，即便这样，还有十来个人没有着落。

我不知道学生们哪天到来？住多久？他们青春，充满朝气，我想象着学生们像小麻雀一样叽叽喳喳挤在一起，在山顶，在河边，在红桦林里……北山从来没有这么热闹过吧。但那么多小麻雀们怎么住得下呢？我也在脑子里计算着，即使我把房间让出来，欧珠把床铺腾出来，也无济于事的。

老巴他们还在小声商议着，争论着，伴随着激动和担忧，眉毛皱起，又展开，再皱起，直到我离开他们都没想到更好的对策来。

我沿着进山的小路向前走了会儿，溪水在红桦树林里潺潺流过，另一侧是山坡，平缓的地方牧草疯长，而陡峭一点的地方种着松树。我从没有爬上山顶，看一看山那边的景色。老巴曾建议我几次，说山顶风景不错的，要是上山，沿着那棵树向上走，通往山顶有一扇木门，记得随手把门关上，别让那些不懂规矩的牛羊跑进来，把牧草吃光哩。

来之前我也在网上看过一篇关于北山的攻略，攻略上特意写到了“福泽地”——老巴的客栈名字，很吉祥也很直白。攻略里还写到他的儿子桑吉和牛，桑吉每天抱着热水壶给房客们送水，问他几岁了，他就伸出小黑手掰出三个指头来。大家笑问，三岁啊？他也跟着笑，又把两只手展平。十三啊？他才点点头。问他上学了没有，他就用含混不清的普通话回答，县里，明年上了。有一天晚上母牛分娩了，房客们都跑过去看。小牛犊是花的，白色牛身上有几块黑色斑点，有一块黑色正好落在嘴上，像抹了厚重的黑色口红。大家都拿出手机给这头黑嘴牛拍照，这时桑吉走过来，说他也想拍照。他走到小牛犊身边，蹲下，手里还抱着一只胖胖的热水壶，大家便发现这个小男孩瘦瘦的，比热水壶胖不了多少。

太阳已经跑到山那边，天色突然暗下来，红桦林在暮色中变得沉郁。转过一个弯，就看见那块卧石了，这是红桦林边上的一块石头，有床那么大，很平整，欧珠称它为卧石。卧石上有一个黑黑的东西，一动不动的，起初以为是牛，走近了才发现是老巴。

我是个比较内向的人，平时害怕与人搭讪，所以没有走过去，而是爬过一个山坡绕过了他。

回到木屋，发现马还拴在那儿，周围的草被马蹄踩平了。前一天割的草被卷成绳状挂在木架上，晒干后以备牛羊过冬。这一天，它的主人没有来，或许有别的什么事耽搁了。以昨天的进度，他们还得一个礼拜才能割完。草已经开始泛黄，倒伏在地上。

3

老巴连续几天没有去山口捡客了，他要紧锣密鼓地建造木屋。对于学生们的到来，没有比这更好的方法了。

木屋建在我所住那间的北面，只要从窗口探出脑袋，就能见着。

木屋用的是榫卯结构方式，这种凹凸部位连接的传统手艺居然在深山里流传下来。我问老巴怎么会木工的，在哪学的手艺？老巴嘿嘿笑笑，说慢慢琢磨哦，粗糙得很。

欧珠给老巴打下手，她脱掉外套，脸上被太阳晒得油亮亮的，一趟趟扛着长长短短的木头从我窗口经过。她大声说话，或对着牛羊吆喝一声，有时又轰地笑起来，好像有意要让我听见。

写不下去的时候我就趴在窗口张望，看老巴用榔头将榫头一点点敲进榫眼。榔头与木头撞击发出的喀喀响声，在山谷里回荡，这样的声音让马儿停止吃草，它惊惧地抬起头，长鸣一声，然后若有所思地看着远处。

我想出去溜达会儿，经过草场往山下走，没多久就到山脚，一条石子路沿着小溪蜿蜒向前，路的一头通向二十公里外的山口，一头连着山顶的天池村。越往上越气喘吁吁，我说过，我不喜欢山，尤其是这种四面环山的景象，有一种被隔绝和悬置起来的感觉。

山路曲折，一条小溪伴着山路急急地流过，树林里有长满苔藓的大石头，野草从石缝里冒出来，牛羊们在树林里吃草，三三两两地顺着溪水向前走动。

我把手机放在草地上，脑袋昏昏沉沉，牛犊跟着母牛们，它们无心吃草，一边躲在母牛的胯下，一边好奇地看着我这个陌生来客。我突然有点想念母亲，她一个人在扬城郊外的村里。我原本想从青海直接去母亲那儿陪陪她，但不断被告知交通不畅，暂时不允许进入。

闭上眼睛，阳光覆在眼皮上，耳边有牛吃草的声音，它们在一块石头下找到一堆发了芽的土豆，土豆在它们嘴里发出爆浆的声音，卡崩，卡崩……

我睡着了，狠狠地睡了一觉，醒来太阳已经偏西。从石头上坐起来，一阵恍惚。做了很多梦，梦里总是在奔跑，浑身疲惫，有一个梦是自己回去做志愿者，但没被允许。于是很多人追我，树木往身后跑去，每棵树都光秃秃的，一点绿色都没有……

我站起来，红桦林里的牛多了一些，不知道从哪儿跑来的，牛和驴、马都属马科，都是长脸，马脸很英俊，驴脸看着很呆，而牛脸看着却十分憨厚，所以我对牛有种天然的亲近。

实在没什么事做，我便从毛色上找出母牛和它的牛犊，黑色的母牛和黑色的牛犊，白色的母牛和白色的牛犊，黄色的和黄色牛犊……突然，我看见一头嘴上有一块黑斑的牛了，黑斑不大不小正好覆盖在嘴唇四周。是的，黑嘴牛，我清晰记得那篇攻略里这样写道：当它抬头一动不动看着我时，总感觉它是在向我炫耀它的黑口红。

我有种莫名的兴奋，或许是因为无聊，我跟着牛群慢慢沿着小溪走了很远很远。回来时，差点迷路，当看到那块卧石时才辨别出方向。我也在石头上休息片刻，石头扁平，像一张恰到好处的床。这处视野极不好，既不能看见草场，也不能看见前方的山路和小溪，更不能从两座山之间眺望远处金色山峰。但我常常看见老巴坐在卧石上发呆，谁知道他在看什么呢。

回到客栈，太阳已经翻到了山那边。马的主人仍然没有来割草，草场里还是上次割过的痕迹，晾在架子上的牧草已经不再支楞着了，妥帖地垂了下来。马立在山坡上，鬃毛随风飘动。

他们不来割草了吗？我走到老巴那儿问道。

会来的哦，老巴回答我，他正骑在一根木梁上，木梁架在山墙上，山墙也是木结构的，尖尖的，像另一座山。

已经四天了啊。我看着草场感叹了一句。

大概有别的什么事耽搁了吧。老巴停下榔头。

可是——我撇了撇嘴，慢慢往木屋走去，有什么事比一匹马还重要呢——

4

早晨起来，窗玻璃上氤氲了厚厚的水汽，细细的水珠汇合，流坠，在玻璃上拖出长长的尾巴。气温降了很多，草色又深一层，山坡下的那片红桦树，从我刚来时的深绿转为草绿再逐渐变成淡黄。时间在树叶上流转。远处的山顶更秃了，我怀疑有一座闪闪发亮的地方是雪，但老巴否定了，他都不需要看一眼就对我说，还有一个月才会进入雪季，那时，就真的困在山里了。

我早早来到餐厅，坐在火炉旁，他们把最暖和的位置让给我。火炉是牧区毡包里常见的那种，燃料是晒干的牛粪或羊粪，炉上搁着茶壶，酥油茶或奶茶冒着滚滚热气。欧珠给我倒了一杯，朝我笑了笑。这些天吃饭时我们也开始简单交流了，主要是老巴将手机新闻打开，和盛着酱菜的碗放在一起,也像一盘调味菜。大家一边专心致志听新闻，一边等待土豆烤熟。我们都是比较沉默的人，即使其中有谁突然说了句话，那句话也只是像一片孤零零的树叶在空中轻轻划过，落向静止的湖面，并不会引起一点波澜。

炉子上的水壶开了，奶茶从壶口溢出来，落在炉面上，发出噗嗤的声音。我一阵恍惚，像是做梦，不知道自己为什么会在这里。

欧珠起身将我的杯子加满，又给其他人续上。我再次留意到她的疤痕，趁老巴夫妇去厨房的时候，我问欧珠这是怎么回事？欧珠抬起手臂看了看，又垂下，一直将手臂藏到桌下，她淡淡地说，我们，有一次爬红桦树时摔的……

你和他们吗？我指着厨房里老巴和他的女人问。

欧珠摇头说不是，手指在疤痕上一遍遍抚摸着，不再说话了。

我总觉得欧珠有一些小秘密，或者是属于一个孩子的秘密吧，但我又是一个不喜欢打听的人，我的好奇或许只源于写作需要。我没有再问，而是继续喝着奶茶，倒是欧珠，转过身问我结婚了没有？

结啦，孩子都有了，我回答。

男孩女孩？欧珠接着问。

女孩，跟你差不多高。

欧珠睁圆眼睛，露出惊讶又惊喜的表情说，我十三了。

嗯，那比你还大得多。我抿了抿嘴唇，突然想起手机里女儿大段大段委屈的信息。我也不知道如何劝慰，心里倏地一沉。这些天，我总对女儿和陆非进行安抚，说有情绪就朝我发泄吧。而我自己的情绪呢，却不知道如何处理。

欧珠说我看着很年轻，没想到孩子这么大了。

不年轻了，四十七了，我说。

嘀，欧珠很意外，说我比她阿爸阿妈大，比老巴他们还大，可我比他们年轻。

我笑笑，权当是一种礼貌和客套。我想到老巴的儿子了，按照攻略上的时间计算，今年也应该十五岁了，便问欧珠，老巴的儿子多大了？

欧珠突然一愣，眉头缓缓拧到一起，她没有回答，却和我说起她养的一头羊驼。羊驼你知道吗？她问。

当然知道，在动物园见过。我说。

欧珠说她的羊驼不在动物园里，她的羊驼和牛群一起在她家草场吃草呢。

它几岁了？我发觉自己对此充满了好奇。

六岁，欧珠说。

这回轮到我惊讶又惊喜，哦，这么大了，应该很高了。我环顾四周，看看能不能找个参照物，立即便看到门后有钢笔画的刻度，一笔一笔描粗的印记，很明显，这是一个孩子慢慢成长的记号，从八十公分，九十公分，一米……一直到一米五五，但刻度停止在那里，没有再继续往上爬。我指了指最上面一根刻度，对欧珠说，羊驼有这么高吗？

欧珠转过去看了一眼，脸色突然变了，连忙掉转头看厨房里的老巴夫妇。她没有回答我的问题，而是站起来问我要不要再添点奶茶。

5

我们是在吃早饭时才知道要下雨的，准确地说，是从天气预报里得知，傍晚降雨，夜里将转成中雨。山里的气候变化很大，我已经习惯在艳阳高照时接受突如其来雨的洗礼。老巴说，这时候的雨是引子，说不准就能引来一场大雪呢。

木屋还未完工，为了赶在落雨之前，他们都停下别的事儿紧锣密鼓忙于建设。几个人在离我不远的地方干活，或者扛着木头经过我的小屋，木头不小心碰到或撞在墙角时，木屋便产生一点小小颤动。我写不下去，当然不是因为这些，而是自己内心不够平静，或者是过于平静了，竟然不能对正在创作的小说产生任何一丝波澜。

我合上笔记本，从木屋出来。他们正合力将一根粗壮的木梁架上山墙，我在旁边看了会儿，也加入他们的队伍。

我们分了工，老巴、老巴的女人，还有欧珠，分别坐在两个山墙上，我在下面将木梁两头系上绳子，他们在上面拉，我在下面托举，木梁缓缓上升，速度不能快，一旦快了，它便卡住或撞在墙上，慵懒又任性。当我们对付第三根木梁时，已经很有经验了，木梁温驯多了，这时也不觉得它的粗壮，而是轻盈，轻轻一跃，便坐落得恰到好处。

木头是杉木，刨了皮后刷了一层薄薄的清油，我很久没有闻见木头的香味了，这个气味在记忆深处，停留在小时候爷爷做板凳或桌子时的堂屋里。那时候村里有木匠，漆匠，瓦匠，篾匠……但只有木匠令我刮目相看，不仅仅因为这个工种最干净，而是工作内容。木匠更接近艺术家。所以，此刻，老巴在我眼里就像艺术家一样。当我们把最后一根梁架上去后，大家都松了口气，坐在山墙上休息起来。

太阳刚从东山升起，正竭尽全力地散发出光芒。坐在山墙上的他们，笼罩在金色的阳光里，那一瞬间，我想到《肖申克的救赎》中的画面，安迪为狱友们争取到啤酒的那个早晨，他们坐在天台上，阳光洒在肩头，多么安详和静谧。

木屋是在傍晚前完工的，那时雨还没有到来，我们趁太阳落山前去山里找点蘑菇，以解决很久没有蔬菜的苦恼。欧珠走得最快，毕竟年轻，她也越来越活泼了，不过，她的活泼只表现在四肢上，嘴仍是木讷的。她跑到前面采了一点柳桦菜，兴奋地跑回来，放在老巴女人的手掌上。她们一同把柳桦菜上的草和木屑去掉，两个脑袋靠在一起。做完这些欧珠又跑出去了，老巴女人在后面缓慢地走。

山顶长着柏树，对于树，老巴话也多起来，他告诉我，山的阳面生长的多是圆柏，山阴多是云杉、杜鹃和红桦，这些都是耐阴的乔木和灌木。这是草木的智慧。

那场雨是和我们一起到达木屋的，雨丝很长，像一缕缕银色的草飘散下来。马正一动不动站在雨里，我们已经不关心草场主人为什么不来了，我们只关心马，有时是老巴，有时是我，有时是欧珠，我们每天心照不宣地为马挪换地方，确保它时刻都能吃到新鲜的牧草。有一次，老巴把缰绳松了，马在草场里奔跑了一下午，疯了一样，它矫健，剽悍，雄壮，四蹄翻腾，像在逃离，又像在追赶什么，顺着脖子拖下来的长长鬃毛跳跃着，飞舞着，我们都被那团红色吸引了，甚至担心它会不会就这样永不停息奔跑下去。马蹄声富有节奏，像敲击的鼓点，高亢激越，在山谷里回荡。后来，马蹄慢了，它跑到老巴身边，将脑袋迎上去。老巴在马脖颈上抚摸一阵，和那个下雨晚上说了同样的话，没得事，没得事哦——

天黑时，我打开钢丝网，来到红鬃马身边，想将它牵到我的屋檐下，但它一动不动，蹄子不愿跨出草场半步。我站在雨里跟它说了会儿话，大概是——你力气大，我拉不动你，要是雨大了，你就自己跨过钢丝网，来我的屋檐下躲会儿，当然，你进到屋里来也没关系，我会很欢迎。

我倒是希望它半夜进来躲雨呢，我甚至想象着它推开门后的情景，也像现在这样一声不吭地站着，当然它不会躺在地上睡觉，更不会坐下来，那时我或许正在为难以推进的小说焦头烂额，马一定就像现在这样站立着，像熟知这世界所有秘密的智者一样俯视着我。

6

雾气很重，草场上散发着湿润甘甜的气息，水雾凝结在草尖上，树影绰绰，小河无声无息划出一道弯曲剪影。红鬃马立在草地上，它的身段俊朗，脑袋低垂。我走过去，它的红色鬃毛淋湿了，一缕一缕的，我想靠近它，它却慢慢向前走动。雾气吞没了山，树林，木屋，只剩下我和它，被四周的白色包围。我将手伸过去，轻轻触碰着光滑的马背，它继续向前，踢踏，踢踏，马蹄声短促，渐渐，踢踏声紧凑了，恍若粘连在一起。它跑动起来，抖动着鬃毛，四蹄腾空，如风，如电，奔向茫茫雾气之中。

我从床上坐起，才明白刚刚只是一场梦，那只抚摸红鬃马的手，仿佛还是潮湿的。

学生们并没有如期而至，我不知道是哪里出了问题，他们临时有事来不了了？还是老巴听错了消息？似乎我比老巴更关注这件事，我多么希望他们像山雀一样点缀在这山坡。这么想并不说明我是一个喜欢热闹的人，恰恰相反，我习惯安静。但他们的到来至少使我不再是这里最后且唯一的房客。

我们都陷入一种无休无止的等待之中，这样的等待看起来安然无恙，如同静止水面，但水面之下却是湍急旋流。我发现老巴不去山口捡客了，仿佛他十分坚定学生们必将很快到来，白天他常站在山腰上朝远处看，有一次，远处有模糊的黑影蠕动，以为是学生们来了，他立即返回木屋，进门时还被门槛绊了一跤，双手不知所措。他把一头卧在路边的小牛犊赶走了，一边扔着石子一边骂骂咧咧。当远处的黑影逐渐清晰，能够判断是一群马而不是人时，老巴才如释重负。

有时，老巴爬到木屋上，拿着榔头四处敲一敲，俯身侧耳在榫头上听一听，好像对木头们极不放心，榔头的声音沉闷，带着力道，仿佛不是要把榫头死死敲进去，而是要从木头里剔除掉什么。

我们最先等来的不是那群学生，而是关于一场雪的消息。

天气预报说雪将在一个礼拜降临，让人感觉雪正从远方奔赴而来，一点一点抵达我们的木屋。

几天后，老巴要去一趟西宁，据说是去省人民医院办个手续什么的，我也只是从他们断断续续的对话中得知的。他还要在山下顺便问一问那些学生到底来不来了，因为山里很快就要迎来雪季。

我仍然写得艰难，小说人物在变化的情节中变得不受控制，我甚至分不清是人物导致情节的变化，还是情节的走向使得人物出现意料之外的命运。我每天呆在餐厅里的时间越来越多，火炉旁的位置是我的，即使我不在，他们都会将其空出来。我们一杯一杯地喝茶，喝完斟满，再喝完，再斟满，我曾仔细观察并计算过，我们说话启动嘴唇的次数都不及喝茶抿嘴的次数。水汽让我们之间变得虚幻，有一阵，竟恍惚起来——我为什么在这座山里？为什么在山里的这个火炉旁？我看着欧珠，还有老巴和他的女人，他们的脸都模糊了，像在晨雾中慢慢走散。我撇过脸，忽然又看见门上的刻度，它在蒸腾的热气里变得十分醒目。

陆非很少给我发信息了，好像也进入某种疲沓状态，他说每天困在家里，时间花也花不完，对于一个从事物流运输的人来说，从前的时间跑得太快，是大江大河，是奔流直下，现在却是屋檐下的冰凌子，凝固起来了。他常常在傍晚醒来，难分晨昏，时间突然融化开来，像大海一样让他有淹没之感。他说今天终于可以出门，但不允许走出楼栋，他在夜半时分去了地下车库，因为突然想起货车车厢里还有六百多斤鳊鱼,这是他最后一趟送货,还没出市区，就被限行了，他不得不回来，将货车开进自家车库。他让我猜那些鳊鱼怎样了。

死了，我回答他，无非是臭气轰天，腐水淌了一地。

唔，你猜错了，陆非更正我，他说鳊鱼全部浮在水面上，挤挤挨挨的，头朝着同一方向，扁圆的肚子全部翻平，在灯光下亮闪闪的，像无数面镜子。

挂完电话很久，我的脑海里仍浮现着鳊鱼的画面，我在那半截小说里艰难刨出几个字后便关了电脑。

沿着山路没走过久就看见那块卧石了，老巴正坐在上面，他的身子佝偻着，从远处看，像一个问号。我走近时，他都没发现，直至我喊了一声，才吃惊地抬起头，站起来，烟灰抖落在肩膀上。

散步哦，他向我问好。

到处走走，我说。

他朝我笑笑，不知所措地四下看着，好像不知道再说点什么了。

你经常坐这儿吗？我问。

哎，哎，他点点头，又摇摇头，坐这儿，这儿很安静的，真的，坐在这儿很安静的——

我跨上石头，也盘腿坐下，石面呈梯形，很平整，给人踏实之感。风收住了，四周寂静，一切都像凝固了。

那群学生还会来吗？我突然调转话题问道。

啊，他愣了一下，说，不来了吧。

不来了？我问。

哎，哎，不来了。不来也好，不来也好。

我不知道此时该说点什么，在石头上又坐了会儿，实在找不到什么话可说便起身离开。回到小木屋，欧珠来找我，这是这些日子以来她第一次敲门，也许表达一种礼节，我发现她收拾了一番，头发用酥油服贴在头皮上。我请她进屋，她问有没有打扰到我，我说没有，坐下后她很久都没说话，只是看着我的电脑发呆。

你每天呆在屋子里不难受吗？她问我。

不难受，我说。

哦，欧珠似乎有些失望，她走到窗口，我也走过去，窗户正对着草场，远处的草尖有白色的东西，以为是下雪，再一看其实不是，一种兴奋和沮丧的感觉同时在我心底升起。

你想念你的家人或朋友吗？欧珠又问。

我想了想，说，当然想念。

我也是。欧珠迫不及待附和道，那么，你想念他们的时候怎么办？

我愣住了，这个问题对现在的我来说是个难题。

7

我几乎把白天的时间都给了牛群，有一次，随它们跑得太远，以至于都迷失了方向。黑嘴牛总是愣愣地看我，也许我的身上还有来自山外的陌生气息。它们一边吃草一边往山上走，坡度很陡，对于四只脚的它们不是难事。那片是山阴面，红桦树和白桦树相伴而生，两种桦树有着不同的性格，白桦被砍伐后会从根部萌蘖出许多新枝长大成林，肩擦着肩，手攀着手，像亲热的一家人，组成一个生机盎然、兴旺发达的大群体。而性格孤僻的红桦没有这个功能，总是孤零零地在一旁自由生长。

不知道不觉中，我已爬上山顶，这是我第一次登上高处，远山如黛，逐渐消失在云雾中。近处的山坡被植物划分出不同色块，赭色，枯黄，深绿，熟褐……让我想起小学生们惯用的那个毫无想象力的比喻——调色盘。山下蜿蜒曲折的石子路在调色盘中若隐若现，这是通往山外的唯一的一条路，沿着它就能走出北山，走向城市的喧嚣之处。

我向坡下看去，发现草场里的草已变成了淡紫色，不禁惊讶一声，四周的山坡都有了很大变化，这些天对景色的疏忽，绿色早已逃遁。

从这里看木屋只有火柴盒大小，新建的那间十分醒目，不像别的有了年份的木屋像被风雨盘出了包浆，呈焦黄色。新的木屋颜色娇嫩，宛如山坡上开出的一朵纯净小花，那么娇小和柔弱，显得与这个颜色深重的世界格格不入。

前一天欧珠来我木屋，我把鳊鱼的事当作笑话讲给她听，她却很难过，好像这是她听过最令人悲伤的童话故事。

都死了吗？

是的。

静止在水面上？

是的。

像镜子一样吗?

嗯嗯是的。

……

我们沉默了很久，肩并肩站在窗前，风吹着哨子，从山顶滚落下来，跌跌撞撞扑向木屋。不远处的红鬃马，颜色那么纯正，浓烈，像一团火，快要把整个草场点燃似的。我们就这样目不转睛看了会儿，欧珠突然对我说，门上的那个刻度，是桑吉哥哥的——

哦。我想起那个抱热水壶的男孩，但尽量表现出一种平静。

他不是我的哥哥，啊——欧珠为了表述清楚又补充道，他是他阿爸阿妈生的，我是我阿爸阿妈生的，可是，他就像我的亲哥哥——

我喜欢跟着他玩，我们去红桦林，红桦树的皮可以撕下来写字,桑吉哥哥说他去县里上学了就用这个给我写信。他去县里前，我们几乎每天去红桦林，有一次我想把一块漂亮的皮撕下来，不小心从树上摔下，坚硬的树枝把手臂划破了。

欧珠把袖子压了压，我知道，那道疤痕正逶迤在这儿。

红桦林边上有一块卧石，每当我找不到桑吉哥哥时，去那儿准能找到。我们坐在卧石上听各种声音，桑吉哥哥说世界上所有东西都能发出声音，羊，牛，小溪，树，草籽儿……真的，我们还听到过石头的声音——

我想起坐在卧石上的老巴，但我没说话，等待欧珠继续说下去。

他刚去县里就死了，被汽车撞的，去寄信时被撞的……

哦。我一阵语塞，不知道如何掩饰自己的惊讶，我想起老巴去省人民医院的那天，因为路程远，当晚没有赶回来，那晚他发了微信上唯一的一条朋友圈——是一张照片，从省人民医院高楼俯瞰下的车水马龙。

我从山顶下来，天色已暗，暮色仿佛从地下生发出来，在山涧中浓浓淡淡。

经过草场时，我发现马不见了，原先拴它的地方草已经踏平。可以确定的是，草场主人没有来。

那么，马去了哪里？

我愣在马站立的地方。

我掉转身，迅速往红桦林跑去，或许在那儿能找到。

山谷已经漆黑，然而天空却是暗红色的。我跌跌撞撞——绝没有夸张的意思——脚下隆起的石头越来越多，阔叶植物覆盖在石头上，让地面有了谜一般的起伏。

我打开手机电筒，银白的光胆怯又短促，在密林里闪烁其词。穿过一片红桦林，跨过溪水，向另一片红桦林走去。

月亮出来了，如同薄脆纸片。数不清的树木漠然看着我，或许有些敌意，月光筛过枝干，洒得地面一摊灰一摊黑。

我发现身后也有光束，和我手中一样，来自于手机，是老巴他们。

月亮已经转到另一边了，树影改变了方向。我们仍然没有找到马，黑暗局限了视线，我发现自己多么不喜欢夜晚，无论它多么暧昧，多么浪漫，多么富有暗示性，我还是喜欢日光胜于月光，喜欢令人目眩的阳光。

继续向前，孤零零的红桦树在黑暗中连成一片。老巴，老巴的女人，欧珠，还有我，已经走到一起了，我们深一脚浅一脚地在石缝中前进着，彼此之间并没有说话，只有光束与光束在前方偶尔地问候。

图书在版编目（CIP）数据

子弹穿越南方 / 汤成难著. -- 上海 : 上海文艺出版社，2025. -- ISBN 978-7-5321-9144-4

Ⅰ. I247.7

中国国家版本馆CIP数据核字第2024HA4745号

责任编辑：张怡宁

封面设计：钱　祯

书　　名：子弹穿越南方

作　　者：汤成难

出　　版：上海世纪出版集团　上海文艺出版社

地　　址：上海市闵行区号景路159弄A座2楼 201101

发　　行：上海文艺出版社发行中心

上海市闵行区号景路159弄A座2楼206室 201101 www.ewen.co

印　　刷：苏州市越洋印刷有限公司

开　　本：1092×787 1/32

印　　张：11.25

插　　页：2

字　　数：171,000

印　　次：2025年2月第1版 2025年2月第1次印刷

I S B N：978-7-5321-9144-4/I.7187

定　　价：58.00元